Bahr, Hermann

Leander

CLASSIC PAGES

Bahr, Hermann

Leander

Reihe: *classic pages*

ISBN: 978-3-86741-5651

Auflage: 1
Erscheinungsjahr: 2010
Erscheinungsort: Bremen, Deutschland

© Europäischer Hochschulverlag GmbH & Co KG, Fahrenheitstr. 1, 28359 Bremen (www.eh-verlag.de). Alle Rechte beim Verlag und bei den jeweiligen Lizenzgebern.

Cover: Ausschnitt aus dem Gemälde „Der Kuss" von Gustav Klimt.

Leander

Inhaltsverzeichnis

Die treue Adele

Ja, gleich um die Ecke! Rechts, wenn man hinuntergeht, neben dem Gewürzkrämer, gerade dem Fenster gegenüber, wo die vier nassen Zwilchhosen hängen. In diesem schmalen, finsteren, aschgrauen, verwitterten und verwaschenen Langhause mit den zwei unheimlichen, grinsenden, dottergelben Flecken über dem Tor, unter dem grasgrünen Schild der alten Kuhlemann. Dort, wo die Laterne mit der zerbrochenen Scheibe ist. Es wird immerfort Drehorgel gespielt in dem feuchten, engen, winkeligen Hof mit den vielen Karren und der langen, von dampfender Wäsche belasteten Leine, den ganzen Tag. Ja, da wohnt sie. Wer ihr einmal nachgestiegen ist, weiß es. Das ganze Quartier weiß es.

Übrigens: Das ist nicht so einfach, ihr nachzusteigen. Jeder Platz ist besetzt in dem Kondukt von ständigen Abonnenten. Immer: den ganzen langen Weg bis zu dem großen Galanteriegeschäft in der breiten Straße, in dem sie die weichen, mattgelben, schwedischen Handschuhe verkauft und die braunen, fleckigen Rohre mit den dicken, goldenen Kugeln am Ende. Früh und spät: morgens, wenn sie mit hastig zusammengerafften Kleidern, die Hutnadel verbogen, den Cul[1] lose und schief, an dem zierlichen Stiefelchen den dritten Knopf ins fünfte Loch verirrt, dass sich das Leder ächzend sträubt, das spitze, in einen Widerhaken ausgebogene Näschen, auf dessen hellflaumige Wurzel die blonden Flocken der widerspenstigen Stirnlocke niederbaumeln, fröstelnd in die kitzelnde Schmeichelei

---

[1] Cul (de Paris) (franz.) unter dem Kleiderrock getragenes Polster, eigentl. Pariser Hinterer

der grünlich-weißen Boa vergraben, allen Grüßen blind und jeden Augenblick in einen ahnungslosen Wanderer verrannt, atemlos und immer verspätet, wie ein kleiner Schraubendampfer dahinkeucht; abends, wenn sie mit zierlich glatter Taille, den Ärmel mit weiser Sorgfalt ein wenig zurückgeschlagen, dass sich das Armband zeigt, die runden Wangen leicht mit Puder eingestäubt, den rosigen Schleier kokett auf die kirschige Oberlippe gezogen, mit schweifendem Blicke, vor jedem Schaufenster ihre Neugierde anhaltend, jeder vorwitzigen Bewunderung mit einem glücklichen Lächeln dankbar, lässig und gemächlich, wie ein selbstgefälliges Segelschiff im sommerlichen Winde, nach Hause trottet.

Eine kuriose Menagerie, diese Abonnenten der Begleitung, die die kleine Tierbändigerin alle Tage hinter sich herschleppt! Da ist der klapperbeinige Leutnant, von den blauen Dragonern mit dem fuchsroten Schnurrbart und den ziegelroten Wangen und der veilchenroten Nase, ein brennender Dornbusch auf Stelzen! Der immer sagt: »Man muss die Blümchen, die der liebe Gott gepflanzt hat, begießen, sonst verkümmern sie.« Dann der dicke Assessor mit dem glänzenden Gesicht, der eigentlich »prinzipiell die Witwen vorzieht«, aber doch nicht bloß Prinzipienreiter ist. Der junge Mann der alten Kuhlemann, der Hebamme, mit dem fetten, faltigen, schwarzen Kandidatenrock, ein dürrer, finsterer, behender Schatten, mit zwei unheimlichen, gierig lodernden Feuerballen in dem verkohlten und ausgesogenen Gesicht, der aus England her die heiligen Traktätlein und nach England hin die unheiligen Mägdlein besorgt, ein ergiebiger Tauschhandel. Dann der eilige Rechtsanwalt, der immer alle Hände voll zu tun hat, mit fuchtelnden Armen und zappelnden Beinen, und im Schnee noch schwitzt, aber doch, sooft er die Kleine sieht, »Donnerwetter« sagt und seinen überstürzten Galopp einen Augenblick anhält, den Überschuss seiner bewegten Seele in ein großes, feuerrotes Tuch ausschnaubend, auf welchem die ganze Schlacht bei Wörth gemalt ist mit dem Kronprinzen zu Pferd, den Degen blank und hochgeschwungen. Dann der blonde August, der Agent, mit dem strohgelben, stacheligen Schnurrbart, die Liebe aller Kellnerinnen, weil er die besten Plätze in den Kneipen zu vergeben hat, und er weiß auch so schön zu tun und erzählt immer die schnurrigsten Geschichten, der sie nicht anschauen kann, ohne einen schmerzlichen Seufzer: »schade, jammer-schade!«, und es immer wieder aufs Neue versucht; denn er treibt sein Geschäft nicht bloß um Gewinn, sondern aus Neigung, mit Leidenschaft, wie ein Blumenzüchter. Und wenn es regnet, da ist dann noch überdies der ehrwürdige, alte Maler, der die wunderschönen, bleichen Madonnen malt, mit dem wehmütigen Lächeln und der frommen Himmels-sehnsucht im schmachtenden Auge, aber nur wenn es regnet, dass man nur auf den Zehenspitzen über die Straße trippelt, mit angewandter Vorsicht – denn er will etwas sehen, etwas Gediegenes und etwas Reelles.

Am besten hatte es entschieden der dicke Doktor. Doktor, aus Höflichkeit der Leute nämlich, nicht eigentlich vor den Behörden, die immer gleich was Schriftliches verlangen. Und er zog auch schon lange genug auf den Hochschulen umher, dass er es wohl verdiente, und überall, in ganz Deutschland, jedes Halbjahr woanders, Nord und Süd.

Die Mediziner sind überhaupt glücklich daran mit den Frauen. Sie sind so verwendbar. Sie wissen allerhand Rat und wie man das vermeidet und wie man sich da heraushilft; wenn man es auch gerade nicht braucht, so weiß man doch nie, was einem nicht noch irgend einmal passiert. Und dann, es ist mit ihnen wie mit dem Pfarrer: Da braucht man sich nicht zu genieren. Und natürlich, sie sich auch nicht. »In unserem Berufe!« sagen sie mit Würde und machen das ernsteste Gesicht zu den lustigsten Sachen.

Und dann kann man lange nach einem suchen, mit dem man sich so prächtig amüsiert! Er schnarrte von Schnurren, wie eine Rakete, der Doktor. Er wusste immer das Neueste, und es war immer zum Totlachen. Er hatte auch immer Zeit, wenn man wollte. Und immer fiel ihm wieder was ein. Und Geschichten hatte er erlebt, nein, Geschichten! Wenn einer so in der Welt herumkommt, der erfährt es erst, was mit ihnen los ist, mit diesen vornehmen Damen. Jawohl! Und das will noch hochmütig sein, am Ende. Und dann war er so aufmerksam, wirklich nett. Gleich, als er eingezogen war, das erste Mal, da sie sich auf der Treppe begegneten, hatte er ihr schon den Puls gefühlt, ob sie nicht krank sei. Ohne dass es was gekostet hätte. Und dann meinte er, sie hätte vielleicht einen kleinen Herzfehler. Und zum Kaffee hatte er immer vorzüglichen Kuchen mit Schlagsahne.

Dahingegen der lange Friedrich! Er war zur nämlichen Zeit eingezogen wie der Doktor: auch ganz oben, im vierten Stocke, unter dem Dache, die Stube nebenan. Sie sah ihn kaum mehr an. Es war nichts los mit dem; und überdies trug er die Haare auf der Seite gescheitelt, und nicht einmal durchgezogen. Solche Leute lässt man einfach links liegen, sagte sie mit der zuversichtlichen Entschlossenheit desjenigen, der genau weiß, was er zu tun und zu lassen hat.

Er hatte ein besonderes Pech mit ihr, der lange Friedrich mit den roten Händen und den kurzen Hosen, abgestoßen und ausgefranst am Ende, mit wegstehenden Fäden. Er liebte sie.

Er liebte sie, wie man mit siebzehn Jahren liebt, wenn man in einer kleinen Stadt unter großen Büchern aufgewachsen ist, in Träumen, und alte Philologie studiert. Er hatte lange das Bedürfnis nach Liebe: ein Bedürfnis nicht nur des erwachenden Herzens, ein Bedürfnis des reifenden Geistes, um seine Bildung zu ergänzen und seinen Klassikern gerecht zu werden. Nun hatte er die Liebe. Seit dem ersten Tage, da er sie das erste Mal gesehen, wusste er's.

Was nun? Zunächst machte er Gedichte. Einen Monat lang, anderthalb. Dann wurde er verwegen. Seine Begierde warf die Zügel ab. Er dachte sogar daran, sie einmal anzureden.

An diesem Tage, nachdem er lange mit sich gekämpft, wagte er es. Als er ihr begegnete, unten auf dem Treppenabsatz, zögerte er einen Augenblick, sah sich nochmals nach allen Seiten um, ob sie auch wirklich allein wären, von keinem Verräter belauscht, und indem er sich rasch einige Beispiele heroischen Mutes aus der Geschichte zu Hilfe rief, wagte er es: mit einer linkischen Gebärde zog er den Hut, sagte stammelnd: »Guten Tag, Fräulein«, und bis in die Schläfe hinein errötend, indem er mit einem stolpernden Satze gleich vier Stufen auf einmal nahm, war er atemlos um das Tor verschwunden. Was tun? Was tun? Schreiben? Sagen würde er es ihr doch nie können.

Also schreiben! Er schrieb. Wieder einen Monat lang, anderthalb. Auf wunderschönem, schnee-weißem Papier, Vergissmeinnicht oben in der Ecke; mit einer ganz spitzen Feder, fein gestochene Buchstaben. Aber zuerst fand er keinen Anfang und dann fand er kein Ende und niemals hätte er den Mut gefunden, es ihr wirklich zu senden. Schreiben, das war leicht gesagt. Aber was schreiben? Dass er sie liebte, ja – und? Es war doch ein braves Mädchen, und er war doch kein Lump. Konnte er sie denn heiraten, jetzt, wo er noch drei Jahre bis zur Prüfung hatte? Wovon denn, womit denn? Und wollte er sie denn betrügen, ins Unglück bringen, zur Schande? Konnte er denn mit Redlichkeit vor sie hintreten, klipp und klar: Ich will dich zur Frau, in vierzehn Tagen soll Hochzeit sein - wie's einem ehrlichen Burschen gebührt? So gingen seine Gedanken im Kreise herum, ohne Ausweg.

Die nächste Zeit verbrachte er hauptsächlich auf der Treppe, der Himmelsleiter, darauf sein Engel auf und nieder stieg; wenn irgendeine Hoffnung war, sie zu treffen. Seine Einbildung, mit Wunsch gedüngt, war fruchtbar an solcher Hoffnung: Sie konnte ja ihr Taschentuch vergessen oder Nasenbluten bekommen haben, und es war ja auch möglich, dass das Geschäft einmal nieder-brannte, plötzlich. Bloß um sie zu sehen, recht oft zu sehen, wann es nur möglich, ohne andere Gedanken. Immer treppauf, treppab, mit fliegendem Atem und brennender Stirn, den langen Hals lauschend vorgebeugt wie ein englischer Renner, den Blick scheu vor den Nachbarn gesenkt, nach der Mauer gedreht; denn er zweifelte nicht, dass sie sein verwerfliches Treiben längst durchschaut haben müssten, und wer im Hause lachte, lachte über ihn offenbar. Und nun erst, wenn sie nun wirklich kam, gar vor ihr selber, völlig kopfverloren, in unbändiger Flucht wie vor einem Gespenst, in dieser heillosen Angst, sich zu verraten und dass sie, beleidigt in ihrem Stolze und an ihrer Ehre verwundet, wenn sie einmal das finstere Verbrechen von seiner Wange gelesen, ihm ihr ganzes Leben nicht wieder verzeihen könnte. So jagte ihn den ganzen Tag, wie wilder Fieberdurst, diese einzige Sehnsucht nach ihrer Begegnung; und wenn sich die stürmende Begierde endlich erfüllte, in der Befriedigung gerade, litt er die schlimmste Höllenpein, einen blutigen Rutenlauf des Gewissens, und wie aus Todesgefahr atmete er auf, wenn das Entsetzliche endlich vorüber. Dann ging die Geschichte wieder von vorne los, ein erfreulicher Lebenswandel, manchem Jüngling vertraut.

Sie hatte das bald heraus, dass da irgendetwas nicht in Ordnung war, mit dem schlanken Jungen. Er missfiel ihr nicht. Sie ließ es sich merken. Das Lächeln, das seinem hastigen Gruße dankte, aus ihrem purpurnen Munde entflatternd wie ein Schmetterling aus dem Kelche der Pfingstrose, verweilte in den von milchigem Flaum erhellten Grübchen. Sie blieb stehen. Sie redete ihn an. Sie richtete ihr Strumpfband. Sie bat ihn um kleine Gefälligkeiten. Einmal, da in dem Romane des Abendblattes, gerade wie die anderen Hindernisse von dem siegreichen Helden endlich glücklich bezwungen waren, was Französisches vorkam, das sie nicht verstand, stieg sie sogar in seine Kammer hinauf, sich Rat zu holen, abends.

Nun war es ganz aus. Welches teuflische Ungeheuer hätte er nicht sein müssen, so viel Arglosigkeit und Vertrauen zu missbrauchen! Offenbar: Die Taube ahnte den Falken gar nicht, den gierigen Stoßfalken in seiner Seele! Er erschauderte vor sich selbst. Welch ein Abgrund!

Ja, in vier Jahren, wenn er ein kleines Lehramt hoffen durfte! Aber zum Welken sollte diese Lilie nicht gebrochen werden, niemals! Er ward noch linkischer und selbst sein Blick verstummte.

Sie ärgerte sich. So etwas war ihr noch nicht vorgekommen. Was hatte er denn eigentlich? Warum denn nicht? Übrigens – sein Schade! Nur sein eigener Schade! Sie hatte es nicht nötig – Gott sei Dank! Und sie zuckte die runden Schultern und warf die krause Oberlippe auf. Von der Sorte – mehr als ein Dutzend, Gott sei Dank!

Offenbar: Nun hatte sie es endlich doch gemerkt. Oh, wie er mit sich haderte, sich mit stacheliger Reue geißelte! Sie achtete jetzt kaum mehr auf seinen Gruß, und ihr Blick flog über ihn weg. Wie sie, in ihrer Reinheit und Herzenseinfalt, wie sie ihn hassen musste, verachten, verabscheuen! Abbitten, auf den Knien abbitten - aber er würde es nie wagen, und würde sie ihn denn hören? Nein, das war alles dahin, unwiederbringlich dahin. Es gab keine Gemeinschaft mehr zwischen ihnen, wie es keine Gemeinschaft gibt zwischen der Tugend und dem Laster, zwischen der Sonne und der Nacht.

Zu jener Zeit fing die kleine Adele an, wahrzunehmen, dass der lange Friedrich den Scheitel auf der Seite trug und nicht einmal durchgezogen; und seit jener Zeit pflegte die kleine Adele zu sagen, mit dieser zielbewussten Entschlossenheit: »Solche Leute lässt man einfach links liegen.«

Da, in der größten Not, packte ihn das Glück am Schöpfe und zog ihn heraus. Es war aber nicht das gewöhnliche Glück, die schlanke Tänzerin auf der rollenden Kugel mit dem zierlichen Knöchel. Es war ein Besonderes und hatte die Gestalt eines wohlgenährten Burschen von neun Jahren, just an der Schwelle der Flegelei, mit ölig glänzenden, Wangen, pfiffigen Schlitzaugen und großen, weit abstehenden, durchscheinenden Ohren, die er bewegen konnte, auf und ab, und wenn er die Stirne recht runzelte, selbst nach der Seite, wie ein Pferd. Das war aber auch das Einzige, was er konnte, und darum braucht' er einen Hofmeister, für die anderen Lebenskünste, was einen Haufen Geld kostete und alle Augenblicke eine neue Annonce in der Zeitung: Denn keiner hielt lange aus, und so kam die Reihe zuletzt an den Friedrich.

Er musste weg aus der kleinen Kammer neben dem dicken Doktor, der übrigens zur nämlichen Zeit die Stadt verließ, um wieder eine andere Hochschule zu beglücken, ein rastloser Wanderbursche der Wissenschaft. Es war nämlich die Bedingung gestellt, dass er gleich in der Nähe seines Schülers wohnen müsste, nur wenige Häuser davon. Sonst endete es immer mit Unzukömmlichkeiten: Eine ganze halbe Stunde hatte sich der vorige Hauslehrer einmal verspätet.

Er hatte ein gutes Leben da. Der Junge war ein Lausbub. Aber die Herrschaft war gütig und ließ dem Gesinde nichts abgehen: Zwei Sonntage im Monat hatte die Köchin Ausgang, er einen.

An einem solchen Sonntage nach dem Essen - ein Jahr mochte vergangen sein - wanderte er einmal nach der Heide hinaus, zur Belustigung. Der Frühling schwamm in der Luft. Es tanzte ihm das Herz im Leibe und die Taler in der Tasche.

Seine Genusssucht schweifte aus. Er betrachtete die Riesendame, mit anhaltender Bewunderung, für drei Groschen; er zeigte seine Schießkunst; und von dem Mädchen mit den weißen Haaren und den roten Augen konnte er sich gar nicht trennen. Immer aber, wenn er aus der Bude heraustrat, hielt er ein wenig an, und, den Kopf leicht zurückgebeugt, mit hochgestreckten Armen sog er langsam den balsamischen Duft ein, den in sanften Wellen ein lauer Wind von dem nahen Walde herüberspülte, einträumend und buhlerisch.

Er verweilte vor der Rutschbahn. Sehr vergnüglich, wie der Karren vorübersauste, wie aus einer Kanone geschossen. Die Weiber kreischend durcheinandergerüttelt, eine über der anderen, mit fliegenden Röcken, die Hände krampfhaft an den Hüten, die sich gegen den Strom des Windes aufstellten, kerzengerade emporgesträubt. Und vorüber wie der Blitz, nurmehr ein dumpfes Grollen, in der Ferne verhallend. Als ob Kegel geschoben würde mit Menschenleibern.

Drollig. Er musste das auch versuchen. Aber da, gerade wie er die Treppe hinaufwollte, stand sie auf einmal vor ihm, wie aus der Erde heraus. Es fuhr ihm ein Stoß ins Herz. Er taumelte.

»Schau!« sagte sie, »Du bist's. Sieht man dich auch wieder einmal? Ich glaubte dich gar nicht mehr hier!«

10

Er kniff sich in die Lenden, zweimal, um den Traum davonzujagen, die Augen auseinandergerissen, die Brauen aufgerollt wie die Stachel eines Igels. Sie lachte. Sie schritt die drei Stufen herunter, geradewegs auf ihn zu, und indem sie die Arme lang ausgestreckt auf seine Schultern legte und mit zärtlichen Fingern ihn leise an beiden Ohrläppchen zupfte, versetzte sie ihm, nachdem sie ihre Wangen eine Weile sanft an seiner Brust gerieben, langsam ihre Lippen auf die seinen schiebend, einen vollen, saftigen Kuss. Er empfing ihn wie ein heiliges Wunder, wortlos, zitternd. Er erwartete jetzt nur noch, dass sie ihn in die Arme nehmen und mit ihm fortfliegen würde, von der Erde weg, in die Ewigkeit.

Und sie lachte noch immer. Ja freilich! Hast geglaubt, dass ich dich nicht mehr kenne, weil es schon ein Jahr her ist! Aber ich bin nicht von denen, die so leicht vergessen. Oh! Ich bin treu!« Und sie wurde ganz rot vor Stolz, aufgebläht vor Befriedigung wie eine Taube, die gurgelnd die Federn sträubt. »Ich bin treu. Was ich einmal liebe, das vergesse ich nicht wieder.«

Ihm dampfte der Kopf. Er tappte mit den Händen vor sich hin wie ein Geblendeter. Es brodelten ihm die Sinne. Über ihm jagten sich die kleinen runden Wolken, in silberweißen Wolljäckchen mit ausgezupften Ärmeln, flohen und gesellten sich. In ihm wirbelten verwegen Hoffnungen, überschlugen und purzelbäumten sich, stellten sich auf die Nase und trillerten mit den Zehen. Es war ein einziger reißender Strudel, in dem alles verschwand, oben und unten, innen und außen, ein heißer, fieberisch gaukelnder Tanz, in dessen stäubendem Gischt Himmel und Erde versanken.

»Wenn's dir recht ist, bleiben wir zusammen, heute. Ich habe ohnedies keinen.« Sie nahm seinen Arm. Er wankte dahin wie ein Trunkener. Er wusste nichts, verstand gar nichts. Ihm war, als würde er auf schwellenden Rosenkissen, von Jasmin gefächelt, in den Äther emporgetragen, höher und höher, wohin keine Kunde der Erde mehr dringt, von verzückten Engelschören umringt mit süßen, jauchzenden Schalmeien aus großen, goldenen, gewundenen Hörnern, und ihm schwände die Besinnung.

»Wo wohnst du jetzt eigentlich?« fragte sie, als sie nach der Stadt heimkehrten, abends, Arm in Arm, während er Visionen stammelte. Er nannte die Straße. »Donnerwetter! Da habe ich einen schönen Weg nach Hause. Aber nicht wahr, du zahlst mir eine Droschke, gelt?... Und weißt du, auf was ich mich am meisten freue? Was glaubst du, rate einmal!« Er erriet es aber nicht, gar nichts.

»Herrgott! Bist du ungeschickt«, sagte sie ärgerlich, als ihm das dritte Zündhölzchen versagte. »Und ich bin schon so neugierig darauf!«

»Aber wo ist es denn nur?« Und sie schnupperte mit dem Blick in allen Winkeln herum, wie ein Hund, der einen Brocken fallen gehört hat, aber nicht sieht. »Wo hast du es denn nur?«

Er begriff kein Wort. Er bat sie, es ihm zu erklären. »Ah, Schlingel!« kreischte sie. »Du hast es versetzt! Wahrscheinlich!... Oh, oh! Und ich hatte mich so gefreut darauf!«

Er wiederholte die Bitte, dringlicher. »Ah, tu doch nicht so!« sagte sie unmutig und gab ihm einen Klaps. »Du weißt schon – wir haben uns immer so amüsiert damit. Es war auch zu drollig ... das Skelett!«

Nun gab es ihm einen Ruck, und plötzlich stand er wieder auf der Erde, mit beiden Füßen. Es war aus mit der Himmelfahrt. Er erinnerte sich. Der dicke Doktor, in der Ecke der Kammer, hatte ein männliches Skelett, einen gelben Fez auf dem Totenschädel, eine lange Pfeife mit blauen Quasten zwischen den zahnlosen Kiefern, ein lächerlicher und schauriger Anblick. Er hatte es oft gesehen, mit Ekel und Furcht. Er erbleichte.

»Das war der Doktor! Ich bin Friedrich, der Philologe!« Mehr brachte er nicht heraus.

Sie rieb sich das Näschen an der Fensterscheibe, ein wenig verlegen. Dann, indem sie flink auf den Absätzen herumwippte, lachte sie desto ausgelassener. »Nein, nein!... Richtig, ja! Das war der Doktor! Nein, wie ich euch verwechseln konnte – er war doch dick, mit einem großmächtigen Bauch, oh, ich erinnere mich jetzt ganz genau ... Übrigens, da ich doch einmal da bin ...«

Sie sperrte die Augen weit auf, durch Verwunderung vergrößert. Er hatte sich über den Tisch geworfen, das Gesicht in den Händen vergraben, und weinte und weinte, bitterlich.

»Richtig, richtig!« murmelte sie. »Der lange Friedrich! Ich erinnere mich jetzt... Er kam mir immer nicht recht richtig vor ... Und jetzt sieht man es ja!«

Und leise, auf den Zehenspitzen, schlich sie hinaus, ohne ein Wort, wie eine Katze, und war froh, wie sie draußen war.

Am anderen Morgen geschah es, dass sich auch der neue Hauslehrer um eine ganze halbe Stunde verspätete. Er war sehr bleich und hatte dicke, schwarze Ringe um die Augen. »Die Leute haben kein Pflichtgefühl mehr«, sagte der Vater traurig zu der Mutter, »sondern Räusche.« Und sie zogen es ihm am Gehalt ab.

»Das darfst du nun nicht so tragisch nehmen, mein Lieber«, sagt' sein Freund Konrad, als er es ihm erzählte. Er war um drei Jahre älter, schon ganze zwanzig; da hat man keine Illusion mehr. »Was willst du? Die Weiber!« Er machte eine verächtliche Gebärde. »Sie sind einmal so, ein vergessliches Geschlecht, eine wie die andere. Das macht - sie haben um so viel weniger Gehirn, weißt du?«

»Aber ich habe sie so geliebt!« schluchzte der lange Friedrich.

»Ja, das darf man halt nicht! Das darf man halt nicht!«

Mit der Nase

Wir sind jedes Mal riesig fidel, sooft sie wieder in den allgemeinen Verkehr zurückerstattet wird. Erstens gibt's wenige ihresgleichen, so ausschlagend knospenfrisch und von dieser gassenbübisch geschmeidigen und veränderlichen und rastlosen Anmut unter den schweren, stolzen, üppigen Gewändern und mit solchem Erfolg in allen Graden der Liebe geschult, und sie riecht immer sehr gut und jeder vermisst sie schmerzlich, in bösem Fasten und Entbehrungen. Zweitens, weil auch ihre Rede sich recht unanständig benimmt, kommt wenigstens etwas Geist in unsere aufzufrischende Gesellschaft. Drittens hat man einen Vorwand mehr, Sekt zu trinken, Mensch zu sein.

Da beutelt sie uns dann ihre letzten Abenteuer an die gelben Glatzen.

Gestern war sie wieder höchst gemütlich. Besonders nachher, als es schon mehr heute wurde. Da machte sie sich's bequem. »Angezogene Unterhaltungen« nämlich mag sie nicht leiden; die sind ihr zu »gespannt«. Aus ihrer malerischen Periode her, als sie noch in der Akademie stand, hat sie die Nostalgie des Aktes. Bloß die Handschuhe, das schwarze Mieder und die Strumpfbänder behält sie, »um die Schamhaftigkeit nicht zu verletzen«. Es ist ein geschmackvolles Kostüm, nicht alltäglich, empfehlenswert. Auch praktisch.

Das heizte uns gut ein. Es wurde eine tatkräftige, schaffensfrohe Begeisterung. Alle waren einig; dass es »ein so liebes Viech!« nicht wieder gibt.

Dann erzählte sie ihr neuestes Verhältnis und wie es wieder aus dem Leim gegangen, Gott sei Dank.

»Mit dem Zettwitz, kennst ihn gewiss, bei allen Rennen, von den gelben Dragonern, die in Krems liegen, Graf ist er auch, und man muss gleich lachen, weil er mit dem kurzen, dicken Blähhals und den steilen und gepufften Schultern so verkauert ausschaut, wie der Rauchfang eines Dampfers, wenn er sich zusammenschiebt, weil's unter die Brücke geht; auch schnaubt er gerade so, pust! pust! tief von unten herauf, aus der Maschine. Lange schon wollte er sich an mich heranschwänzeln, da spielte ich noch unten beim Fürst. Weil er aber keine Frau hatte, hatte er keine Moneten, und dann ist auch ein Junggeselle überhaupt gegen mein Prinzip, weil ihnen das Solide fehlt, sie blitzen ja doch nur, aber in Geldsachen hört der Spaß auf, dafür bin ich bekannt, weil man auf sich halten muss, weshalb ich seine Liebe erst erwiderte, als er sich verheiratete, voriges Jahr, mit der roten Goldenstern, steinreich, mudelsauber, aber saudumm - denk dir, verliebt sich die Person auf einmal in ihren Mann, aber wart nur noch ein bissel, es kommt gleich.

Also, da kaufte er mir die Villa in Dornbach, und wir liebten uns fleißig. Los war mit ihm gar nichts: Er hatte nicht mehr den schönen Eifer der Jungen, welche durch rührende Ausdauer mit der Einfalt ihrer Mittel versöhnen, und er hatte noch nicht die heitere Fantasie der Alten, welche in der Enthaltsamkeit manchmal ganz unterhaltende Sachen erfinden. Sondern zwischen zwei Altern, wo sie in einem fort an die Gesundheit denken, und das

Herz muss dem Magen gehorchen. Da nehme ich nie mehr einen fix. Er schnarchte.

Es war zum' Hinwerden. Heiraten kann auch nicht schrecklicher sein. Da klopft's eines schönen Tages an meine Tür, und wer ruckt mir auf die Bude? Seine Frau, gestiefelt und gespornt, mit Zorn und Vorwurf - ja, es verliebte sich in ihn seine eigene Frau.

Halt dumm und ungeschickt, und wie man sie blöde erzieht, wissen sie natürlich nichts vom Leben und sind auch bloß so emporgekommene Leute, die ganze Familie, ohne Haltung.

Also hat uns ausspioniert, marschiert mit Würde und Entrüstung auf und möchte einen großen Tanz anfangen, weil ich den Frieden ihres häuslichen Glücks untergrabe und so weiter, bim - bam - bum. Aber ich, na, versteht sich, auch gerade nicht aufs Maul gefallen, sag's ihr gleich ordentlich heraus, mit einem Schick, der sich gewaschen hat: Ich kann ja nichts dafür, dass ich so schön bin, und andere möchten's bloß. Ich habe mich nicht gemacht und sie nicht gemacht und den Trottel von ihrem Mann schon gar nicht - also soll sie mich in Ruhe lassen, zum Teufel. Und wenn's ihr nicht recht ist, kann sie mich gern haben - Punktum!

Aber da, gerade wie ich mir erst recht die Ärmel aufstrupfe, da auf einmal, klapps, plumpst sie mir wie ein Plumpsack um, lang hin auf die Erde, und rührt sich aber schon gar nicht mehr, wie eine mausetote Leiche. Ich krieg einen Heiden-schreck, Schreien, Weinen, Wasserspritzen, alles was sie will, Versprechen, wenn sie nur wieder zu sich kommt, knöpfe ihr das Mieder auf - und das, weißt, so einen reinen, jungen Leib ansehen, in dem es brennt, so was macht sich halt doch ganz merkwürdig auf den Nerven: es gab mir einen großen Schups, und von diesem Augenblick war ich wieder einmal fürchterlich verliebt.

Das heißt, mein Gott, verliebt - das hängt immer zuletzt vom anderen ab. Zunächst hatte ich jedenfalls einen starken Gusto auf sie. Es ist nur ihre Schuld, wenn es keine Leidenschaft fürs Leben wurde.

Ich erweckte sie also durch die süßesten und kundigsten Liebkosungen, welche sie nicht wenig verwunderten. Sie tat ganz verblüfft: denn obgleich verheiratet, war sie noch ohne jede Bildung. Aber bald erwiderte sie meine Neigung.

Ich verlor wieder einmal den Kopf an mein Herz. Das ist überhaupt immer mein Fehler, dass ich zu viel Gemüt habe. Ich war ganz trunken von reinen, köstlichen Gefühlen und dachte nichts als an ihr Glück, nur immer an ihr Glück. Mit Ausflüchten entfernte ich ihren Mann, versperrte mich vor der Welt - ewig an ihren feuchten Lippen zu hängen, in ihre grünen Blicke zu tauchen, ewig, ewig, ohne Ende, sonst wollte ich im ganzen Leben nichts mehr. Das andere war versunken und zerflattert.

Es wurde ein ganz festes Verhältnis. Wir richteten uns zusammen ein. Wir erwiesen uns tausend Zärtlichkeiten und unterließen keine von den süßen Tollheiten unersättlicher Verliebtheit, die sich nimmermehr genug tun kann. Wir wechselten unsere Kleider, unseren Schmuck, tauschten unsere Parfüme, ich ihre Marquise, sie meinen Corylopsis - in dieser rastlos erfinderischen Begierde nach dem schaurigen Geheimnis der Liebe, dass jedes sich in das andere verwandle. Verrückt, wenn einen das anfällt - aber schön ist's doch.

Aber sie war eine Elende, die mich schändlich betrog. Sie tat das nur so aus Kuriosität, ohne eines echten und tiefen Gefühles fähig zu sein. Hauptsächlich nur, um sich über die Untreue ihres Mannes zu trösten. Und das war das Gemeinste, dass sie mich um ihn verriet. Das heißt dann anständige Frauen.

Nämlich so: Zuerst hatte ich mich ihm in allerhand Vorwänden entzogen, weil ich ihr unbedingt treu sein wollte. Ich kann das nicht, wenn ich wirklich liebe, so nebenbei noch auf der Seite herumspringen. Was er da alles trieb, das ist gar nicht zu sagen, rein wie ein Narr, und wie es mit seiner obstinaten[2] Leidenschaft gar nicht mehr auszuhalten war, schmiss ich ihn einfach hinaus und kündigte ihm die Freundschaft. Anfangs wurde er nun ganz verzweifelt und raunzte mir alle Tage, früh und abends, zwei jämmerliche Bettelbriefe ins Haus, dass er ja ohne mich nicht leben könne und elend zugrunde gehen müsse durch meine Grausamkeit. Aber auf einmal verwandelte er sich, unbegreiflich rasch, und schrieb recht vernünftig, er hätte es sich überlegt, dass ich wirklich recht hätte, und sähe es jetzt selbst ein; alles auf der Welt muss ein Ende haben; nie könne er undankbar der seligen Freuden vergessen, die er mir schulde, aber er fühle es jetzt selbst, mit unabwendbarer Bestimmtheit, diese schmerzliche Wahrheit, dass die Unbeständigkeit unzertrennlich vom irdischen Glück ist. Das war von einem ganz anständigen Geschenk begleitet; längst hatte ich mir eine Lebensrente ge-

---

[2] hartnäckig

wünscht. Ich freute mich herzlich und zum ersten Mal in mir regte sich für ihn ein zärtliches Gefühl.

Ich machte die allerschönsten Pläne. Ich wollte alles verkaufen, meinen Abschied aus der enterischen Armee nehmen, sie sollte ihre Ehe lösen, und irgendwo weit draußen dann am Lande, so köstlich allein, könnten wir unserem Glücke leben, bloß unserm Glücke allein, verschollen unter Rosen. Ach, man ist so ideal!

Aber da kam ihre große Gemeinheit, erst verstand ich davon gar nichts; später habe ich es mir zurechtgelegt. Nämlich, als seiner Bettelei vor meiner Türe das Almosen versagt blieb, wurde es ihm endlich zu dumm, und er klopfte bei ihr an. Und von da an liebte er sie, mit einem Schlage, und mit einem Schlage war meine Liebe vergessen. Sie hat es mir dann ganz schamlos gestanden, dass sie ohne Zaudern einwilligte. Nebenbei könnte ja trotzdem unser Verhältnis immer noch fortdauern.

Von ihm kann ich es mir jetzt schon erklären; aber von ihr, von ihr werde ich es niemals begreifen, nimmermehr.

Ich bin nun gar nicht für den kommunistischen Betrieb. Wenn's kein Cabinet particulier[3] für mich gibt, bedauere sehr, aber in den allgemeinen Gassenschank gehe ich nicht. Ich machte kurzen Prozess. Entweder - oder. Entweder mit ihm oder mit mir. Aufs Teilen lasse ich mich nicht ein; das ist eine Entweihung des edelsten Gefühles, welcher eine ordentliche Person nie zustimmen wird. Sie sollte wählen zwischen ihm und mir oder

---

[3] (franz.) besonderes Zimmer

meinetwegen Zipfel ziehen. Sie entschied sich für ihn. Eine Weile hat's mir recht wehgetan.

Aber endlich, das ist wieder das Gute mit den Gefühlen, wenn sie einem auch teuer zu stehen kommen, dass alles wieder vorübergeht, und hauptsächlich läuft endlich alles doch nur auf Einbildung hinaus. Wir setzten uns ganz freundschaftlich, aber klar auseinander und trennten uns. Jedes nahm wieder seine Kleider, seinen Schmuck, seinen Parfüm, sie ihre Marquise, ich meinen Corylopsis - der schöne Traum war aus.

Diese Familie hatte mir kein Glück gebracht. Ich war sie gründlich satt und wollte nichts mehr hören. Kannst dir mein Gesicht denken, wie plötzlich, kaum drei Tage später, der Graf zu mir gepoltert stürzt, ganz windelweich vor Sehnsucht und verliebter als je zuvor, und zur selben Zeit von ihr ein Brief, auch ganz gierig, dass er nichts als ein elender Verräter, und sie möchte, um jeden Preis wieder zu mir, mit Schwüren unverbrüchlicher Treue, ewig. Natürlich warf ich sie alle zwei hinaus; ich hatte genug von der Couleur.

Nämlich, der Schafskopf liebte sie nicht und liebte mich nicht, sondern bloß den guten Geruch. Hinter dem Corylopsis schmachtete er einher; der dirigierte seine Gefühle. Er liebte sieht mit dem Herzen; er liebte immer bloß mit der Nase.«

Der verständige Herr

Meine Mätresse gab ihm den Namen.

Wir hausten damals in einem urfidelen Hotel, doch über dem leuchtenden Strome in Rosen und Jasmin, unter liederlichen Malern, recht nach unserem Herzen. Da ward des Jubels und der Sänge und der Küsse, zwischen unversehens oft vertauschten Paaren, nimmermehr ein Ende, und immer wieder knatterte immer noch eine neue Flasche los, den ganzen Tag, die ganze Nacht. Es ist bekannt, dass der Wein die Zungen und die Mieder löst.

Da passte er nun freilich gar nicht hinein, in unseren Stil, mit der steifen Würde seines salbungsvollen und besonnenen Salonrocks und der züchtig blauen Brille, hinter die er sich vor der bereiten Neugier unserer Mädchen sittsam zurückzog; er hätte ein deutscher Professor sein können, aber der sich für eine besondere Feierlichkeit gewaschen und reine gemacht hat. Es trat mit ihm was Fremdes, Feindseliges, Widerwärtiges zwischen uns, sooft, alle vierzehn Tage, seine stumme Höflichkeit in dem kleinen Speisesaal erschien. Der Mensch war durch und durch korrekt und hatte keine Lackschuhe. Es wurde beraten, ob wir ihn hinausschmeißen sollten. Ich war sehr dafür; ich war zur Erholung dort und hatte nichts zu tun. Aber Nini verteidigte ihn standhaft, weil er doch weiter nichts angestellt hatte, als bloß dass er ein verständiger Herr sei; dafür kann einer schließlich nichts.

Daher behielt er den Namen und blieb unhinausgeworfen.

Wir mussten damals das Zimmer wechseln. Zuhöchst, im sechsten, wo man über das Wäldchen weg nach der schimmernden Eiffel sieht, hatten wir vorher gewirtschaftet. Aber jetzt brauchte ich einen Herbst-Komplett und einen neuen Frack: Wir siedelten also in die erste Etage um, um durch einen würdigen Empfang dem Schneider Kredit einzuflößen.

Mysteriöse Nachbarschaft, da unten. Intrigierte mich. Nämlich damisch schickes Weib: schwarze Spitzen über fleischfarbenen Suray[4] und durch eine moosiggrüne Schleife rechts gerafft; Corylopsis auf fünfzig Schritte; und geschmeidig wie eine Reitpeitsche, dazu - ich streifte sie ein einziges Mal flüchtig im Flur, aber- ganz mein Fall, unzweifelhaft. Ich verliebte mich heftig. Aber Nini, Gott sei Dank, vertrieb es mir wieder, mit Puffen und Kratzen. Sie ist so gut.

In Cluny engagiert, für die gewissen, leichtsinnigen und tugendlosen Frauenzimmer, welche in den Baudevilles vorkommen. Kam aber nur zweimal im Monat heraus. Mehr wusste der Carçon nicht zu berichten.

Auf so umständlich verzwickte und ungewisse Sachen lasse ich mich aber nicht ein.

Eines schönen Tages, der Abend kommt und es regnet, sitzen wir daheim, sie deklamiert mir Baudelaire, mit ihrer weichen, glitzernden Stimme, und ich schreibe meinem Onkel, wie bildend und belehrend für einen aufstrebenden Jüngling, aber leider teuer, das Pariser Leben ist. Da, auf einmal, in den sanften Frieden unserer gemächlichen Ver-

---

[4] (franz.) Seidenköper

dauung jäh hinein, geht ein Riesenrummel drüben los, unter Flüchen, Hieben, Stößen, ein fürchterliches Mordspektakel nebenan - geschwind ducken wir uns unwillkürlich, als könnten uns die Stühle durch die Wand an die lieber unbeteiligten Köpfe fliegen. Deutliches konnte man nicht unterscheiden, sondern bloß ein wüstes, kreischendes und entsetztes Geheul, von zwei Männern, aus einer schutzflehenden Verteidigung und einer prügellustigen Anklage vermischt - und zuletzt, bum, ein Bombenkrach: Einer wird hinausgewimmelt, aber gründlich. Jetzt natürlich ist mein blasses Weiberl nimmermehr zu halten, von Neugierde getarantelt, wie der Blitz hinaus - ich in Hast ihr nach, ob mir vielleicht das Glück passiert, dass wirklich einer abgemurkst ist, was ein wohlbezahltes fait divers[5] gibt. Und so verwandeln wir den Schauplatz, und wir finden auf dem Flur, knirschend, heulend, jämmerlich verbleut - unsern verständigen Herrn.

Meine Mätresse klaubt ihn auf, schleppt ihn zu uns herüber; die blaue Brille war auch hin. Ich, dienstbeflissen, hilfreich und gut: »Kann ich Ihnen vielleicht mit einem Glase Kognak aufwarten, oder mehreren? Prunier mit vier Sternen. Ich möchte Ihnen überhaupt empfehlen, sich die Marke für alle Fälle zu notieren.« Rein aus allgemeiner Menschenliebe; die ich noch vom Gymnasium her habe; ich kriege nicht einmal eine Provision dafür.

Meine Mätresse konstatierte einstweilen, dass es mit ihm doch nicht weit her schien. Nicht einmal einen Halter hatte er an der Krawatte, sodass sie durch die Prozedur ganz verschoben war. »Siehst du«, sagte sie mit strenger Nutzanwendung und

---

[5] (franz.) Vermischtes (in Zeitungen)

wohlmeinender Warnung, »es wird dir noch einmal gerade so gehen, wenn du immer alle verlierst und nicht endlich ordentlicher wirst.«

Er stand auf, wusch, brachte sich zusammen. Ein bisschen verlegen, und wusste nicht... hin und her. Er stotterte herum und suchte.

Endlich: »Sie werden sich, mein Herr, wohl wundern -«

Ich aber, eine von Grund aus noble Natur, wienerisch: »Aber ich bitt' Sie...wegen dem bisserl -«

Und er, hochvergnügt: »Nicht wahr... nicht wahr...«

Und wie ich schon die seltene Gabe habe, mich über den individuellen Zustand einer augenblicklichen Eingebung gleich immer zur generellen Wahrheit einer ewigen Maxime zu erheben: »Jesses ... und überhaupt - da müsste man doch ein sakrischer Kleinstädter sein ... zu fragen, warum sich der Nachbar totschlagen lässt - was geht einen denn das an?«

»Nicht wahr... nicht wahr..., warum soll sich denn nicht jeder nach seiner Fasson amüsieren.« Und ganz erleichtert, indem er den grauen Zylinder aufbürstete: »Sie nehmen also weiter keinen Anstoß daran?«

»Aber!.. ..Wenn Sie nur keinen genommen haben.« Shake-hand, Servus - und weg! Nini wollte zerspringen vor giftiger Neugier. Darum gerade hatte ich ihn ja ungebeichtet fortspediert.

Zwei Wochen später, wieder kommt der Abend und es salzburgelt noch immer, sitzen wir wieder daheim, sie deklamiert mir Baudelaire, etwas weiter hinten, und ich schreibe meiner Tante. Da auf einmal geht ein Riesenrummel los, nebenan, Fluchen, Kreischen, Prügelei, einer wird hinausgewimmelt und wir finden wieder auf dem Flur, atemlos- und arg zerstampft, unsern verständiger! Herrn. Die blaue Brille war auch wieder pfutsch.

Meine Mätresse klaubt ihn auf, schleppt ihn herüber, und ich: »Vielleicht machen Sie mir wieder das Vergnügen, von meinem Kognak zu kosten - Sie kennen ja die Sorte bereits. Sie schien Ihnen neulich zu konvenieren. Für die Zukunft werde ich mir schon auch einen kleinen Vorrat von blauen Brillen beschaffen - seien Sie ganz unbesorgt!«

Wusch, sammelte, ordnete sich... und suchte mit schief verzagten Blicken in meinen Augen, wie ich wohl dieses Mal aufnähme. »Nicht wahr... nicht wahr« – aber weiter brachte er nichts zusammen. Bis er sich endlich, an der Türe bereits, zu dieser gewaltsamen Entschuldigung aufraffte: »Nicht wahr... man muss ja doch auch der Liebe etwas zugutehalten.«

Und ich, im vollen Stolze meiner erotischen Bildung; »Als ob man das nicht kennte!... Sie können ohnedies noch vom Glück sagen... Oft geht's gleich durch's Fenster, mit Beinbrüchen.«

Und seine langsamen, gleichen, korrekt gemessenen Schritte verhallten auf der Treppe. An diesem Abend musste ich mich gegen Nini mit dem Besen verteidigen. Es ist wirklich. merkwürdig, wie Neugierde und Wissensdrang oft umschlagen, in ganz andere, unvermutete Äußerungen.

Nach und nach wurden uns seine Besuche eine liebe Gewohnheit, die wir ungern vermisst hätten. »Schau,'s ist schon wieder der Fünfzehnte!« Sonst dachten und sagten wir uns nichts mehr, wenn nebenan der Radau wieder losbrach.

Am Ende aber mochte er es doch merken, dass es nicht angeht, jemandem seinen ganzen Kognak auszusaufen, ohne sich irgendwie zu revanchieren. Er versuchte es lange hin und her, mit stockenden Geheimnissen, halben Verraten, zögernden Andeutungen; es wurde ihm recht schwer. Aber Nini leistete seinem Vertrauen wirksame Hebammendienste.

Endlich kam es heraus. Es mochte sein siebenter, achter Besuch gewesen sein. Wir waren schon tief im Herbste.

»Sie scheinen ja ein ziemlich gebildeter Mensch zu sein - vielleicht werden Sie es doch begreifen.«

Ich drückte ihm dankbar die Hand und fühlte mich geehrt.

»Und später kommt ja jeder drauf, aber man hat meistens nichts mehr davon. Wie lange leben Sie eigentlich schon zusammen?«

Meine Mätresse fand das wenig delikat. Sie beeilte sich, zu versichern, dass sie in diesen sechs Monaten zehnmal hätte wechseln können, immer unter höchst konvenablen Offerten. Sie hatte bloß zu viel Mitleid mit mir; das liegt in der Natur des Weibes.

»Sechs Monate«, und er schüttelte ungläubig den Kopf, »... da hätten Sie's aber doch schon merken müssen.« Er sah mich vorwurfsvoll an.

Merken sollte ich nun auch noch was! Ich war froh, wenn ich den Forderungen unseres Verhältnisses nur überhaupt gerecht ward, mit Müh und Not. Da vergeht einem das »Merken«, caramba!

Und ich beschloss, mir von diesem Kerl durchaus keine Grobheiten weiter gefallen zu lassen... sie hatten drüben ganz recht, nebenan.

Aber da packte er mich an meiner geschichtsphilosophischen Schwäche: »Sehen Sie«, und er sprach langsam, sicher, in erwogenen Sätzen, wie vom Katheder, und als ob er erwartete, dass ich es mitschreiben würde. »Sehen Sie, das ist der Hauptunterschied zwischen der alten Zeit und der neuen, und daran sieht man es erst, wie gescheit wir geworden sind, dass man es damals unglückliche Liebe hieß, wenn einer eine nicht kriegen konnte, und wir erkennen umgekehrt, dass das Unglück der Liebe erst anfängt, wenn man eine kriegt, und recht eigentlich darin besteht, dass jeder jede kriegen kann. Das hält aber keiner aus.«

Jetzt machte er ein ganz triumphierendes Gesicht. Ich dachte an den Kognak... wenn das alles war, das hätte ich auch billiger haben können. Nini zog ein stumpfes Mäulchen und sagte, indem sie verächtlich die Finger schnalzte, bloß »oh!... oh!«, als wäre sie in einem Ibsenschen Dialoge.

Wir hörten ihm kaum mehr zu, ärgerlich, enttäuscht, verdrossen, wie er jetzt ins Perorieren kam, umständlich, mit breiten und von eitlen Erklärungen zerquetschten Beweisen, langwierig und langweilig, über diese alte Geschichte, dass man eine nur begehrt, solange sie nicht zu kriegen ist - und wie man sie endlich kriegt, ist es gleich aus mit der großen Liebe, und man hat nur Ekel davon und muss sich wieder eine andere suchen, was immer eine lästige und verwurzelte Kommission ist. Er fand kein Ende und belegte es aus seinen sämtlichen Verhältnissen. Aber die quappigen und glitschigen Berichte verhallten neben uns.

Ja, ja!

Er kletterte immer höher, auf steilen Axiomen: »Die Vernunft muss der Liebe diesen Zweck setzen, ihren Zweck zu vermeiden, wenn sie das Glück will... Das ist die Kunst der Liebe, die Erfüllung der Begierde zu verhindern: denn sonst ist man jedes Mal der Blamierte und muss von vorne anfangen; dagegen solange die Begierde ohne Befriedigung bleibt, da geht's einem sehr gut... die Keuschheit ist die wahre Wollust...«

Am Ende war er halt doch ein verkappter deutscher Professor!

»Ich habe das sehr bald herausgefunden. Es kann einer aufmerksamen und unparteiischen Beobachtung nicht lange verborgen bleiben. Aber an den Weibern scheitert es immer - die sind dafür nicht zu gewinnen..., für die Keuschheit.«

»Gott sei Dank«, sagte Nini.

»Bis ich« – und er richtete sich majestätisch auf, und es strahlte ihm das Gesicht von selbstgefälliger Freude –, »bis ich auf die glückliche Idee gekommen bin, mir das da einzurichten,... da drüben.« Und er deutete mit siegessicher ausgestrecktem Finger hinüber.

Da fuhren wir alle beide jäh empor. Was?... Einrichten? ... Was hatte er sich eingerichtet? Nun verstanden wir gar nichts mehr.

»Ja, es ist eine Organisation der Keuschheit... eine vortreffliche Organisation ... Das wussten Sie gar nicht?«

Er sagte das, als ob es sich von selbst verstehen müsste, ganz verwundert über unseren kurzen Verstand, und weidete sich an seiner Überlegenheit.

»Nämlich so. Ich habe sie mir kontraktlich zu einer planmäßigen und systematischen Keuschheit verpflichtet, um mich endlich eines beständigen Liebesgenusses zu versichern. Sie kriegt tausend Franken monatlich ... die kleinen Geschenke ungerechnet, natürlich, zu den großen Festen, Weihnachten, Ostern, grand prix[6]– na, das wissen Sie ja. Dafür muss sie zweimal, jeden Ersten, jeden Fünfzehnten, meines Besuchs gewärtig sein, von vier bis sieben, und der Bruder auch, in der Toilette nebenan versteckt - es tut mir wohl, ihn Bruder zu nennen, es klingt schicklicher; ich habe auch das kontraktlich ausbedungen. Oh, ich bin nicht so dumm, mich auf mündliche Abmachungen zu verlassen: das ist alles besiegelt und verbrieft und notariell beglaubigt... Also jeden Ersten, jeden Fünfzehnten komme ich gemütlich angerückt, mit ganz köstlichen Gefühlen, um die vierte Stunde, sie wartet schon und wir beginnen die Romanze. Es geht alles in schönster Ordnung: zuerst das sentimentale Vorspiel... scheue Andeutungen,

---

[6] (franz.) etwas Wertvolles

welche die Hoffnung unterstreicht - kühnere Vertraulichkeiten, welche nicht entmutigt werden..., sie bald spröde, bald kokett, nachgiebig jetzt und jetzt verwehrend, wie es gerade am meisten reizt... Flüstern und Kosen und unter heiligen Schwüren ein kunstgeübtes Tasten über alle Nerven - bis die klug gespornte Leidenschaft am Ende tätlich ausbricht und der kritische Moment des Bruders erscheint, der gerade noch zurecht kommt, die Schande seiner Schwester zu verhüten. Ich, im rauen Drange meiner wilden Brunst, widersetze mich und ... na, das Ende kennen Sie ja! Und denken Sie nur: bloß tausend Franken alle Monate!«

Und er storchte im Zimmer herum, mit pathetischen Tritten, als ob er eine ganze Eierhandlung des Columbus entdeckt hätte.

»Zwei Jahre lieben wir uns jetzt schon, und unsere Leidenschaft wächst täglich. Es ist eine Wonne und Wollust ohnegleichen, ohne Ende, ohne Maß. Wie eine Heilige bete ich sie an. Ich gehe übrigens ernstlich mit dem Plane um, sie zu heiraten – nur ist es mir noch nicht gelungen, den Bruder zu gewinnen. Der müsste sich ja natürlich erst verpflichten, uns niemals zu verlassen, damit wir ihn immer gleich bei der Hand hätten – sonst ist die ganze Herrlichkeit nach acht Tagen wieder vorbei... Ja, ja, die Keuschheit... Ich sage Ihnen: es gibt sonst nichts, um glücklich zu werden.«

Er war ganz verklärt. Zum Glück musste er sich beeilen, den Zug nicht zu versäumen. Aber er vertröstete uns: »Na, das nächste Mal!«

Ich schaute ihm nach. Und dann schaute ich auf sie. Sie rieb sich das Näschen an der Scheibe.

»Na, was meinst du dazu?«

»Mein Gott«, erwiderte sie überlegen, »ich hab dir's ja immer gesagt, dass er ein verständiger Herr ist.«

Dora

Eine Wiener Geschichte

I

Der Abgeordnete Jan Graf Bludinski hält vor dem schmalen Garten, sieht auf das Haus und überlegt. Hier ist es ohne Zweifel. Die Straße, die Nummer, alles stimmt, und da glänzt ja auch in breiten, deutlichen Lettern: Leopold Schlicht, Ingenieur.

Nur - es ist noch etwas früh. Er zieht die Uhr. Eben zwölf. Er kann ganz gut erst noch ein wenig spazieren. Er kennt das Cottage[7] nicht. Es scheint ganz hübsch. Warum soll er da nicht erst noch ein wenig spazieren? Wer weiß, wann er wieder herauskommt! Er geht noch einmal zurück, langsam hinauf, gegen die Feldgasse.

Dann muss er lachen und verspottet sich. Ja, Gründe hat er die Menge, immer, unwiderleglich. Man merkt den Politiker. Aber warum denn nur? Was will er denn eigentlich nur? Gewiss, er kann erst noch eine Stunde spazieren. Aber was dann? Wird es dann weniger unangenehm, nach dieser Stunde? Ist es nicht klüger, die dumme Geschichte lieber gleich zu erledigen, damit es endlich einmal vorbei ist.... da es doch einmal beschlossen und entschieden ist? Es gibt ihm ja früher doch keine Ruhe. Und jedenfalls entweder - oder: entweder mutig hinein oder fort, überhaupt fort. Aber nicht wie die Katze um den heißen Brei - möchte gern und trau mich nicht.

---

[7] (österr.) Villenviertel

Und er wiederholt noch einmal die ganze Reihe, das Für und Gegen aller Argumente, ob er es wagen oder doch lieber lassen soll.

Er hat auf dem Lande, es ist drei Monate her, die Frau seines besten Freundes verführt und will jetzt in das Haus, hier in dieses Haus, seinen Besuch machen, damit das dann den ganzen Winter ungestört so weiter gehe. Es klingt ganz verrucht. Aber man muss eben die näheren Umstände wissen.

Erstens... mit dem besten Freunde ist das nicht so arg. Damals freilich, als sie das gleiche Band, die gleiche Mütze trugen, damals als Korpsbrüder waren sie unzertrennlich, das stimmt. Aber dann, die ganzen langen fünfzehn Jahre, haben sie sich kaum flüchtig gesprochen, kaum recht gesehen. Jeder lebt in seiner Welt. Er wusste noch nicht einmal von seiner Heirat! Immerhin bleibt es natürlich unangenehm - aber was will man tun?

Nämlich - man muss nur auch denken, wie es kam. Er hatte durchaus nicht die Absicht, dazu ist sie auch gar nicht die Frau; es hat sich eben so gemacht - wie das schon geht. Er wollte nichts Schlimmes. Er wollte damals nur Ruhe, überhaupt nichts als Ruhe, Ruhe von der Arbeit, Ruhe von der Stadt und besonders Ruhe vor den Weibern. Darum ist er in den stillen Winkel zwischen den Alpen, in das heimliche Dörfchen hinter Lofer. Aber endlich Ruhe allein ... gewiss, aber dann, nach ein paar Tagen, möchte man doch natürlich auch wieder ein bisschen Vergnügen, nicht immer bloß einsam durch die Berge. Da war denn nun das lustige, kleine Ding gerade recht: ein lieber Kerl, wie man sich keinen besseren Kameraden wünschen konnte, immer vergnügt und bei jedem Spaß; auch ganz hübsch, mit dem dünnen, flatterhaften, zappeligen Näschen und dem listigen, flinken, leicht verschüchterten Blick, ganz hübsch, gewiss, aber von keiner heftigen oder gewaltsamen Schönheit, welche seine heiklen und empfindsamen Nerven verstören oder beklemmen könnte, sondern er empfand sie vielmehr wie eine Erholung und Rast von den schönen Frauen; ohne Launen, immer gleich, sehr bequem, gar nicht Dame, eher sogar ein bisschen dumm, Aufwand von Geist durfte man sich ersparen; harmlos, gemütlich, kindisch, alles freute sie und nicht im mindesten verwöhnt, blasiert; und rührend dankbar für die billigste, banalste Schmeichelei - ja, damit hat es eigentlich angefangen: er machte ihr den Hof, weil es ihr gar so viel Vergnügen machte; es war zu nett. Wie irgendein törichter Backfisch, dem man das erste Mal von Liebe redet: ungläubig und verblüfft, ganz wirr und selig, ängstlich, dass der süße Traum entrinnen möchte, und so stolz, nun endlich auch ihren Roman zu haben, einen richtigen Roman, wie sie in den gelben Büchern sind, bei den Franzosen. Na und natürlich, wenn so etwas einmal angefangen ist, das geht dann ganz von selber weiter. Sie waren allein. Den Onkel, den alten Botaniker mit der Lupe kann man nicht zählen; auch hätten sie sich sonst gelangweilt.

Später fiel ihm freilich ein, dass es die Frau eines Freundes war. Er nimmt das sonst nicht so genau. Aber immerhin – hier... auf dieser Freundschaft lag der ganze Glanz der ersten Jugend und Begeisterung. Nur – was half das jetzt? Jetzt änderte alle Reue nichts mehr.

Er durfte auch nicht übertreiben. Gewiss, er mochte seinen Leibburschen damals sehr gern, und

Schlicht verdiente es: er war ein prächtiger Junge. Aber nun hat sie das Leben doch längst getrennt. Nun ist das doch alles vorüber, lange vorüber. Er ist nach dem Examen kreuz und quer durch die Welt, coureur d'univers[8], neugierig bei allen Völkern herum, auf Abenteuer des Geistes und der Sinne, im Genusse lernend und genießend in der Lehre, Dandy, Zigeuner und Dilettant, gern mit der Pose des »guten Europäers«, fünf rasche, reiche Jahre, bis er am Ende doch die irren Spiele der feinen Nerven genug und wie Heimweh nach Ernst und Ordnung, nach irgendeinem Grate des Lebens bekam, sich in Lemberg für politische Ökonomie habilitierte und, wie er dann dreißig geworden, ins Parlament ging. Einstweilen hat Schlicht seine Straßen und Bahnen gebaut, an der Krems und das ganze bosnische Netz, und weiß Gott wo überall, und prügelt sich mit dem Gemeinderat um seine Stadtbahn; in diesen Debatten wird sein Name oft genannt. Wie, wo sollten sie sich da begegnen? Und was könnten sie sich auch sagen? Bei den Empfängen des Bürgermeisters treffen sie sich noch ab und zu, der mit einer Schwester Bludinskis verheiratet ist. Sie fühlen dann jedes Mal eine laute, herzliche, aufrichtige Freude, aber – wenn er sich ehrlich prüft: nicht zwei Gedanken, keinen Wunsch haben sie heute noch gemein. Was will er also viel mit den großen Pflichten gegen den »Freund«? Am Ende sind diese idealen Wallungen der ersten Jugend auch weiter nichts als schöne Illusionen; man belügt sich angenehm. Er wird sich deswegen heute, nach fünfzehn Jahren, nicht eine Laune versagen. Es wäre doch wirklich ein bisschen sehr naiv.

---

[8] (franz.) Weltenbummler

Nein - keine Spur. Es soll ihn nicht genieren. Nur natürlich - er denkt lieber nicht an den Gatten. Warum sich erst unnütz verstimmen? Ja - und jetzt? Wie wird das jetzt?

Auf dem Land ging es sehr einfach. Der Gatte reiste in England, geschäftlich. Er brauchte nicht an ihn zu denken. Aber jetzt - jetzt ist er hier vor seinem Hause. Er wird ihn sehen. Er wird ihn täglich sehen. Das ist eine unangenehme Wendung. Jemanden so gerade ins Gesicht zu betrügen - er weiß, wie seine kitzligen Nerven derlei gleich tragisch nehmen. Er hätte es nicht versprechen sollen.

Er hätte es ihr nicht versprechen sollen. Aber das ist diese verdammte Sentimentalität des Abschiedes! Wer kann da widerstehen - auf Tränen und Bitten!

Er hat es sich eigentlich zuerst nur so über den Sommer gedacht. Drei Monate ist auch gerade genug. Eine alte Regel, mitten im Glücke zu brechen, gerade wenn es am besten ist. Aber ... das sagt sich leicht... wenn eine weint und heult und man weiß, sie würde sterben! Und dann auch: er mag lange suchen, bis er Bequemeres findet. Gerade was er braucht: die große Leidenschaft, danke, schon lange nicht mehr, sondern das stille, trauliche, laue Glück, das nicht gleich den ganzen Menschen verschluckt, und mit einer gewissen zuverlässigen, bürgerlichen Solidität der Gefühle... so die gemäßigte Zone der Liebe. Und sie bewundert ihn so! Er bildet sich ja deswegen nichts ein. Sie bewundert leicht. Sie bewundert auch ihren Mann. Aber es tut einem doch immer wohl! Sie würde ihm auch wirklich erbarmen: er ist ihr großes Ereignis - sie könnte nicht mehr leben.

Aber nun wird er ihn sehen und - und am Ende hat er ihn wieder sehr gern, wie damals. Das ist das Unangenehme. Er erinnert sich: er mochte damals keinen von den Farbenbrüdern lieber. Vielleicht gerade, weil sie sich so wenig glichen. Er liebte die entschiedene, zuversichtliche Energie seiner einfachen Weise, mit dem blinden Vertrauen auf die eigene Kraft und dem heftigen Drange zur Tat um jeden Preis. Sie nannten ihn im Scherze den »Herrn von Zielbewusst«: denn »zielbewusst« war sein drittes Wort. Das träge Behagen der Füchse schonte er wenig; »Arbeiten, arbeiten«, hieß seine Losung. Sie verspotteten ihn gern, aber er imponierte ihnen doch. Er war unermüdlich. Er schwankte nie und ließ sich nicht treiben. Er wusste, was er wollte, und konnte es. Sie hatten großen Respekt. Nur seine Reden konnten ein bisschen kürzer sein; er predigte schrecklich, ohne Ende. Aber sie fühlten doch immer, dass es kein leeres Geschwätz, sondern aus dem Grunde einer ehrlichen, braven Natur war... Sie werden sich gewiss wieder sehr gut vertragen. Das fürchtet er. Er weiß nicht recht, aber er denkt es sich peinlich.

Man durfte sich eben mit Eheleuten überhaupt nicht befreunden. Nein, es geht mit den verheirateten Freunden nicht. Gefällt einem die Frau nicht, das nehmen sie einem sehr übel. Aber wenn sie einem gefällt, das dann natürlich erst recht! Wie soll man sich da verhalten? Es ist schwer.

Es sind eine Menge Dinge, die ihn verdrießen... je länger er sinnt. Er hat auch Sorge, Dora wird sich verraten. Sie ist sehr unbesonnen und töricht, von

Leidenschaft verblendet. Komödie versteht sie gar nicht. Es war schon ein Wunder, dass der alte Botaniker nichts gemerkt hat. Und wenn er denkt, dass es entdeckt werden könnte... der Skandal in der Presse und im Parlament... man hat ja immer gute Freunde, die schon lange warten - und überhaupt, es wäre sehr zuwider, sehr.

Aber er, er hätte sich das früher überlegen müssen. Jetzt hat er es schon einmal versprochen. Schlicht weiß es. Er hat ihm einen sehr netten Brief geschrieben. Er erwartet ihn. Was sollte er denken» wenn er auf einmal -? Es hieße, Verdacht geflissentlich reizen. Nein, er kann jetzt nicht mehr zurück. Es muss sein.

Er hat Angst. Er kennt sich. Wenn er es sich noch ein paar Mal beweist, dass es sein muss und nicht anders sein kann, dann geschieht es gewiss nicht. Das ist ein Rätsel seiner Natur: wenn er ganz genau das Vernünftige erwogen hat, dann treibt ihn am Ende eine fremde, aber unwiderstehliche Freude, gerade das Unvernünftige zu tun. Er begreift es nicht. Aber es ist stärker und wie ein tiefer heimlicher Dämon.

Es wird sehr lästig werden. Sicherlich - das heißt, man kann das eigentlich niemals sagen. Manches stellt man sich viel ärger vor, dann auf einmal geht es ganz gemütlich. Er müsste es immerhin erst versuchen. Vielleicht ist es gar nicht so schlimm, wie er jetzt denkt. Vielleicht sind es wieder nur seine verdammten Nerven, die alles zerstören. Sie treiben es ja immer so... wenn er in ein neues Theater, in ein fremdes Café will, das ist jedes Mal eine Haupt- und Staatsaktion von tausend Zweifeln und Bedenken. Wenn er Verlauf und Ende eines Dinges nicht aus Gewohnheit kennt, das quält ihn heftig, und er mag sich nicht entschließen.

Er möchte, dass jetzt über ihn irgendwie entschieden würde, wie immer... ganz gleich. Wenn jemand käme - zum Beispiel Schlicht, dass er nicht mehr zurück könnte... aber sonst wer, der ihn aufhalten würde, bis es zu spät wäre - so oder so. Aber es müsste irgend etwas mit ihm geschehen, damit er nichts zu tun brauchte.

Er schämt sich, wie feige er ist. Er muss es überwinden. Es wäre doch wirklich eine Schande.

Und plötzlich wendet er sich jäh, hastet die Straße zurück, vor das Tor und schellt. Gott sei Dank! Jetzt muss er.

II

Dora ist nicht allein. Sie hat Besuch, Frau Nelly Wimböck, von dem bekannten Klavierfabrikanten. Das erleichtert die Sache wesentlich.

Schlicht muss jeden Augenblick kommen. Er geht um zwölf aus dem Bureau. Er freut sich schon sehr.

Vorstellung; ein paar höfliche Phrasen; alles glatt, ruhig und korrekt.

Dora hält sich besser, als er meinte: gelassen, heiter, ganz unbefangen. Die verliebten Blicke und heimlichen Winke von Lofer sind weg. Er ist zufrieden. Seine Lehren sind doch nicht umsonst gewesen.

Aber komisch genug macht es sich, sie so fremd und strenge vor sich zu sehen, die doch lieber gleich in seine Küsse flöge: förmlich und gemessen, in der etwas steifen und gezwungenen Haltung der Provinz aufrecht auf dem Sofa... mit gezierten Gesten, wie ein kleines Mädel, das Besuch bei Mama spielt, sehr possierlich.

Sie plaudern allerhand vom Lande und erzählen, wie sie sich kennengelernt; und von den vielen prächtigen Ausflügen in die Pässe und was es sonst für Leute gab. Harmloses hat ihnen dabei einen heimlichen Sinn, und unauffällig mahnen sie sich an manches schöne Glück. Das ist ganz lustig. Einstweilen kann er denken, was er Schlicht sagen wird, wie er sich zu ihm stellen wird. Er fürchtet es jetzt gar nicht mehr.

Aber die Wohnung gefällt ihm nicht recht. Sie ist nicht behaglich. Er dürfte ja hier nichts für seinen verzärtelten Geschmack erwarten. Er wusste, dass er zu keinem Künstler, zu keiner Genreuse kommt. Es sind eben einfache Leute. Und eigentlich kann man gar nichts sagen: es ist recht elegant. Was die Tapezierer »Deutsche Renaissance« nennen – reichlich, sauber und tadellos. Nur – nur fühlt man sich wie in einem Hotel. Da könnte ebenso jeder andere wohnen. Man sieht nirgend, wem es gehören muss. Es ist alles da, was gebildete Menschen brauchen; aber es fehlt, was niemand braucht als gerade nur dieser eine, das Überflüssige, das diesem einen unentbehrlich ist, die persönliche Marke. Es fehlt der intime Geruch. Und auch: er weiß nicht, woran es liegt, aber die Möbel hängen sozusagen nicht zusammen und wissen sich nicht zu verhalten, eines zum anderen, sondern jedes bleibt verdrossen für sich. Es sind keine Fäden zwischen den Dingen –

oder wie man das nennen soll. Sie kümmern sich nicht umeinander. Alles hat auch immer gleich aufdringlich einen Zweck, eine Bestimmung, einen Beruf auf der Stirne. Nirgend ist Spiel und Tand. Und endlich: es gibt eben gewisse Dinge, die man nicht darf: da hängt unter der Rudelsburg mit dem S.C.Monument und unter der Brücke von Brooklyn zwischen Stichen von Edison und Darwin eine mächtige Photographie des Freiherrn von Czedik, des Präsidenten der Staatsbahnen, mit sämtlichen Orden. Nein, das muss sie entschieden anders hängen.

Sonderbar ist diese Frau Wimböck. Nicht mehr ganz jung – aber man bedauert es nicht, es würde auch nichts nützen. Hübsch kann sie nie gewesen sein. Aber vielleicht einmal recht zierlich und graziös; sie hat geschwinde, feine, erwählte Gebärden. An dem Mädchen wurde offenbar das Kindliche, Schelmische und Neckische bewundert: das kann sie nun das ganze Leben nicht vergessen. Sie ist jetzt fett und schwer und plump und schnauft und verliert gleich den Atem, aber sie piepst und tänzelt noch immer wie unter vierzehn Jahren. Dabei verzweifelt kokett wie eine alte Jungfer, die es um jeden Preis noch zwingen möchte. Halb Backfisch und halb alte Jungfer, das ganze in jenen gefährlichen Anfängen der Matrone, wo sie alle ein bisschen damisch werden – angenehme Mischung: ausgesucht beisammen, was er am wenigsten verträgt. Das einzige, es von der lustigen Seite zu nehmen. Er wird ihr ein bisschen den Kopf verdrehen. Verliebt muss sie sich gar gut machen. Sie wartet augenscheinlich nur darauf. Und es lenkt auf alle Fälle den Verdacht von Dora, wenn der Gatte doch vielleicht – man kann nie wissen. Er will gleich beginnen.

Da kommt Schlicht. Er ist noch ganz der alte, in jedem Zuge. Er hat sich gar nicht verändert. Alles noch ganz ebenso wie damals, das schlichte, glatte Haar in der Mitte gescheitelt, sorgfältig über die Schläfen, ein bisschen philisterlich und preußisch, und die große goldene Brille auf den hellen kalten Augen, über dem kurzen harten Haken der schmalen, scharfen Nase, und alles bestimmt, unzweifelhaft, fest, unwiderruflich, kein Rätsel oder Versteck in der offenen, einfachen und geraden Miene; und laut, breit, umständlich in der Rede, die er gerne hört, mit den großen, dringlichen, lärmenden Gebärden; alles unverändert wie damals, nur vielleicht noch etwas ausdrücklicher, absichtlicher und bewusster, indem er jetzt, was er ist, auch spielt. Ein schöner Mann, und er weiß es auch und fühlt sich, soweit sich das mit einem ernsten Manne verträgt, der immer seine germanische Würde wahrt.

Er grüßt gleich ganz in der alten Weise, mit der herzlichen Grobheit von damals: »Na, du bist mir ein schöner Kerl! Du kannst dich ausstopfen lassen! Schämst dich nicht? Gehört sich das? Ist das ein Benehmen? Muss man dich erst durch seine Frau einfangen lassen, dass man dich endlich erwischt? Und das nennt sich Freund? Pfui Deibel! Aber Sakrament, was wahr ist, ist wahr: Der Herr mit der schönsten Krawatte bist du noch immer! Daher auch – jetzt geht mir erst ein Licht auf – daher auch die unselige Leidenschaft meiner verblendeten Gattin! Jetzt begreife ich alles!«

Er hat sich hinter Dora gesetzt und zupft sie leise am Ohr und tätschelt ihren Hals. Sie rückt ein bisschen. Es ist ihr offenbar nicht angenehm, vor dem anderen. Sie guckt von dem Gatten auf Jan und zurück, neugierig die beiden nebeneinander zu sehen und heimlich zu vergleichen. Jeder scheint jetzt ganz anders, ungewohnt und fremd.

Schlicht einstweilen unaufhaltsam in einem Zuge weiter: »Aber ich sag dir: trau der Frau nicht. Du wirst dich blamieren. Lass dich von mir warnen. Ich kenne sie. Sie macht einem jeden verliebte Augen, aber es steckt nichts dahinter. Sie ist kokett und herzlos.«

»Aber Poldi!«

»Na deswegen brauchst nicht gleich rot zu werden, Tschaperl!« Er schlägt sie leicht auf die Wange, leutselig, gnädig, gönnerisch.

Jan schmeckt die Prahlerei nicht recht. Er hat es wirklich nicht nötig, wie ein Pascha zu tun. Als ob es so ganz ausgeschlossen wäre, dass ihr auch einmal ein anderer gefallen könnte! Was diese Ehemänner nur eigentlich denken! Auch sieht es schlecht aus! Der breite, schwere Mann mit den großen Füßen neben dem zarten und zerbrechlichen Figürchen! Er findet: Sie passen nicht zusammen, gar nicht. Und es fällt ihm plötzlich ein – wenn er jetzt aufstehen und erklären würde, ganz gelassen und höflich: »Pardon, du musst schon entschuldigen, aber die Dame kenne ich besser: wir haben seit drei Monaten ein Verhältnis!« Schade, dass die besten Gedanken immer unausführbar sind. Es geht leider wirklich nicht.

Sie holen alte Erinnerungen, wie es damals gewesen und was seitdem geworden, und manchen verwegenen Streich und was jetzt mit den andern Farbenbrüdern ist. Schlicht weiß alles. Er hat keinen ganz verloren. Es verlohnt die Mühe. Man kann da

44

manches lernen. Aus den berühmten »Blendern« an Geist und Witz, die eine große Zukunft versprachen, ist meistens nichts geworden. Aber die gewissen stillen, fleißigen und beharrlichen Leute, wenn sie auch nicht das Pulver erfunden haben, sitzen heute fest und warm. Es kommt viel weniger auf das Talent an. Auf Fleiß und Arbeit kommt es an. Er hat es immer gesagt. Jan wird sich erinnern. Arbeiten, arbeiten ohne Rast und unnachgiebig, jeden Tag, jede Stunde, unablässig vorwärts nach dem Ziele. Das ist es. Dem festen Willen und der beharrlichen Kraft gehört die Welt. Alles andere taugt nichts. Anders kommt man heute zu nichts.

Bludinski muss lächeln. Er denkt an sich. Wille und Kraft ist gerade nicht seine starke Seite. Er hat immer so mehr auf gut Glück gelebt, unbekümmert, wie es würde, ohne Sorgen um morgen. Er lässt sich vom Zufall treiben und tragen. Und es ist am Ende doch auch ganz hübsch geworden. Er ist doch heute sozusagen auch etwas. Professor an der Universität, Abgeordneter, Verwaltungsrat, und seine Stimme gilt, wenn er sich irgendwo verwendet, er kriegt nicht so leicht einen Korb; das ist schon auch etwas wert. Es gibt eben mehr als eine Weise, selig zu werden. Er erlaubt sich, das ganz schüchtern zu bemerken.

Er sollte doch wissen, dass es das bei Schlicht nicht gibt. Wenn der einmal eine Meinung hat, dann ist die Sache entschieden und dabei bleibt es. Man kann mit ihm nicht streiten. Er hört einen gar nicht. Und wenn es schon gelingt, einen Einwand zu verlauten, dann schüttelt er nur den Kopf, zwinkert mitleidig und lächelt: »Nein, mein Freund, gar keine Spur! Die Sache ist nämlich die!« Und nun fängt er noch einmal von vorne an und wiederholt es noch einmal, auch zweimal, wenn man nicht gleich Ruhe gibt; und dann ist es erledigt. Für ihn ist alles schon erledigt. Er weiß alles besser. Zweifel, Bedenken kennt er nicht. Kein Widerspruch kann ihn irren, verwirren, weil er nur nach seiner Seite sieht und hört, Jan muss das doch von früher wissen. So ist er immer gewesen.

Jan bedauert nur die arme Frau. Es muss schrecklich sein, wenn man so den ganzen Tag mit Weisheit angestrudelt wird. Aber sie hält sich ganz tapfer. Sie ist doch klüger, als er gemeint hat. Wie geschickt und ungezwungen sie mit ihm spricht und sich in keinem Blick verrät! Er hätte gar nicht gedacht, dass es ihr so leicht würde. Fast könnte es ihn ein bisschen verdrießen.

Schlicht schüttelt den Kopf, zwinkert mitleidig und erklärt Bludinski, wie es sich verhält. Gewiss, Jan ist Professor und Abgeordneter und alles mögliche; aber was bedeutet das? Er soll sich nicht täuschen. Er soll nur nicht glauben, dass die Zukunft den Professoren und der Politik gehört. Die Zukunft gehört der Technik. Hinter der ganzen Politik steckt eigentlich nichts. Es fehlt der Ernst, der sittliche Grund, der positive Wert. Dem Techniker gehört die Zukunft. So ist die Sache.

Von einem anderen wäre es nicht sehr höflich, denkt Bludinski, einem das zu sagen. Aber bei ihm empfindet er es nicht: es kommt so naiv und mit einer solchen Freude an der eigenen Unfehlbarkeit heraus, dass man ihm wirklich nicht bös werden kann. Er wundert sich bloß, wie verklärt und begeistert die beiden Frauen lauschen. Dora hat das überhaupt ... einen ganz unnötigen Respekt vor Sachen, die sie nicht versteht ... sogar beim botanischen Onkel. Da merkt man eben doch die Provinz; sie ist aus Grieskirchen, die Tochter des Kreisphysikus. Er muss es ihr abgewöhnen. Er wird sie schon erziehen.

Schlicht redet unaufhaltsam. Er entwickelt die Aufgaben der Menschheit. Dann entwickelt er die Aufgaben von Wien. Und da ist er endlich bei seinen Plänen und Entwürfen, da ist er bei seiner Stadtbahn. Seit fünf Jahren kämpft er wie ein Löwe. Dummheit, Niedertracht und Schwäche sind gegen ihn verschworen. Aber er weicht nicht. Er gibt nicht nach. Er wird siegen. Er weiß, dass er siegen muss. Es liegt unvermeidlich im Zwange der Natur, in der Logik der Entwicklung. Der Puls der Geschichte schlägt in seinem Projekt. Er fürchtet keine Intrige. Ihn beugt keine Tücke und List. Er vertraut. Er wird nicht rasten, bis die Verleumdung und der Neid geworfen und zertreten sind. Er hat es neulich im wissenschaftlichen Klub, bei einem großen Vortrag, der in den nächsten Tagen als Broschüre erscheint, mit einem feierlichen Eide gelobt. Er wird ihn halten.

Bludinski ist ja ganz einverstanden. Er hält die Stadtbahn für unentbehrlich, längst. Er zweifelt gar nicht, dass es früher oder später geschehen muss. Er hört auch den Entwurf von Schlicht allgemein loben. Also wird es ja sicherlich gehen. Er versteht nur nicht diese heftigen und tragischen Akzente. Er sagt es Schlicht.

»Mein lieber Freund, du hast zwar entschieden die schönsten Krawatten, aber von der Stadtbahn hast du eben doch keine Ahnung.«

Schlicht hat immer solche Einleitungen. Er liebt die feine Ironie. Als Student hat Bludinski das sehr bewundert. Jetzt findet er es eigentlich nicht mehr gar so großartig. Vielleicht geniert es ihn auch vor Dora.

Und Schlicht erklärt es. Er hat es neulich schon in Elterleins Kasino erklärt, bei einem großen Vortrage, der in der letzten Beilage der »Eisenbahnzeitung« gedruckt ist. Er wird ihm das Heft geben. Man muss freilich eigentlich ein Wiener sein, um es zu verstehen. Man muss für Wien fühlen. Man muss Wien lieben. Das ist es. Denn es handelt sich hier nicht bloß um sein wirtschaftliches Bedürfnis, mehr oder minder dringlich und wichtig. Es handelt sich ganz einfach um die Ehre von Wien. Es handelt sich um seine europäische Stellung. Es handelt sich, ob es aus der Liste der lebendigen Städte gestrichen und ein zweites Venedig werden oder auch ferner an der Spitze der Kultur marschieren und sich zu neuer, moderner Schönheit verjüngen soll. Es handelt sich um die Entscheidung zwischen Wien und Berlin. Stadtbahn oder nicht - das heißt: neu oder alt, Zukunft oder Vergangenheit, Leben oder Tod. Alle Fragen treffen sich in dieser. Wo immer man beginne, hier muss man enden. Alles kommt von ihr, geht zu ihr. Ein Beispiel: Wenn die Gemeinde sich heut für die Stadtbahn entscheidet, muss sie morgen eine neue Verfassung des Bauamtes schaffen. Mit der alten Form geht es nicht. Sie ist hinfällig und morsch. Das Bauamt hat ja vortreffliche Leute, aber sie können nichts leisten. Der Verkehr muss vom Bau gesondert werden und seine eigene Behörde erhalten, ein besonderes Verkehrsamt mit einem besonderen Verkehrsdirektor. Das ist das städtische Ei des Columbus. Er hat es tausendmal gesagt. Er hat es tausendmal geschrieben. Und er gibt nicht nach. Er wird schon endlich siegen.

Frau Wimböck geht. Dora begleitet sie hinaus. Bludinski macht Miene, sich auch zu empfehlen. Aber Schlicht lässt ihn nicht. Sie haben sich so länge nicht gesehen! Es tut so wohl, wieder einmal mit einem Freunde zu plaudern! »Na und was sagst du eigentlich zu meiner Frau? Gelt? Ja, da kann man wohl seine Freud haben!« Und er spitzt pfiffig die Lippen und schnalzt mit der Zunge.

Jan braucht nicht erst eine verlegene Phrase zu suchen. Schlicht verlangt keine Antwort. Er ist schon wieder im Zuge.

»Das muss man eben auch verstehen, mein Lieber! Siehst du, da heißt es dann: Sie können freilich leicht lachen, Sie haben halt Glück, so eine Frau findet nicht jeder! Unsinn, sag ich dir, lauter Unsinn! Auf die Frau kommt es gar nicht an. Die ist dabei ganz gleich. Auf den Mann kommt es an. Der formt und bildet die Frau. Nach ihm wird sie. Man muss es nur richtig verstehen. Ich hätte wen immer heiraten können: ich hätte aus jeder was gemacht– weil ich der Frau meine Natur, meinen Geist, meinen Charakter gebe. Das ist die Kunst. Das muss einer können. Freilich gehört da auch wieder Verstand, Fleiß und Geduld dazu. Es ist keine leichte Arbeit. Aber dann hat man auch ein Geschöpf, an dem man sich freuen, auf das man sich verlassen kann. Und du glaubst gar nicht, wie angenehm das ist, wenn man sich so recht als Herr und König fühlen und sich sagen darf: Das Dingerl da lebt überhaupt nur für dich und durch dich! Das ist halt doch was Schönes!«

Es kitzelt Bludinski. Diese Ehemänner sind doch einfach unglaublich. Jeder schwört, dass er, gerade er eine Ausnahme ist, die einzige Ausnahme von dem gemeinen Gesetz. Man müsste es wirklich einmal einem sagen, direkt sagen, in so einem Moment, wenn er gerade recht patzig und aufgeblasen tut. Was der für ein Gesicht machen würde? Es könnte ihn reizen. Ein Glück, dass Dora wiederkommt.

Sie plaudern weiter. Das heißt, Schlicht redet weiter. Noch einmal von der Stadtbahn, noch einmal von der Bildung eines Verkehrsamtes, noch einmal von den großen Pflichten der Gegenwart und Zukunft. Er bringt allerhand Zeichnungen, Broschüren und Pläne. Und von inneren und äußeren Ringen, von Radien und Zentren, von Umwegen und Schleifen, von normalen und sekundären Spuren, und von den eigentlichen Brennpunkten der Wirtschaft, dass Jan ganz wirr und Angst wird.

Jan äugelt verstohlen mit Dora und sucht heimlich ihre Hand. Das wenigstens könnte sie ihm schon gewähren. Schlicht würde nichts merken. Aber sie ist scheu und vermeidet es. Er kann ja nichts sagen. Eigentlich hat sie recht, und er findet es ganz in der Ordnung. Er hat es ihr selber strenge aufgetragen. Aber etwas weniger behutsam, weniger klug und bedenklich, so gefährlich und unbequem es werden könnte, wäre in diesem Falle weiblicher und mehr im Charakter der Liebe.

Endlich muss er doch fort. Für einen ersten Besuch ist es so schon ziemlich lange. Aber zwischen Freunden, zwischen so alten und vertrauten Freunden! Er wird herzlich eingeladen. Recht oft; je öfter, je lieber; am liebsten jeden Tag. Und nicht langweilig in der Früh, sondern um fünf zum Kaffee und dann muss er den Abend bleiben.

Er verspricht recht bald, recht oft zu kommen. Schlicht begleitet ihn durch den Garten. Er versucht da die Zucht einer neuen Rose; dieses Jahr ist es nicht gelungen. Aber er lässt sich nicht schrecken. Er will es noch einmal versuchen. Es gehört nur Fleiß und Geduld dazu. Und wenigstens hat er eine Arbeit mehr. Das ist seine Losung. Alles andere heißt nichts.

Wie er wieder in das Haus kommt, hat er eine neue Idee. Er ruft Dora.

Es ist schon länger sein Plan, parlamentarische Verbindungen zu suchen. Man muss überall seine Leute haben. Man weiß nie, wen man morgen brauchen wird. Da wäre nun ein ganz hübscher Anfang gemacht. Bludinski könnte ihnen allerhand interessante Menschen bringen - und gerade die Polen; niemand ist brauchbarer als die Polen! Er müsste sich nur wohl bei ihnen fühlen. Man müsste ihm ein bisschen schön tun. Diese Herren sind sehr verwöhnt. Eine Frau weiß ja das am besten, wie man so was macht. »Gelt, Tschaperl?«

»Wie du glaubst«, sagt Dora.

Bludinski weiß nicht recht, ob er eigentlich zu-frieden oder verstimmt ist. Das eine ist sicher: Er wird den Freund nicht zu gern haben, so dass es ihre Liebe stören könnte. Die Freundschaft ist nicht mehr gar so arg. Er kann sich nicht verhehlen, dass es im Grunde sogar eine kleine Enttäuschung war. Wenn er denkt, dass das einmal das Ideal seiner Jugend gewesen sein soll, dieser prahlerische, nichtige Gemeinplatz! Aber so darf er sich wenigstens die Reue und das schlechte Gewissen ersparen. Das ist auch was wert.

III

Es geht famos. Es ist das ideale Verhältnis. Nett, bequem, gemütlich, und eine stille, heitere Unschuld liegt darauf.

Zwei Monate bald und kein Zank, kein Verdruss, keine Störung, nicht eine Stunde. Es ist immer gleich, jeden Tag. Und es ist immer gut und sanft.

Bludinski denkt oft zurück an die anderen und vergleicht. Vielleicht waren sie lauter, veränderlicher, bunter. Aber niemals hat er sich so gewiß und fest im Glück gefühlt, heimisch und wie eingeboren.

Genau, was er jetzt braucht, der ausgetobt und sechsunddreißig Jahre hat: Ruhe, in milden Tönen, halben Farben, leise Freude und Behagen. Er ist nicht mehr für das Erotische und Extravagante. Die große Leidenschaft hat er satt. Seide, seltene Gerüche, wilde Steine - als junger Mensch tut man es schon einmal nicht anders. Man verdirbt sich bald den Magen. Er ist jetzt für die schlichte, biedere Hausmannskost der Liebe, unverpfeffert und gesund. Er vermeidet die grellen Reize. Sie sind ja gewiss auch nicht ohne Genuss und man kommt sich schrecklich nobel vor, recht an den Nerven zu zerren und zu zupfen. Aber alles zu seiner Zeit. Er kann seine Nerven jetzt besser brauchen. Es wäre auch gar nicht mehr möglich. Ein junger Mensch - ja! Der tut den ganzen Tag sonst nichts, da geht es. Aber darüber ist er heute doch schon hinaus: er sucht und findet im Leben auch noch anderes als Liebe. Er hat seinen Beruf, er hat seine Politik, er hat manche Neigung und Liebhaberei. Die Liebe kommt erst an zweiter Stelle, Und er erkennt auch immer mehr: der rechte Wechsel vieler Widersprüche, von Arbeit und Freude, Ernst und Spiel, ist allein das letzte Geheimnis des Glückes.

Er kommt fast jeden Tag, um halb sechs, sechs, nach der Sitzung, und bleibt zwei, drei Stunden; Sonntag speist er dort. Einmal die Woche ist Schlicht in irgendeiner Versammlung und alle zehn Tage verreist er, den Bau seiner ungarischen Bahn inspizieren. Es ist, ob er es nun vom Gemüte aus oder ökonomisch oder gesundheitlich richtet, sehr empfehlenswert und ersprießlich, in jeder Beziehung.

Er fühlt sich sozusagen wie verheiratet, hinter allen Stürmen. Wirklich, das ist es. Sein Leben hat endlich Ordnung und Regel. Er weiß, wohin er gehört. Er läuft nach keinem Abenteuer mehr. Es gibt keine Szenen. Das ewige Hin und Her der anderen, mit den täglichen Trennungen und Versöhnungen, fehlt. Es geht immer alles gelassen und gleich. Und weil Schlicht ohne Arg ist, merken sie gar nicht, dass vielleicht etwas Unerlaubtes daran sein könnte.

Natürlich ganz unverstimmt und glatt kann's auch nicht immer bleiben. Mit der Zeit gibt es schon bisweilen kleine Leiden. Er ist selber Schuld. Er quält sich mutwillig. Er quält sich mit Wünschen, die eben einmal nicht möglich und auch ganz eitel sind.

Da ist zum Beispiel ein albernes Gefühl, das sich nicht verdrängen lassen will: er schämt sich heimlich, dass es so lange dauert. Er würde verzweifeln, wenn es schon aus wäre; aber er empfindet es gemein und bürgerlich, dass es so lange dauert. Sonst war er immer ziemlich unbeständig. Man wird eben alt. Es ist ein schlimmes Zeichen.

Er kommt auch aus allem, heraus, nicht gerade aus der Gesellschaft, aber aus dem Zuge der Vergnügen. Sonst hat er keine Premiere vergessen. Jetzt hockt er immer da draußen. Sonst hat man immer von seinen Verhältnissen gewusst und geredet. Er liebte es, sie zu zeigen. Es ist angenehm, in der Oper oder auf Bällen alle Gucker neidisch nach der Dame gerichtet zu sehen, die einem gehört. Das muss er jetzt entbehren. Die Leute werden sagen: Die schönen 2eiten sind bei dem auch langsam vorbei.

Ihre Liebe könnte überhaupt mehr Wechsel vertragen. Ruhe ist schon gut. Aber endlich hat alles seine Grenzen.

Es kommen trostlose Leute in das Haus: Kollegen aus dem Büro, junge Streber, an denen Schlicht den Gönner spielt, Macher und Agenten; er musste schon als Student immer einen Hof voll Jasagern und Bewunderern haben. Da wird oft stundenlang nur von Geschäften geredet. Und alles natürlich immer mit der gewissen heimlichen Entrüstung der Techniker, dass der Kaiser seine Minister noch immer nicht unter den Bahnwächtern wählt.

Auch Nelly Wimböck kommt oft, das mannstolle Frauenzimmer. Die Person macht ihn nervöse. Sie schmeicheln und hofieren ihr: Der Vater, der Hofzuckerbäcker, sitzt im Länderausschuss, und der Mann, der bekannte Klavierfabrikant, hat Geld. Aber das geht doch Jan nichts an. Er mag sie nicht. Er verträgt ihre zudringlich lüsterne Art nicht. Dora verteidigt sie. Sie ist eigentlich sehr zu bedauern. Sie möchte gar so gern auch einmal eine Liebe, ein einziges Mal im Leben. Immer liest und überall hört sie davon, und nur ihr passiert es nie. Es ist ein Pech, romantisch zu sein, wenn man hässlich ist. Da lachen die Leute. Als ob die hässlichen nicht ganz solche Gefühle hätten wie die Schönen! Warum soll es denn ihnen nicht erlaubt sein?, Es sieht nicht hübsch aus, meint Jan. Übrigens gibt er ja Dora ganz Recht. Nur fühlt gerade er sich nicht berufen, die Lose des Glückes auszugleichen. Auch ist ihm Nelly noch besonders zuwider, weil sie gar begeistert und verklärt den Tiraden Schlichts lauscht. Und die verträgt er jetzt mit jedem Tage weniger.

Es ist geradezu entsetzlich. Immer und immer das gleiche, unabänderlich! Immer: Arbeit! Arbeit! Immer: Fleiß, Energie und Geduld! Immer die Stadtbahn! Immer die Trennung des Verkehrs vom Bauamte! Und Jan mag überhaupt das laute Sprechen nicht. Dabei kann Schlicht nie sitzen, sondern muss immer stehen, um schon äußerlich über die anderen zu ragen, und fuchtelt einem mit geballten Fäusten seine Argumente unter die Nase. Er ist unausstehlich. Er hat gar kein Gefühl, dass einem das einmal zu viel werden könnte. Er hat gar keine Rücksicht, dass man nicht immer gleich aufgelegt ist. Er muss immer hofmeistern und dozieren. Gelassenen Tausch von Meinungen und die feine Lust am Suchen, das lieber gar nicht finden will, versteht er nicht. Er weiß alles besser. Er will immer bekehren. Manchmal gehen Bludinski doch die Nerven durch: er kann nicht mehr und wird heftig. Schlicht nimmt ihm das nicht weiter übel. Er hat ihn ein für allemal in die Rubrik der »hysterischen Männer« getan. Da darf man es nicht so strenge nehmen.

Besonders über die Weiber streiten sie gern. Es ist zu dumm, dass er das auch besser wissen möchte. Ja, er behauptet gleich: Bludinski kennt bloß die Kokotte und versteht die anständige Frau überhaupt nicht. Und Dora sitzt daneben! Man könnte wirklich Lust kriegen, es ihm einmal zu sagen.

Unglaublich, wie er mit so etwas einst Freundschaft halten konnte! Wo hatte er damals nur seine Augen? Sie sind doch durchaus unverträgliche Naturen. Man braucht sie bloß nebeneinander zu sehen: die breite ungeschlachte Biedermeierei des lauten und massiven Schlicht und seinen weichen, geschmeidigen, gerne ein bisschen verkünstelten Chic, um den es wie ein verwischter Schimmer von entglittenen Parfümen ist. Jeder Fremde, denkt er, müsste auf den ersten Blick erkennen, dass zwischen ihnen keine Gemeinschaft werden kann.

So stört Schlicht das Glück etwas. Sie könnten ihn entbehren.

Na, aber im ganzen ist es doch eigentlich recht nett, -Na, aber im ganzen ist es doch eigentlich recht nett, und er möchte es nicht anders. Ewig wird es ja auch nicht dauern. Aber vorderhand macht es sich sehr gut.

IV

Bludinski ist eben aus dem Bette. Zehn Uhr. Er muss in die Sitzung. Er hastet unwirsch unter den Briefen und Papieren. Er mag den Morgen nicht. Das dumme Wort von der Morgenstunde mit dem Gold im Munde versteht er nicht. Ihm ist morgens immer ganz elend. Alles verdrießt ihn, er denkt schwer und seine Nerven sträuben sich. Nach und nach kommt er mühsam sozusagen erst wieder in Gang. Nach und nach entdüstert er sich und erwacht. Aber die ersten zwei, drei Stunden des Tages sind hässlich. Da reizt und sticht ihn alles. Die Sonne ist grell, und die Straße ist laut, und es geschieht zu viel; es tobt unerträglich an seinen Sinnen. Das ist immer so gewesen. Er kann sich nicht erinnern, dass er einmal einen Tag ohne Verdruss und gern begonnen hätte.

Er hastet unter den Briefen und richtet seine Papiere. Dann kleidet er sich. Es schellt. Der Diener kommt: Der Herr sagt, dass es dringlich und wichtig sei. Auf der Karte steht: Leopold Schlicht.

Sonderbar. Was soll das? Was kann er wollen? Zu dieser ungewöhnlichen Stunde –! Da ist irgend etwas nicht in Ordnung.

Der Herr möchte entschuldigen und einen Moment warten. Er ist gleich fertig. Nur einen Moment.

Da ist offenbar irgend etwas nicht in Ordnung. Sollte Schlicht etwa –? Er ist ohne Arg. Aber es gibt gute Freunde. Und sie sind auch allmählich ein bisschen gar übermütig und unbedenklich geworden, ohne jede Vorsicht. Er war schon ein paar Tage anders als sonst, verstimmt, ungesprächig. Sie haben es auf geschäftlichen Verdruss gerechnet, auf seine Hoffnungen, Pläne und Sorgen. Aber es könnte doch auch –! Irgendwas ganz Dummes und Geringes verrät oft. Es wäre sehr peinlich. Und gerade jetzt auch noch, in der Früh! Er fühlt, dass er sich schlecht und ungeschickt benehmen wird. Er hat um diese Stunde keine Herrschaft über sich. Er vermag nichts. Nach dem Essen würde er sich nicht fürchten.

Er nimmt ein Glas Whisky.

Unsinn! Fällt ihm ja gar nicht ein! Es wird was Geschäftliches sein, oder er hat vielleicht eine Loge in die Oper.

Aber er will doch für alle Fälle die Fotografien Doras lieber verstecken. Fünf ist ein bisschen viel. So.

Schlicht beginnt sehr herzlich und heiter und als ob gar nichts wäre, von tausend fremden und unnützen Dingen müßig hin und her. Aber Jan sagt sich, dass er doch deswegen nicht kommt, zu dieser Stunde, bloß um zu schwatzen und zu plaudern, und möchte gern wissen, wohin er etwa will; er klopft hier und dort und horcht und lauert. Schlicht folgt ihm nicht, sondern bummelt gemütlich im Zimmer und fragt und bewundert. Er bewundert die japanischen Wände in den hellen, matten und verschämten Farben, die Stiche aus dem Rokoko des Coypel und des Greuze, die schweren indischen Seiden, von der Zeit gefleckt und müde. Das heißt, wie er überhaupt bewundert, als ein Erwachsener Spielereien der Kinder. Vor dem großen Kasten bleibt er lange. Da ist eine wunderliche Sammlung: Damenstiefelchen der ganzen Welt, spanische und russische und Pariser, von schwedischen Bäuerinnen und ein sehr köstliches, hart erworbenes Paar, das der Malibran gehörte. Da kann er sich doch einer längeren Rede nicht enthalten. Eines ernsten Mannes, der Ziele hat, ist das doch wirklich nicht würdig. Wie kann man Mühe und Zeit und Geld auf solchen Tand vergeuden? Hat er denn gar keinen Sinn für die großen und strengen Fragen der Menschheit, die heute rings alle Kraft und Arbeit erwarten? Was sollen später einmal die Enkel, die

Richter ihrer Ahnen, sagen, wenn sie alle Pflichten versäumt und alle Forderungen vergessen finden? Und in diesem Tone geht es unaufhaltsam fort.

Jan wird nervös. Abends kann man sich das allenfalls noch gefallen lassen. Aber den Tag gleich so beginnen – und in seiner eigenen Wohnung auch noch! Natürlich, Schlicht bildet sich ja am Ende noch ein, dass es ihm ein besonderes Vergnügen ist. Er kann ihm doch nicht sagen, dass es bloß um Dora geschieht! Er spielt eine klägliche Rolle.

Und er muss fort Er muss ins Parlament. Er will nur nicht davon sprechen, sonst –! Er fühlt, als ob noch irgend etwas käme, hinter dem müßigen Geschwätz. Und das fordert er lieber nicht vor der Zeit heraus. Er will es Schlicht nicht erleichtern.

Schlicht redet noch mehr als sonst und hastiger, absichtlicher, lauter. Jan sagt gar nichts. Er muss geduldig warten. Es dauert lange, unerträglich lange. Die Frauen verdienen alle zusammen nicht, was man um jede leidet.

Jetzt sitzt Schlicht endlich und schweigt. Die Walze von der Arbeit und den großen Fragen der Zeit ist abgelaufen. Er nimmt eine Zigarre und bläst Ringe. Er wird etwas verlegen. Er hat entschieden noch irgend etwas. Er sucht einen Anfang. Auf einmal lacht er und fragt: »Na und was glaubst du, dass ich zu dir komme, um mir den dummen Gschnas da anzuschauen?«

»Wenn ich dir sonst irgendwie dienen kann -«

»Ha, ha! du wirst es nicht erraten! Wetten, dass nicht –? Nämlich –.« Und er verwirrt sich, stockt und hält. So geht es nicht. Er hat den rechten Ton nicht.

Er beginnt auf einmal von ihrer Jugend, von jenem glücklichen Leben im Korps, von den unvergänglichen, ewigen Idealen. Er wird melancholisch und weich. Jan kennt dieses ausgequetschte, weinerliche Pathos aus den Exkneipen, am Rande des besoffenen Elends.

Und vom Korps zur Freundschaft, zuerst zur Freundschaft überhaupt und dann zu ihrer besonderen Freundschaft, von dieser tiefen und heiligen Weihe, in der alle Grenzen aufgehoben und zwei Seelen zu unzertrennlicher Gemeinschaft verbunden sind. Sie können doch jeder zum anderen sprechen, wie zu sich selber. Sie sind mehr als Zwillinge und Brüder. In ihnen lebt der gleiche Geist. Und durch das Blut, das für die Farbe freudig oft vergossene Blut, sind sie vereint.

Es sind die alten Worte aus dem Korps. Aber niemals hat sie Jan deutlicher als Phrase und Schwindel empfunden. Darum versichert er auch hastiger und lauter, als es sonst seine Art ist, dass sich das doch natürlich von selber versteht und dass er es genau ebenso fühlt wie Schlicht.

Nun also! Dann ist ja alles leicht und einfach, dann wird er ihn gelassen hören. Dann wird er ihn verstehen. Es handelt sich nämlich um Dora. So geht das nicht weiter.

Jan erschrickt. Er hat es also doch bemerkt. Sie hielten ihn für blind und ohne Arg. Sie glaubten an sein Vertrauen. Aber er hat sie betrogen. Jetzt nur klug und behutsam!

»Was ist mit Dora? Ich verstehe das nicht.«

»Natürlich nicht! Weil ihr eben alle zwei Kinder seid, die reinen Kinder! An die Leute denkt ihr nicht! Das ist es gerade! Aber nur schön eins nach dem andern!«

Es fällt Schlicht nicht ein, sie irgendwie zu verdächtigen und zu verleumden. Das muss er vor allem anderen ausdrücklich erklären. Davon ist nicht die Rede. Er vertraut ihnen. Er weiß, dass nichts geschehen ist. Er kennt Jan. Er kennt Dora. Jan ist sein Freund. Dora ist eine anständige Frau. Und wenn das alles nicht wäre, er weiß doch, wie sie ihn liebt! Sie gibt ihm täglich neue Beweise. Er sieht es in jedem Blicke. Er hört es aus jedem Wort. Solange einem Manne alle Leidenschaften und Begierden seiner Frau gehören, kann er unbekümmert vertrauen. Dora ist auch viel zu töricht und ungeschickt. Sie würde sich gleich verraten. Sie kann ihm nichts verheimlichen. Er kennt jede Falte ihres Gemütes. Er sieht an ihrer Nase, was jeden Moment in ihr geschieht. Wie gesagt, davon ist nicht die Rede. Aber die Leute!

Die Leute! Das ist es! Die Leute sind schlecht und gemein und verleumden. Die Leute mischen sich in alles und lästern. Man redet schon über sie. Man schreibt ihm anonyme Briefe. Freunde warnen ihn. Der große Galeotto[R1 (ital.) Kuppler, Verräter] rastet nicht. Dora verliert ihren Ruf, und er wird lächerlich. Was tun? Vielleicht würde er wenn er reich und unabhängig wäre, nach den Leuten nicht fragen. Es ist immer bedenklich und endet selten gut, aber er hätte den trotzigen Mut, es im Gefühle ihrer Unschuld zu wagen. Aber er ist nicht reich. Er darf es nicht. Er lebt von den Leuten. Er muss ihre Meinungen schonen. Er muss

mit ihren Sitten und Gewohnheiten rechnen. Er muss ihren Forderungen gehorchen. Er bringt sich sonst um seine Existenz. Es gibt ein einziges Mittel: Jan darf nicht mehr in das Haus. Er hat es tausendfach erwogen und geprüft. Er weiß sonst keinen Rat. Jan wird ihn recht verstehen. Jan wird nicht den Empfindlichen spielen. Jan weiß, wie er ihn liebt. Und dass er ihm das alles so unverhohlen sagt und ehrlich zu ihm kommt, das ist ja wohl der beste Beweis seiner Freundschaft und seines Vertrauens. Es tut ihm selber gewiss am meisten leid. Aber es ist einmal unerlässlich.

Jan denkt die ganze Zeit bloß: Schlicht lügt. Er lügt gewiss. Es ist alles Komödie. Aber was kann er tun? Er hat keine Wahl. Wenn die Bitte nicht wirkt, würde er einfach befehlen. Jeder hat schließlich das Recht, einem sein Haus zu verbieten. Dagegen lässt sich gar nichts sagen. Wenn er zaudert, reizt er bloß seinen Verdacht.

Also erklärt er sich sofort bereit. Selbstverständlich! Er wird nicht mehr kommen. Wenn er geahnt hätte, dass jemand -! Und er erbittert sich heftig gegen den niedrigen und gemeinen Sinn der Leute. Er redet so entrüstet, dass er am Ende ganz entrüstet fühlt.

»Abgemacht?« fragt Schlicht und hält ihm die Hand hin.

»Abgemacht!« sagt Jan und schlägt ein. »Dein Haus sieht mich nicht wieder.«

»So tragisch brauchst du's nun gar nicht gleich zu nehmen. Von Zeit zu Zeit, alle zwei, drei Monate, kannst du uns ganz gut besuchen. Na, und das versteht sich wohl von selber, dass es zwischen uns beiden an unserem Verhältnis nichts ändert. Das wäre noch schöner. Im Gegenteil. Nur werden wir uns eben nicht mehr bei mir, sondern in der Kneipe sehen.«

Das fehlte Jan gerade noch.

»Es ist vielleicht für uns auch besser. Eine Frau stört schließlich doch immer. Natürlich du musst dich mit ihr beschäftigen und ihr ein bisschen hofieren und das zieht dich unwillkürlich von mir ab. Und endlich bist du doch mein Freund, nicht der ihre! Aber wenn wir uns zum Beispiel jeden Mittwoch, da habe ich Baukonferenz, das dauert so bis neun, halb zehn –«

Das können sie ja noch ein ander Mal überlegen. Aber jetzt muss er Jan schon entschuldigen. Es ist halb zwölf.

Gleich. Schlicht geht gleich. Nur noch eins. Das darf er nicht vergessen. Dora soll von der ganzen Geschichte nichts wissen. Es würde sie sehr kränken, wie die Leute reden. Und es ist auch für den Fall, dass einmal jemand nach Bludinski fragt; sie würde schrecklich verlegen und rot; sie kann sich nicht verstellen. Die Leute hätten erst wieder was zu reden. Und es hat gar keinen Zweck. Sie wollen ihre Unbefangenheit nicht stören. Er wird sagen, dass Jan jetzt viel zu tun hat, ein wichtiges Referat, oder zu seinen Wählern verreist ist, so irgendeinen plausiblen Grund, und in vier Wochen hat sie ihn längst vergessen. Man weiß doch, wie die Weiber sind.

Jan schreibt, wie Schlicht weg ist, sofort an Dora. Sein Diener ist ein verlässlicher und erprobter Postillion. Schlicht wird sich irren; er darf sich nicht einbilden, dass sie so leicht zu trennen sind. Nun gerade nicht. Sie sind immer noch ein bisschen schlauer.

Nein, es wird dem Herrn nicht gelingen. Nimmermehr! Jetzt fühlt er ja erst die ganze Kraft und Tiefe seiner Liebe. Er könnte ohne sie nicht leben. Er hätte es gar nicht gedacht.

Er überlegt und sinnt eine Zeit. Wie mag das mit Schlicht eigentlich sein? Er weiß offenbar nichts. Das ist klar. Aber dass es wirklich nur Sorge um den Klatsch der Leute wäre, ohne jeden Verdacht, das glaubt er ihm nicht; es wäre auch geradezu eine Beleidigung. Da steckt noch irgendwas anderes.

Aber er muss in die Kammer.

V

Nach drei Wochen.

Nelly ist bei Dora zum Kaffee und sie plaudern. Dann kommt Schlicht.

Nach einer Weile fragt er: »Und Bludinski war noch immer nicht wieder da?«

»Nein«

»Ich begreife es nicht. Ich begreife es wirklich nicht. Ich habe ihm doch sogar geschrieben.«

Aber Nelly und Dora kümmern sich nicht weiter. Sie reden anderes.

Dann beginnt er wieder: »Ich muss schon sagen, ich finde es merkwürdig von Bludinski. Höflich ist es entschieden nicht.«

»Höflich sind die Herren von heute überhaupt nicht«, sagt Nelly.

»Aber ich wette: es ist eine Weibergeschichte. Er hat sich wieder einmal wo verbandelt.«

»Sie verteidigen ihn immer.«

»Ja, mein Mann hat ihn sehr gern. Aber wir können ihm doch nicht nachlaufen. Wenn er sich woanders besser unterhält –«

»Pass auf – es ist gewiss eine Weibergeschichte. Ich kenne ihn. Irgendein neuer Stern vom Brettel oder vom Ballett.«

Nelly rümpft die Nase. »So! Diese Damen liebt er!«

»Ja – das ist einmal sein Temperament! So war er schon als Student. Mit einer anständigen Frau hat er, glaub ich, sein ganzes Leben nichts gehabt. Es muss schon ein bisschen wildeln – anders tut er's nicht. Theater oder noch lieber Zirkus. Das ist sein Fall.«

»Einen solchen Mann möchte ich mir nicht wünschen.«

»Ich auch nicht, wenn ich eine Frau wär. Aber deswegen ist er doch ein reizender Kerl. Nur schrecklich unzuverlässig: Heute laute Begeisterung und morgen hat er einen total vergessen.«

Wie Nelly fort ist, fragt er Dora: »Hast was gemerkt?«

Dora sieht erstaunt und verneint.

»Ich hab nämlich absichtlich so viel von Bludinski geredet. Ich glaub nämlich, da war etwas, mit den beiden.«

Dora lacht leise.

»Du musst es doch auch gesehen haben: er war sehr verschossen in sie.«

»Natürlich. Das war deutlich.«

»Das ist der perverse Geschmack dieser Lebemänner: je älter, je lieber.«

»Da kann sie ja froh sein.«

»Sie hat ihn aber bös abfallen lassen. Drum kommt er nicht mehr.«

»Sie ist sonst gar nicht so.«

»Ja, das ist das merkwürdige, aber man erlebt es oft: auf anständige Frauen wirkt diese Sorte von Männern nicht. Es ist vielmehr gradezu, als ob sie Furcht und Ekel vor ihnen hätten.«

»Eigentlich ist es ja auch begreiflich.«

Er sieht nach der Uhr. Er muss noch arbeiten. Sie verzieht das Gesicht.

»Es geht nicht anders, Tschaperl! Ein Haufen Arbeit! Und Montag muss ich wieder nach Ungarn.«

»Diese dumme Bahn!«

Er küsst sie.

Dann, in seinem Zimmer, bevor er sich setzt, aufrecht am Tische, schaut und sinnt er vergnügt. Er ist mit sich sehr zufrieden. Das hat er ungemein geschickt gemacht. Man muss nur wachsam und geduldig sein. Die Frauen sind so leicht zu führen!

VI

Die Sitzung will heute wieder einmal nicht enden. Immer noch ein neuer Zank! Die Antisemiten toben. Da kriegt Bludinski immer auch sein Teil. Sie hassen ihn besonders. Er weiß eigentlich nicht recht, warum. Seine leichte, weltläufige, gerne ein bisschen verächtliche Ironie, die nichts ernst nimmt und alles mit zierlichen Witzen erledigt, entrüstet sie. Er hat kein Pathos. Er kommt nicht in

Wut. Er ärgert sich nicht. Er bleibt immer ungereizt, gelassen und überlegen. Sie wollen doch sehen, wie weit das geht. Sie werden es ihm schon vertreiben.

Er zieht jede Minute die Uhr. Es ist gleich vier. Er wird wirklich noch am Ende den Zug versäumen. Er kann nicht fort. Er darf bei der Abstimmung nicht fehlen. Sie wird namentlich. Das hält man ihm dann wieder ein Jahr lang vor: »Als es die Entscheidung dieser wichtigen Frage galt, in der schwersten Stunde der ganzen Session, wo war da der Abgeordnete Bludinski?« Er kann ihnen doch nicht sagen, dass er zu ihr muss, weil der Mann verreist ist. Sie haben dafür keinen Sinn oder tun wenigstens so.

Endlich ist es vorbei. Er verwünscht die ganze Komödie der Politik. Und in wilder Hast auf die Bahn.

Es war höchste Zeit. Nun legt er sich behaglich zurück, entspannt seine Nerven und hegt liebliche Bilder. In einer Stunde ist er bei ihr. Er sieht sie schon in der schmalen Halle der kleinen Station, wie sie ungeduldig trippelt, mit den feinen, spitzen Stiefelchen auf die Steine schlägt und nach jedem Wölkchen, ob es nicht endlich der Rauch des Zuges ist, gierig lugt, sorglich verschleiert und in die schwere Boa gemummt, welche das dünne, schmächtige und zärtliche Figürchen fast erdrückt. Es ist ein angenehmer Gedanke, dass man von Leidenschaft erwartet wird.

Der Zug, gleitet still. Die Luft ist dicht, enge und wie verstopft. Schnee hängt. Es liegt eine tiefe Heimlichkeit auf der Landschaft. Er fühlt es, als schliche er nächtlich verstohlen zum Liebchen.

Er wird lustig und froh. Seine Nerven schwellen und regen sich tänzerisch. Er fühlt es, wie wenn er als Knabe hinter das Haus um eine verschwiegene Zigarre kroch oder die Schule schwänzte. Es ist ein Triumph, das Schicksal zu betrügen und verbotenes Glück zu stehlen. Er hat sie riesig lieb!

Er hat das früher noch gar nicht so gewusst. Er hat es ihr auch noch niemals recht gesagt. Heute soll sie es hören. Und er sucht köstliche, seltene Blüten der Sprache, bunte heiße Zärtlichkeiten, und windet sie mit feinen Fäden, die leuchten, und bindet schwere, üppige Kränze. Er hat sie lieb!

Schelmereien huschen durch seine Wünsche. Er möchte was anstellen, irgendeinen losen, verwegenen Streich. Es ist wie ein leichter Schwips. Es prickelt, schwirrt und flirrt im Blute. Es versucht ihn, das Notsignal zu ziehen. Er darf es gar nicht sehen. Er muss sich anders setzen. Es ist ganz dumm. Es gäbe eine schöne Geschichte. Die Antisemiten hätten eine Freude. Aber er wird es nicht los. Es ist eine tolle Begierde in ihm, recht verrückt zu tun. Er winkt den Kindern, die den Zug vorüberlassen, und ruft und lacht und schwingt seinen Hut und weht mit dem Tuche. Er äugelt frech mit den Frauen und wirft Küsse. Unter die Leute möchte er es am liebsten schreien, dass er ja nicht ein gemeiner Passagier ist, wie die anderen, sondern in Liebe reist, zu seinem heimlichen Weibe.

Er wandert im Wagen. Er ist ganz allein. Niemand stört ihn. Draußen hängt der Schnee wie eine gütige Decke auf der fremden Welt. Und er hört nichts als den raschen Flügelschlag des Dampfes, der in das Glück trägt.

Er wird weich und milde und gut. Er möchte den Menschen helfen. Er möchte alle glücklich machen. Er schenkt dem Schaffner. Er möchte Geld unter die Leute streuen.

Er wandert im Wagen und stellt sich alles vor, wie es sein wird. Jetzt wartet sie schon und horcht, ob es noch immer nicht der Zug ist. Und wie er dann endlich vom Tritte springen wird, stürzt sie in seinen Kuß, und sie jauchzen selig und stammeln liebe irre Dinge. Er hat ihr so viel zu sagen, sie muss so viel erzählen. Dann fahren sie in das Hotel und wählen das Zimmer und alles ist Freude. Und er fühlt jeden Kuß, jeden listigen Griff und die tausend neuen Spiele der Begierde und kaut alle Würze des Glückes vor.

Er möchte schneller zu ihr und möchte doch lieber noch nicht. Der Zug müsste rasen, aber immer ohne Ende. Ganz nahe, ganz dicht am Glück, aber immer noch nicht dort, damit er immer noch näher könnte – so ist es schöner als im Glücke selbst!

Er macht ein Programm. Er wählt die Worte und wiederholt sie, die er ihr sagen will. Er möchte neue Küsse erfinden, die kein anderer gibt, ungekannte, tödliche Wonne.

Da ist schon die Station. Sie hat ihn schon erblickt und winkt. Das arme, dünne Näschen, wie er sie küsst, ist ganz kalt.

Sie nehmen das schönste Zimmer, wo in großen Lettern eine Inschrift ist, weil der Kaiser Josef dort gewohnt hat. Der Wirt kommt selber herauf und ehrt sie und sagt, was in der Stadt zu sehen ist; zwei Tage werden sie schon brauchen; sie hat unter dem neuen Bürgermeister einen großen

Aufschwung genommen. Es interessiert sie sehr. Dann setzt sich Jan mit strenger Würde und schreibt die Meldung: Johannes Schlaf, Schriftsteller aus Berlin, samt Gemahlin. Der Wirt verneigt sich: Er hat schon gehört. Das macht ihnen unbändigen Spaß. So rächen sie sich an der neuen Literatur der Berliner, weil sie langweilig ist. Sie reisen immer unter einem von diesen gern berühmten Namen. In hundert Jahren werden verzweifelte Germanisten sich die Köpfe zerbrechen, was denn nur diesen Winter 91 Arno Holz, Johannes Schlaf und Heinz Tovote in Ottakring, Korneuburg und St. Pölten in einem fort getan. Wenn es ihre Frau einmal erfährt, meint Dora, lässt sie sich scheiden; aber wahrscheinlich sind sie gar nicht verheiratet; sie schreiben so unverheiratet.«

Den nächsten Morgen wollen sie ein bisschen hinaus, auf die Straße. Die Stadt sehen und den frischen Winter trinken. Es ist ihnen matt und dumpf wie ein schwerer Nebel auf den Nerven. Sie möchten Luft und Atem. Schlicht kommt erst die Nacht zurück. Sie haben Zeit bis zum Kurier um fünf.

Wie sie durch den Gang an der Loge des Portiers, der grüßt, vorüberkommen, ist da ein Telegramm für Dora Schlicht. Er sieht es und erschrickt. Sie will natürlich gleich hin. Heftig reißt er sie fort. Sie ist verblüfft, was er denn nur hat. Frauen sind doch unglaublich unbedacht!

Draußen sagt er: »Du bist doch ein schreckliches Geschöpf! Wenn ich jetzt nicht zufällig dabei bin –! Das wär eine schöne Blamage! Du bist doch hier Frau Johannes Schlaf! Das hast du schon wieder vergessen, was?«

Sie ist ganz verdutzt. Richtig, daran hat sie ja gar nicht mehr gedacht. Sie kriegt einen großen Schreck. Ohne Jan hätte sie es einfach verlangt – »Ah, da ist ja ein Telegramm für mich!« Sie schämt sich.

Aber das Telegramm muss sie haben.

Von wem kann es denn überhaupt sein? Wer weiß denn überhaupt –

Natürlich von der Peppi. Peppi ist das Stubenmädchen. Sie sagt ihr jedes Mal, wohin sie gehen, für alle Fälle. Es kann ja unvermutet plötzlich was geschehen. Sicher ist sicher.

Er wird heftig. Sie ist unglaublich! Nächstens wird sie die Hausmeisterin ins Vertrauen ziehen.

Die Peppi ist verlässlich.

Ja, das heißt es immer. Aber wenn ihr Schlicht zehn Gulden gibt –

Sie verbietet sich das. Sie lässt ihr Mädchen nicht beleidigen. Er soll lieber auf seinen Diener schauen; der sieht ihr eher aus, als ob er nächstens –

Aha, jetzt möchte sie streiten! Die Frauen sind doch alle gleich. Wenn sie sich im Unrecht fühlen, beginnen sie Zank.

Warum hat sie dann der Peppi nicht wenigstens einen anderen Namen angegeben?

Das ist wahr, das hätte sie eigentlich sollen.

Oder wenn sie es schon vergaß, warum hat sie ihm nichts gesagt? Sie konnten ja am Ende auch als Herr und Frau Schlicht hier wohnen.

Ja, das wär auch gegangen.

Aber das schafft ihnen alles nicht das Telegramm. Sie muss es haben. Es ist offenbar wichtig. Umsonst telegrafiert die Peppi nicht. Es muss etwas sein. Vielleicht ist er schon zurück. Um Gottes willen, sie wäre verloren! Sie muss es unbedingt wissen.

Wie kriegt man das Telegramm?

So etwas kann einem aber auch nur mit ihr passieren, weil sie ganz töricht und unbesonnen ist!

Er ist eben andere Frauen gewöhnt. Die haben freilich Übung und Geschick im Schlechten! Aber er darf von einer anständigen Frau nicht verlangen, dass sie alle Kniffe und Schliche der Kokotten kennt.

Von Kniffen und Schlichen ist gar nicht die Rede, aber man überlegt sich doch, was man tut. Dazu braucht es keine Übung und Erfahrung, sondern bloß ein klein bisschen ganz gemeinen Verstand.

Es handelt sich gar nicht mehr, was sie hätte tun sollen. Es handelt sich, was sie jetzt tun muss – um das Telegramm zu kriegen. Wenn er gar so weise ist, wird er ja leicht raten.

Das ist echt weiblich. Erst mutwillig in die Patsche hinein, aber dann muss natürlich der Mann her! Jetzt soll sie nur selber sehen, wie sie fertig wird – es ist ihre Schuld!

Sie weint. Oh, sie ist sehr unglücklich! Er ist abscheulich. Sie hätte es niemals gedacht. Jetzt erkennt sie ihn. Erst hat er sie betört und verführt und entehrt und jetzt lässt er sie im Elend und verhöhnt sie noch! Sie hätte es niemals geglaubt. Das ist der Mann, für den sie alles geopfert und sich verworfen und ihren Gatten verraten hat, der ja tausendmal besser ist und sie tausendmal mehr liebt – oh, der wäre nicht fähig, sie in der Not zu verlassen! Aber es geschieht ihr ganz recht! Sie hat es nicht besser verdient! Warum ist sie so dumm? Wie konnte sie einem Manne glauben, der reine Liebe nicht vermag und überhaupt gar nicht weiß, was eine anständige Frau ist!

Er sagt nichts mehr. Was könnte er auch sagen? Es würde mit jedem Worte nur noch schlimmer. Er haßt die großen Szenen. Geduldig warten, bis sie wieder vernünftig wird, von selber. Sonst gibt es nichts. Und endlich ist es auch wirklich wichtiger, das Telegramm zu kriegen, als dass sie sich unnütz zanken. Sie müssen es unbedingt haben. Sie müssen unbedingt wissen, was geschehen ist.

Aber wie? Aber wie? Er martert sich umsonst.

In Wien wäre es mit fünf Gulden an den Portier erledigt. Aber der Teufel traue so einem kleinstädtischen Gemüte! Am Ende hält man ihn noch für einen Defraudanten!

Es gibt, wie er prüft und sucht, ein einziges Mittel. Er muss auf die Bahn und von dort einen Boten schicken, der im Hotel für Frau Dora Schlicht, die hier ihre Reise unterbrechen wollte, aber sich anders besonnen hat und gleich mit dem nächsten Zug weiterfährt, nach etwa eingetroffenen Briefen fragt. Ja, das geht.

Er muss also auf die Bahn. Es ist ein bisschen weit, eine gute halbe Stunde im Schnee, und nirgends ein Wagen. Er bringt Dora zuerst nach dem Hotel.

Nein, um Gottes willen, nein! Eher sterben! Sie klammert sich an ihn und schluchzt und bettelt. Er soll nicht böse sein. Er soll ihr verzeihen. Er soll sich erbarmen. Sie würde sich zu Tode fürchten. Sie würde immer glauben: Er ist nur auf die Bahn, um heimlich abzureisen. Er darf sie jetzt nicht verlassen. Sie hat solche Angst. Am Ende ist Schlicht schon im Hotel. Die Peppi hat vielleicht doch –

Gut. So mag sie in dem kleinen Café solange warten, an der Ecke des Marktes. Sie kann doch den weiten Weg nicht mit. Sie wird sich noch erkälten.

Sie jammert und fleht. Sie hat solche Angst. Er will sie jetzt verlassen. Sie fühlt deutlich, dass er heimlich fort will, mit dem nächsten Zuge. Dann steht sie allein vor der Wut und dem Zorne des Gatten. Oh, es ist sehr schlecht von ihm! Sie hört keine Vernunft. Sie ist ganz außer sich. Er gibt es auf.

Er schweigt. Am liebsten möchte er sie hauen. Das Heulen und Jammern ist ihm schrecklich. Wenn die Weiber wüssten, wie hässlich sie dabei werden! Aber er muss einen Skandal auf der Straße vermeiden. Und sie tut ihm auch wieder leid. Sie meint es ja nicht böse. Sie ist nur töricht. Sie ist eben überhaupt ein Kind.

Sie gehen stumm durch die großen Flocken. Sie sehen kaum den Weg und der Wind bläst. Sie rutschen und gleiten. Endlich ist draußen ein Bote gefunden. Nun wird es eine Stunde dauern, bis er wiederkommt.

Sie warten in dem engen Salon erster Klasse. Draußen wirbelt der graue Schnee. Jäh kreischt eine Maschine. Es ist dumpf und heiß und ein schwerer ranziger Dunst von nassen Kotzen[R1 Wollzeug] und geschmierten Stiefeln. Sie sitzt ängstlich in der Ecke, leidend und gekränkt. Er wandert und nagt an seiner Zigarre. Er gibt dem blöden Sessel einen Tritt, an den er stößt, sooft er sich wendet. Er flucht und ärgert sich. Er ärgert sich über den Stuhl und über den fetten, feuchten, stickigen Geruch und über alles: über die ganze alberne Geschichte, über sie und über sich selbst.

Es ist zu dumm. Nun haben sie endlich einmal einen Tag und es wäre so schön und da kommt wieder das! Als ob irgendein neidischer Dämon einem keine gute Stunde gönnen möchte!

Und nur durch ihre Schuld allein! Ein bisschen unbesonnen lässt man sich ja gefallen, aber alles hat doch seine Grenzen. Und wenn durch ihre Schuld dann alles verfahren und vertan ist, dann kann er sehen, wie er hilft!

Freilich, sie ist selber am meisten gestraft. Sie leidet mehr als er. Sie hat ja auch viel mehr zu verlieren. Es ist abscheulich, sie noch zu quälen. Später muss er es ihr schon sagen, natürlich, damit sie lernt und es nicht wieder geschieht. Aber jetzt will er sie trösten.

Er möchte ihr gerne ein gutes Wort geben. Nun ist es einmal geschehen; klagen nützt nichts mehr. Sie wollen sich wenigstens die paar Stunden, die sie noch haben, nicht verderben. Die Zeit vergeht auch besser, bis der Bote kommt. Er möchte ihr gern ein gutes Wort geben. Aber er bringt es nicht heraus. Er verträgt diese leidende und gekränkte Duldermiene nicht. Nun ist vielleicht noch er der Schuldige und soll am Ende noch um Verzeihung bitten! Das geht denn doch über den Spaß. Wenn sie trotzen will – bitte! Er wird sich deswegen nicht erschießen. Er braucht sie nicht.

Und plötzlich stößt seine ganze Wut, erwachsen und gesammelt, auf den Gatten. Natürlich, wenn der mit seinen großen Fäusten in ihr zartes Glück tappt – von ihm ist es nicht anders zu erwarten! Er hasst Schlicht.

Er hasst Schlicht. Er hat sich lange gewehrt. Aber es wächst jeden Tag.

Schlicht ist undankbar und schlecht. Er hat vor ihm geheuchelt und gelogen. Diese ganze Szene damals mit der Sorge vor dem Gerede der Leute und der Bitte an seine Freundschaft war nichts als Komödie. Er weiß es jetzt. Er weiß es von Dora.

Schlicht ist eifersüchtig gewesen. Das war es. Er hatte Verdacht. Nicht, dass schon etwas geschehen wäre, aber dass es geschehen könnte. Er fürchtete um die Liebe Doras. Darum hat er ihn aus dem Hause geschafft. Darum hat er ihn bei ihr verlästert und mit der Wimböck verleumdet. Er weiß jetzt alles. Dora erzählt doch jedes Wort.

Er sieht jetzt deutlich alle Fäden des Planes: ihn erst aus dem Hause und dann, wenn er sich nicht verteidigen kann, aus ihrem Herzen zu lügen. Pfui! Das ist die berühmte Brüderschaft der Farben! Er ist empört. Er hätte es nie von Schlicht gedacht. Und das war das Ideal seiner Jugend. Er schämt sich.

Und wie der prahlerische Geck sich heimlich freuen und seine Klugheit rühmen und ihn verlachen mag, der der biederen Maske glaubte! Er weiß ja nicht, dass es doch alles umsonst war. Ah, wenn er es ihm sagen könnte, alles, alles!

Endlich kommt der Bote. Er hat das Telegramm: »Gnädiger Herr telegrafiert, kommt erst morgen Mittag. Peppi.« Und darum so viel Angst und Verzweiflung! Gott sei Dank!

Dora ist ganz närrisch und toll. Sie springt und tanzt und jauchzt. Nun haben sie noch einen Tag, noch eine Nacht!

Jan ist auch froh. Es hätte sehr peinlich werden können. Es ist noch gut abgelaufen. Und ein Tag mehr ist auch nicht zu verachten. Er hat es sich lange gewünscht. Nun können sie endlich auch wieder einmal behaglich plaudern – nicht immer bloß mit der Uhr in der Hand.

Freilich, er wird dann morgen die ganze Nacht arbeiten müssen; er ist für die nächste Sitzung zum Worte gemeldet und hat noch gar nichts vorbereitet. Die letzte hat er nicht gerade besonders geschlafen und diese wird's wohl auch nicht viel werden. Es ist ein bisschen stark – und er merkt doch allmählich schon, dass es langsam auf die Vierzig geht.

Wenn er es gewusst hätte! Es war alles ohne Mühe einzuteilen, ganz bequem. Er musste es nur wissen. Er mag überhaupt keine Überraschungen, auch angenehme nicht. Es ist nicht gut, wenn etwas unvermutet geschieht. Selbst unverhofftes Glück kann stören – oder wenn nicht gerade stören, aber es bringt leicht Verdruss und ist halt einmal nicht das Rechte. Na, jetzt lässt es sich nicht mehr ändern.

Und wenn sie nur erst gegessen haben! Er hat Hunger.

Sie sitzen in dem engen, hellen Extrazimmer, ganz allein. Da hängt ein Haussegen, eine Schwarzwälderuhr, wo ein Kuckuck die Stunden ruft, ein Diplom vom Welser- Volksfest, in schweren Schnörkeln feierlich verrahmt, ein Gruppenbild von Veteranen mit der Fahne und zwei alte fahle, von der Zeit gefleckte Schnitte aus der Gartenlaube: »Des Kriegers Abschied« und »Auf der Alm«. Palmkätzchen stecken hinten, es spiegelt von Sauberkeit und man riecht in der dünnen wie verschossenen und entfärbten Luft das viele Waschen. Sonst könnte es ihn amüsieren. Aber das Essen ist ihm doch eine viel zu ernste und heilige Sache. Da versteht er keinen Spaß und er fühlt durch diese unwürdige Stätte seinen Hunger wie degradiert und entehrt. Er ist nicht verwöhnt, er schickt sich in alles, aber er will Stimmung, einen gewissen Stil. Eines muss zum anderen passen. Wenn man schon mit einer kleinen Frau ist, dazu gehört ein behagliches und weiches Kabinett, in tiefen, satten, reifen Farben mild getönt, und ein wissentlich gestimmtes Diner, zuerst eine zärtliche Ouvertüre von Radieschen, Mayonnaise und Salaten, dann eine findige Wahl gesuchter Reize und ein neuer unvermuteter Effekt am Ende, der ausgesöhnt und groß verklingt, unter der Regie eines strengen Kenners und mit fügsamer Anmut serviert; und besonders möchte er eine Mockturtlesuppe[9]: Das wäre jetzt der rechte Ausdruck seiner Seele.

Dora ist in ihrem Element. Sie geht selbst in die Küche und hilft und rät und kostet und lobt. Sie

---

[9] (engl.) aus Kalbskopf nachgeahmte Schildkrötensuppe

findet alles vortrefflich. Sie ist bescheiden. Diese schwere bürgerliche, unverwürzte Kost, die sich nicht einmal die Mühe nimmt, den Magen ein bisschen zu kitzeln und schmeichlerisch zu reizen, behagt ihr. Das raue Tuch, die groben Teller genieren sie nicht. Geschmack ist eben überhaupt nicht ihre starke Seite. Man merkt die Provinz. Er weiß, sie kann nichts dafür. Er verargt es ihr auch gar nicht. Man muss jeden nehmen, wie er ist. Sie müsste nur auch ihn nehmen, wie er ist. Das wäre ein billiger Tausch. Aber das tut sie nicht. Sie hat kein Verständnis der Stimmungen, wie sie wechseln. Sie verlangt jetzt durchaus, weil sie lustig ist, dass er lustig sei. Sie will wissen, was er hat. Sie fragt ohne Ende, warum er nicht lustig ist.

Mein Gott, er ist ja ganz lustig!

Nein, es ist nicht das Rechte. Er müsste sich doch freuen, dass sie noch einen Tag haben.

Er freut sich ja.

Aber warum sagt er denn nichts und macht ein Gesicht wie ein Fisch?

Man kann doch nicht immer was sagen – und übrigens essen sie jetzt!

Nein, er ist traurig.

Er ist gar nicht traurig. Sie irrt sich.

Nun also vielleicht nicht gerade traurig, aber anders als sonst, sonderbar und still.

Dafür kann er nichts. Das sind so Stimmungen. Das lässt sich eben nicht zwingen. Wenn sie ihn quält, wird es gewiss nicht besser. Im Gegenteil!

Nun schweigt sie gekränkt. Das mag er schon gar nicht, wenn man neben ihm die Miene hängen lässt. Was will sie denn? Was ist denn geschehen? Was hat er denn schon wieder verbrochen?

Oh, nichts, gar nichts! Wenn er es nicht anders empfindet, hat er ja ganz recht. Wenn er nicht von selber lustig und froh ist, soll er sich nur um Gottes willen nicht zwingen! Sie hat es sich freilich anders gedacht. Sie hat gemeint, dass es ihn glücklich machen würde, noch einen Tag mit ihr zu sein. Sie hat sich eingebildet, dass er gern mit ihr ist.

Das versteht sich doch von selbst.

Man merkt aber nichts.

Er kann es ihr doch nicht jede Stunde erklären!

Gestern hat er es getan!

Gestern, gestern – aber das geht doch nicht alle Tage so weiter.

Das hat sie nicht gewusst, dass seine Liebe nur den ersten Tag hält.

Mit der Liebe hat das gar nichts zu tun. Aber man ist nicht immer gleich aufgelegt. Andere Frauen merken das und wissen sich in die Stimmung zu schicken.

Natürlich seine anderen Frauen! Die leben ja davon; es ist ihr Geschäft! Wenn er auch anständige Frauen kennen würde –

Er wird heftig. Seine ganze Wut gegen Schlicht bricht aus. »Lass dir doch von diesem Esel nicht solchen Blödsinn einreden! Es ist zu dumm!«

Sie duldet nicht, dass in diesem Tone von Schlicht gesprochen wird. Wenn sie ihn betrügen, ist das schon schlecht genug. Aber sie lässt ihn nicht beleidigen und verhöhnen.

Was kümmert sie das überhaupt, in welchem Tone er von Schlicht spricht?

Das wäre noch schöner.

Ja, wen liebt sie eigentlich? Ihn oder Schlicht?

Natürlich liebt sie ihn. Sonst wäre sie nicht hier.

Wie kommt sie dann dazu, den andern zu verteidigen?

Sie ist doch schließlich seine Frau!

Er könnte sie erschlagen. Das ist es gerade! Ihm heuchelt sie Liebe vor und fühlt sich schließlich doch immer als die Frau von dem anderen.

Er weiß doch, wie sie ihn liebt!

Liebt! Liebt! So als Sonntagsliebe zum Vergnügen! Wie man auf einen Ball oder ins Theater geht. Weil es die Nerven amüsiert. Aber dem anderen gehört sie. Der andere ist der Ernst und Wert ihres Lebens. Er hat es tausendmal gemerkt, an tausend Dingen! Das mit der dummen Stadtbahn geht ihr ans Herz; aber ob er Minister wird, ist ihr ganz gleich. Er gilt nur zur Belustigung ihrer Sinne; aber das wahre Gefühl, alles gute Menschliche an ihr, gehört dem anderen. Er ist für sie nur eine angenehme Episode; der andere ist der feste Punkt und die Angel ihres Lebens. Er ist ihre Laune; der andere ist ihre Liebe.

Das versteht sie einfach nicht. Sie weiß gar nicht, was er will. Es ist ganz ungerecht und töricht. Es hat gar keinen Sinn. Er sagt es auch bloß, um sie zu quälen. Das macht ihm jetzt gerade Spaß. Er meint ja immer, dass er mit einer von seinen Kokotten zu tun hat!

Er verbietet sich das jetzt ein für allemal. Er will es nicht mehr hören. Sie hat kein Recht, Frauen zu schmähen, die um nichts schlechter sind als sie!

Sie schluchzt. So etwas muss sie sich sagen lassen! So lohnt man einer anständigen Frau, die alles geopfert hat!

Das kriegt er nun allmählich gerade genug! Gar so weit her ist es mit ihrer Tugend schließlich auch nicht. Vor ihm könnte sie sich die Pose wirklich ersparen!

Nun läuft sie heulend fort.

Wenigstens hat er Ruhe. Wer weiß, was sie sich im Zorne noch alles gesagt hätten! Und die bösen Worte kleben; man kriegt sie nicht wieder weg.

Es ist fürchterlich dumm. Nun haben sie endlich zwei Tage für sich, mit so viel Angst und Sorge und Gefahr erkauft! Und da quälen und kränken und schmähen sie sich!

Er müsste gescheiter sein. Die Frauen bedenken es nicht. Er kennt sie doch. Es ist eine wie die andere. Dabei meinen sie es gar nicht schlimm: Sie hat ihn ja doch sehr lieb!

Es geht nicht, dass er sie allein lässt. Wer weiß, was sie treibt! Wenn sie gereizt ist, darf man ihr nicht trauen.

Er geht hinauf. Sie packt. Sie tut alle Sachen in die kleine Tasche. Hastig, als ob sie es schon versäumen würde. Und hastig bittet sie ihn, um die Rechnung zu läuten. Sie will zahlen. Es ist possierlich, wie prahlerisch sie ihre winzige Börse auf den Tisch legt.

Er sagt nichts. Er läutet nicht um die Rechnung. Er geht gelassen auf und ab und wartet.

Nun hat sie alles in die Tasche gestopft. Aber sie schließt nicht. Sie bringt sie nicht zu.

Er kommt geschäftig wie ein Fremder – ob er vielleicht helfen darf?

Sie gewährt es gnädig.

Er richtet die Tasche, mit allerhand Mätzchen, wie ein beflissener Kommis. Sie muss lachen. Aber sie faßt sich gleich wieder und dankt vornehm.

»Darf ich sie vielleicht auch auf die Bahn tragen?«

»Nein, ich danke! Das wäre wirklich zu viel. Das kann ich ja gar nicht verlangen.«

»Oh, bitte, bitte – ist mir ein Vergnügen!«

»Nein, danke, danke – wirklich nicht!«

»Schaun's! Es kommt Ihnen viel billiger als mit dem Hausknecht! Kostet bloß ein Busserl!«

»Oh! ... Ist das hier üblich?«

»Ja, das ist hier üblich. Dummes Mausi!« Und sie küssen und sind versöhnt.

Sie waren doch sehr dumm. Er nimmt alle Schuld auf sich. Nein, sie hat alle Schuld. Fast zanken sie sich noch einmal, weil jedes das andere verteidigt und sich verdammt. Und sie zeigt, was er für ein schreckliches Gesicht geschnitten hat, als ob er sie fressen wollte. Und er spielt die gekränkte Würde nach, wie schmerzlich sie die Lider senkt und die Lippen verzieht. Ganz Maria Stuart.

Den anderen Morgen fährt sie mit dem ersten Zuge. Er bringt sie auf die Bahn. Dann muss er eine Stunde warten. Er ist verschlafen und matt. Er fühlt sich recht verlassen. Er sehnt sich an ihre weiche Wange zurück. Er mag es gar nicht denken, dass er nun wieder eine Woche, eine ganze, lange, unendliche Woche ohne sie leben soll. Es ist ihm, als könnte er es nicht einen Tag, nicht eine Stunde ertragen.

Eigentlich ist es doch auch sehr ungerecht. Sie lieben sich und dürfen nicht zusammen. Sie brauchen sich, es fehlt jedem ein Stück seines Selbst, sie sind wie verstümmelt, eines ohne das andere, und sollen sich doch nicht gehören. Aber der andere, den sie nicht mag, der gar nicht zu ihr passt und der von ihr, die ihm mit allen Wünschen und Begierden entfremdet ist, nicht einmal etwas hat, besitzt sie ungestraft. Das ist doch sehr ungerecht und wider die Natur ... Er muss lachen, weil er schon ganz wie ein verliebter Gymnasiast denkt, aber es ist sehr schön. Er fühlt für diese kleine Frau doch mehr als je zuvor im Leben. Man glaubt das freilich immer. Aber dieses Mal ist es doch wirklich – reiner, tiefer, heiliger. Sie macht ihn gut. Sie ist so gut. Sie ist unendlich lieb und gut ... Und langsam nickt er ein.

Dann im Coupé ist es abscheulich. Schwüle und Dunst, die Heizung raucht und man kann doch das Fenster nicht lange öffnen. Er hätte auch draußen nicht schlafen sollen. Nun ist er doch nicht ordentlich wach und bloß nervöse. Und er sieht vor sich lästige Arbeit, Verkehr mit albernen Menschen, die reden und fragen, einen öden, grauen Tag.

Sie ist jetzt schon in Wien. Zwei Stunden später kommt Schlicht. Ja, der hat es gut. Der wird von ihr erwartet und kann bei ihr rasten. Es ist eigentlich ganz dumm, den betrogenen Gatten zu bedauern und den glücklichen Liebhaber zu beneiden. Der Gatte hat es entschieden viel besser. Er wird verhätschelt. Der Liebhaber muss es dann entgelten. Der Gatte ist der Tyrann. Der Liebhaber wird von ihm und von ihr tyrannisiert. Und dabei steht der Gatte immer als der edle und vollkommene da, und der Liebhaber ist noch der schlechte Kerl – selbst in der Empfindung der Frau. Entschieden, wenn man ihn wählen ließe: Er wäre lieber der betrogene Gatte.

Es wär überhaupt gescheiter, er würde heiraten. Das ist ja doch, so immer unstet mit gehetzten Nerven, auf die Dauer kein Leben. Er verträgt diese Hast und Heimlichkeit nicht. Er möchte Ruhe, Ruhe!

Er hat Dora gern. Aber ewig kann es doch nicht dauern. Vielleicht, wenn er noch wie früher in das

Haus käme – ja, damals hatten sie es bequem! Da hätte es vielleicht fünf, sechs Jahre gehalten. Aber diese ewige Hast und Angst mag er nicht. Dafür ist er nicht mehr jung genug. Seine Nerven langen nicht mehr.

Es wäre das klügste, ein Ende zu machen. Das nächste Mal werden sie wieder streiten und wieder und jedes Mal heftiger und mit hässlicheren Worten. Er kennt das doch, wenn es einmal so weit ist. Sie haben sich gewiss ja immer noch lieb, aber die Gefahr und die Hast und alle diese widerlichen Sachen töten langsam das Gefühl. Wenn sie klug sind und sich trennen, dann bleibt ihnen wenigstens die schöne Erinnerung ungetrübt.

Es wäre das beste. Er denkt es oft. Aber dann hätte Schlicht ja gesiegt! Dann wäre es ja seinen widerlichen Künsten gelungen! Dann wäre er doch am Ende der Kluge, der ihre Liebe trennt! Nein, diesen Triumph soll der Prahler nicht haben!

Es ist eine böse Geschichte. Er fühlt es deutlich, wie ihr Glück verlischt. Es wäre das beste, entschlossen zu enden. Aber das geht wieder nicht, weil er es dem Manne nicht gönnt. Dann wäre er ganz der Blamierte.

Er weiß keinen Rat. Es geht so nicht. Und es geht so nicht. Das eine ertragen seine Nerven nicht länger. Das andere duldet sein Stolz nicht. Ja, wenn es noch wie damals wäre, als er täglich in das Haus kam!

So viel müsste sie doch endlich über den Gatten vermögen. Dahin müsste sie ihn doch zu kriegen wissen, dass er ihn wieder in das Haus lässt. Das kann doch keine solche Kunst sein.

Er wird ihr sagen: Sie soll ihm einmal ihre Liebe beweisen!

Die Fahrt will nicht enden. Der Zug schleicht träge. Und heute ist der Winter trüb und mürrisch.

Wenn er nur erst seine dumme Rede fertig hätte, für morgen. Der ganze politische Spaß freut ihn auch nicht mehr.

VII

Das große Ereignis ist geschehen. Schlicht hat gesiegt. Die Stadtbahn ist endlich beschlossene Sache. Die Wiener Zeitung hat das kaiserliche Schreiben gebracht. Ein besonderes Verkehrsamt, unabhängig von den anderen städtischen Behörden und in das das Reich, das Land und die Stadt als Curien Vertreter schicken, ist gebildet. Nur die Ernennung des Direktors steht noch aus, den die drei Curien zusammen wählen.

Schlicht fiebert. Nun ist er ganz nahe am Glück. Nun wird es sich entscheiden. Er hat keine Ruhe mehr. Den ganzen Tag hastet er atemlos durch die Stadt, rät mit Freunden, wirbt bei Gönnern, sucht Hilfe und kann nicht rasten.

Auch Dora wird nervöse. Für anderes hat sie kaum mehr Sinn. Sonst war es ihr gleich. Aber jetzt fühlt sie doch, dass es der große Moment ist. Jetzt gilt es, ob sie bescheidene kleine Leute bleiben oder in die Höhe kommen, wo dann alles möglich ist.

Abends halten sie täglich zusammen Rat. Er schätzt sonst ihren Verstand nicht besonders. Aber in praktischen Fragen hat sie einen ganz merkwürdigen Takt. Sie trifft instinktiv, von welcher

Seite etwas anzufangen ist. Sie weiß, wenn er schon ganz verzweifelt, immer noch Hilfe. Sie ist freilich oft ein bisschen unbedenklich in der Wahl ihrer Mittel. Aber dann sagt er sich, dass sie eigentlich recht hat, weil man sonst heute wirklich nichts erreicht; die anderen treiben es noch ärger; es wäre eine falsche Scham, die ihm schadete und niemandem nützte, und ein dummer Stolz, die üblichen Kniffe zu verschmähen. In diesen Dingen sind die Frauen viel gescheiter. Und er tut es ja nicht für sich, um persönlichen Gewinn; sondern seiner Sache muss er das Opfer bringen. Das hält ihn. Es geschieht für die Ehre und das Wohl der Stadt, des Landes und des Reiches. Da mag denn immerhin der Zweck einmal die Mittel heiligen.

Nun nähert sich die Entscheidung. Mit Mai sollen die Arbeiten beginnen und der neue Direktor braucht doch einige Zeit, bis er eingeführt und eingerichtet und alles in Ordnung ist. In diesen Tagen muss es sich entscheiden.

Wenn es nach Recht und Gebühr geht, kann ja gar kein Zweifel sein. Die Stelle gehört keinem anderen. Von ihm sind alle Pläne und alle Vorbereitung und Arbeit ist von ihm, durch fünf lange, schwere, mühsame Jahre. Ein anderer könnte es auch gar nicht und würde bloß alles verpfuschen. Es wäre ein schreiendes Unrecht an seiner Person und an seiner Sache. Aber man weiß ja, wie es in solchen Dingen geschieht, wie wenig Verdienst und Talent gilt, wie alles Protektion und Glück ist. Da denkt jeder nur an seine Neffen, und Kameradschaft entscheidet. Er hätte es früher einleiten müssen. Er hat es im Eifer der Arbeit versäumt. Er hat nur für die Sache gesorgt, nicht für sich. Und jetzt kommt vielleicht irgendein junger Fant, der gar keine

Ahnung, aber einen Onkel im Ministerium hat, und nimmt ihm alles weg. Es wäre ein Schlag, von dem er sich nicht wieder erholen könnte.

Dora erwartet ihn. Es ist gleich Mitternacht. Endlich hört sie seinen schweren, harten Tritt.

»Na? Also?« fragt sie.

Er zuckt die Achseln. Er ist müde und verstimmt. Noch immer nichts Sicheres.

Es ist ja nicht seinetwegen; es handelt sich wirklich nicht um seine Wünsche und seinen Stolz. Er hätte am liebsten schon Ruhe. Aber er weiß, dass kein anderer das Werk durch alle Gefahren und Beschwerden zum Gedeihen leiten kann, wie die Wohlfahrt und der Ruhm der Stadt es braucht. Er darf nicht verzichten.

»Warst du bei Wimböck?«

Ja; er war dort. Er hat den alten Hofzuckerbäcker gesprochen. Die Leute tun alles, was nur möglich ist. Die Stimme des Landes ist ihm gewiss. Aber am Ende entscheidet doch die Regierung, der Wunsch der Minister. Die Sache liegt jetzt so, dass von den fünfunddreißig Kandidaten ernstlich neben ihm nur Seidler zählt, der Sekretär der Galizischen Bahn. Aber der ist sehr gefährlich.

»Es ist zu dumm«, sagt Dora. »Der Mensch kann doch nichts verstehen. Er ist nie aus seinem Bureau gekommen. Da weiß ich mehr vom Technischen.«

»Aber er hat die richtigen Bekannten. Das ist es. Das entscheidet. Er hat überall am rechten Platze einen Freund, einen Gönner. Das versteht er meisterhaft. Er kann eigentlich gar nichts. Er hat nichts Ordentliches gelernt. Aber er spielt Klavier, stellt lebende Bilder und hat den Sir Roger in Wien eingeführt; er macht Couplets, dichtet Pantomimen und ist für komische Chargen von allen Dilettantenbühnen sehr gesucht. Dann hat er die Verwaltung der Freikarten und also die ganze Presse in der Tasche. Und endlich steht er als Sekretär der Galizischen Bahn mit den Polen vortrefflich, weiß von jedem irgendeine Schweinerei, hat jedem irgendeinen Dienst geleistet,– na und heut sind es einmal die Polen, die alles entscheiden.«

»Das ist freilich ein Pech«, sagt Dora. »Gerade Polen kennen wir, glaub ich, gar keinen. Wer war denn da?«

Er hält plötzlich mit einem Ruck, schlägt in die Hände, aber die Freude ist gleich wieder vorbei.

»Bludinski! Herrgott! Dass ich das damals nicht bedacht habe!«

Nein, davon will sie durchaus nichts wissen. Alles hat seine Grenzen. Bludinski hat sich zu abscheulich benommen. Es gibt gar keine Entschuldigung. Das wäre freilich eigentlich kein Grund, ihn nicht zu benützen. Im Gegenteil. Es müsste nur geschickt eingefädelt werden. Aber er kommt ja nicht mehr. Dazu müssten sie ihn erst wieder im Hause haben, um es behutsam einzuleiten und zu verfolgen. Nein, es geht nicht, weil er nicht mehr kommt.

»Das ließe sich vielleicht schon machen«, meint Schlicht nachdenklich.

Ja dann! Dann hätte man die Polen, und bei der Regierung setzt er ja alles durch, und der Bürgermeister ist sein Schwager. Zwei Fliegen auf einen Schlag.

Schlicht hat einen Plan. Sie werden ein kleines Fest geben, zur Feier der Stadtbahn, ganz intim, nur die nächsten Freunde. Da will er zu ihm, und er wird es schon machen, dass er kommt. Dann ist es ihre Sache, ihn zu gewinnen, dass er sich wieder öfter sehen lässt, und listig den rechten Moment für ihre Bitte zu finden.

Sie ist nicht sehr entzückt. Sie mag Bludinski nicht. Sie möchte ihn am liebsten nicht mehr sehen. Er hat sich damals zu abscheulich benommen. Sie kann mit ihm nicht höflich sein und schön tun. Nein, sie wird es einfach nicht können.

Und Schlicht muss lange betteln und schmeicheln, bis sie es doch zuletzt verspricht. Es rührt ihn, wie schwer es ihr wird. Aber sie ist ja seine gute, kleine Frau und überwindet sich für ihn, ihm zuliebe.

VIII

Dora schreibt an Bludinski. Die Sache ist geordnet. Er kann wieder in das Haus. Es wird alles wieder wie einst. Schlicht wird selber kommen und ihn bitten. Er soll es ihm nicht unnütz erschweren. Alles andere mündlich.

Es freut ihn unbändig. Jetzt ist er der Sieger. Er zieht im Triumph wieder ein. Er ist der Stärkere. Sie ist doch eine famose Hexe. Was sie will, geschieht. Und sie muss ihn doch sehr gern haben, dass sie dem Manne eine solche Blamage bereitet. Das war alles ganz dumm, was er sich eingeredet hat.

Er ist bloß neugierig, was Schlicht eigentlich sagen wird. Er muss doch irgendeinen Grund nennen. Er kann doch nicht auf einmal behaupten, dass es keinen Klatsch mehr gibt. Es mag ein schwerer Weg für ihn sein. Er tut ihm eigentlich leid. Er ist doch eigentlich, so wenig er seine täppische und patzige Weise mag, er ist im Grunde doch ein herzensguter Kerl.

Den nächsten Tag kommt Schlicht und hält ihm eine sehr schöne Rede. Er hat es sich anders überlegt. Er hält es einfach nicht mehr aus. Er schämt sich. Es ist doch ganz unwürdig und abscheulich, dass gemeiner Tratsch zwei Freunde trennen soll. Er kommt sich so unsäglich feige vor! Was fragt er nach der Meinung der Leute? Was kümmert ihn die Verleumdung? Er ist immer gerade seinen Weg gegangen und hört nicht auf das Gerede der Menschen. Er kennt keinen Richter als das eigene Gewissen. Er verachtet jede Rücksicht auf die erbärmlichen Vorurteile der Menge. Er ist einen Moment schwach gewesen und hat gewankt. Aber jetzt hat er sich wieder gefunden und trotzt der Gemeinheit. Er erkennt sein Unrecht und bittet es ihm ab. Jan muss wieder in sein Haus. Sie wollen doch sehen, ob treue und beständige Freundschaft nicht mit dem hämischen Neide der kleinen Seelen fertig werden sollte.

Jan amüsiert sich sehr. Es ist köstlich, wie er doch für alles immer wieder eine pathetische Formel weiß. Solche Leute müssen eigentlich sehr glücklich sein.

Und nun wird es wieder wie einst! Aller Ekel und Verdruss ist weg. Sie ist doch ein liebes Geschöpf.

IX

Dora erzählt Jan die ganze Geschichte. Es ist ein Glück, dass es sich jetzt gerade um den Direktor handelt. Sonst wäre es nicht so einfach gegangen. Aber jetzt muss er auch schauen, dass Schlicht wirklich ernannt wird. Dann sind sie für alle Zukunft sicher und ungestört.

Jan ist betroffen. Das ändert die Sache. Dann ist er ja eigentlich gar nicht der Sieger. Dann ist vielmehr erst recht wieder Schlicht der Kluge, der den Vorteil hat. Das verdrießt ihn.

Für Schlicht stellt es sich so: Er hat Jan aus dem Hause geschafft und bei Dora verlästert und verleumdet, bis sie ihn wirklich nicht mehr mochte; und nachdem also jede Gefahr vorbei ist, ruft er ihn wieder zurück, weil er ihn jetzt brauchen kann.

Er entrüstet sich heftig. Er findet das abscheulich. Moralisch ist das gerade, als ob er seine Frau verkaufen würde. Aber er wird das nicht tun. Er gibt sich dazu nicht her.

Dora weiß gar nicht, was er hat. Sie begreift nicht. Die paar Besuche, die es ihn kostet, sind doch wirklich nicht der Rede wert.

Sie soll doch nur denken, was die Leute sagen werden. Für die Leute ist es einfach ein Geschäft. Er gibt Schlicht die Stellung, und Schlicht gibt ihm dafür seine Frau.

Sie wird sehr böse. Das wäre eine große Gemeinheit von den Leuten. Sie liebt ihn doch nicht,
weil er Schlicht zum Direktor macht, sondern er
muss Schlicht zum Direktor machen, weil er sie
liebt.

Ob sie denn nicht fühlt, wie erbärmlich Schlicht
dabei erscheint.

Sie findet das gar nicht. Das ist doch keine
Schande, wenn man es zu etwas bringen will. Jan
muss es tun. Fünf Jahre haben sie für nichts anderes
gearbeitet und gelebt. Sie würde eine Enttäuschung
nicht ertragen. Es wäre sehr schlecht und undankbar von Bludinski. Eine Frau, die ihm alles gegeben
hat, darf schon auch einmal etwas für sich verlangen.

Sie verdreht den ganzen Streit. Von ihr ist doch
gar nicht die Rede. Für sie tut er natürlich alles.
Dazu braucht es erst keine Worte. Aber es handelt
sich nicht um sie. Es handelt sich um Schlicht.

Wenn es sich um Schlicht handelt, handelt es
sich um sie. Er ist doch nicht irgendein Fremder.
Man kann sie nicht trennen. Was ihm geschieht,
geschieht auch ihr. Und gerade in dieser Sache noch
ganz besonders.

Ah, das ist was anderes! Das hat er ja nicht gewusst. Wenn sie es so fühlt, dann natürlich! Wenn
sie sich ihrem Gatten so nahe und verbunden fühlt –
! Aber dann hat er ja überhaupt keine Ursache mehr,
für sie etwas zu tun. Dann liebt sie doch Schlicht
und ist für ihn eine fremde Dame, die ihn weiter
nicht kümmert.

Das heißt nun gar nichts. Es ist ganz albern. Er hat doch Beweise genug, dass sie ihn liebt.

Ja, wie sie die Liebe eben versteht! Es ist immer die alte Geschichte. Er hat es ihr tausendmal gesagt. Sie unterhält sich gern mit ihm, und er reizt ihre Sinne, und endlich ist sie auch ein bisschen romantisch und verschmäht ein kleines Abenteuer nicht, so weit es ihre Zeit erlaubt und die häusliche Ordnung weiter nicht gestört wird. Aber ihr Gefühl gehört dem anderen. Mit allen guten Wünschen und Hoffnungen ist sie immer bei ihm. Wie sie es einmal gesagt hat: Sie ist doch schließlich immer seine Frau.

Aber das ist doch einmal so. Sie kann es nicht ändern. Sie ist doch einmal seine Frau, und was ihm Böses geschieht, geht immer zuletzt an ihr aus, und wer ihr helfen will, muss ihm helfen. Das ist einmal so. Das ist bei verheirateten Leuten natürlich so. Da kann man nichts machen. Er weiß das ja auch. Er ist doch kein Kind. Er kennt die Welt. Er hat bloß wieder eine von seinen Launen und möchte sie quälen. Aber dann soll sie an seine Liebe glauben! Und das erste Mal, da sie mit einem Wunsche, mit einer Bitte kommt und nun auch einmal er etwas für sie tun soll, da drückt er sich gleich. Er denkt es sich offenbar so, dass nur immer sie Opfer um Opfer bringen und er gelassen alles nehmen, nichts dafür geben soll. Das sind die Männer!

Er sagt nichts mehr. Es wäre doch vergeblich. Vernunft und Gründe helfen nicht. Es ist gescheiter, erst nicht zu streiten. Am Ende geschieht doch, was sie will. Es bleibt ihm ja schließlich nichts anderes übrig.

Aber er denkt, dass man heiraten soll. Es ist das einzige. Man wird betrogen – ja! Aber was macht

denn das? Man gewinnt doch ein ewiges, un-
auslöschliches Gefühl, welches sie keinem anderen
gewähren, weil die Liebe dem Weibe bloß ein
hübsches Vergnügen, aber die eheliche Gemeinschaft aller Sorgen allein sein wirklicher Ernst ist.

X

Jan ist sehr verdrießlich.

Den ganzen Tag hetzt er durch die Stadt und
muss höflich sein und schön tun – alles bloß für
diesen dummen Schlicht. Er hat es jetzt einmal versprochen, und man weiß auch schon, dass er sich
für ihn verwendet. Seine Ehre ist engagiert. Man soll
nicht sagen dürfen, dass seine Empfehlung nicht
wirkt. Es muss gelingen.

Wenn er dann endlich ganz atemlos und müde
ist, dann darf er abends zur Erholung mit Schlicht
und Dora den weiteren Plan beraten, was sonst
noch etwa helfen könnte. Dora denkt gar nichts
anderes mehr. Und Schlicht geht herum und prahlt,
dass es ja bloß für das Wohl und die Ehre der Stadt,
des Landes und des Reiches geschieht. Recht angenehme Abende. Das ganze heißt dann Liebe.

Und wenn es seiner erfinderischen Geduld
einmal gelingt, ein anderes Thema zu bringen, gibt
es jetzt immer gleich Streit. Sie vertragen sich jetzt
gar nicht mehr. Es ist in jedem eine heimliche Er-
bitterung gegen den anderen geblieben. Und man
kann sich auch mit Schlicht überhaupt auf die
Dauer nicht verhalten. Er hat die ältesten
Meinungen der kleinen Bürger, verschollene Ge-
meinplätze und Schrullen, die lange abgetan sind,
aber er spielt damit den Revolutionär im Geiste, den

Märtyrer neuer Ideen, den verwegenen Pionier der Zukunft.

Jan sieht immer mehr: Es kommt viel weniger darauf an, die richtige Frau zu finden, die einem passt, als vielmehr die Frau des richtigen Mannes, der einem passt. Wenn man sich mit dem Manne versteht, geht alles. Aber von der schönsten, besten und nächsten Frau hat man nichts, wenn man mit der Weise des Mannes nicht stimmt.

Er ist sehr verdrießlich.

Und nun ist heute auch noch wieder einmal einer von den bösen Tagen, wo überhaupt alles schief geht.

Er denkt oft, woher es eigentlich kommen mag. Es klingt abergläubisch. Aber er lässt es sich nicht nehmen. Er hat es zu oft erfahren. Es gibt Zeiten, wo alles gelingt, und es gibt Zeiten, wo nichts gelingt; Zeiten, wo jede Dummheit zum Guten schlägt, und Zeiten, wo der beste Rat versagt; Zeiten, wo man unbedenklich alles wagen darf, und Zeiten, wo man sich lieber gleich niederlegen und alles verschlafen sollte.

Er kennt diese grauen Tage. Er ist es längst gewohnt. Er wundert sich nicht mehr. Er wehrt sich nicht mehr. Es ist doch umsonst. Er fügt sich in das Unvermeidliche und denkt bloß: Aha, fängt wieder so eine Serie an! Wenn es eine Weile gut geht, wird er ängstlich: dann wird das Rad nächstens wieder gedreht, und es kommt die schlechte Seite.

Dann ist alles verschworen. Gleich morgens fängt es an. Erwartete Briefe bleiben aus; unvermutete, ärgerliche kommen. Wenn er ohne Schirm ist, regnet es sicher. Die Leute, die er sucht, trifft er nicht, aber wo er bloß die Karte lassen möchte, die sind daheim. Wenn er die Tramway nach Döbling braucht, gibt es alle anderen Wagen, nur gerade den gelben nicht. Keine Virginier hat Luft, und wenn er zum Worte gemeldet ist, geht seine Rede gewiss in das Abendblatt und verloren.

Dagegen ist alles vergeblich. Er widersetzt sich nicht mehr. Er hat eher das Gefühl, sein Pech geflissentlich zu vermehren, damit das unerlässliche Maß früher voll werde.

Heute ist ein solcher Tag.

Er ist sechs Stunden lang in der Stadt herum und hat alle möglichen Leute verfehlt und am Ende nichts gerichtet. Nun kann er noch die Vorwürfe Doras hören. Und Schlicht geht gekränkt herum und spielt den verkannten Patrioten.

Es wird gleich wieder eine Szene geben. Jan fühlt es wie ein Gewitter, das kommt. Es hat gar keinen Sinn. Er möchte es vermeiden. Er will doch sehen, ob er nicht einen anderen Ton bringen kann. Er versucht allerhand Schnurren und Scherze.

Aber es ist umsonst. Schlicht bleibt beleidigt. Dora verzärtelt ihn, wie einen Kranken, stopft ihm die Pfeife, streichelt ihn, immer mit strengen, strafenden Blicken auf Jan. Keinen Verbrecher könnte sie schlimmer behandeln. Es ist zu lächerlich.

Aber er wird sich schon rächen. Er wird ihm seine gelassene Würde schon vertreiben. Er weiß schon, was ihn ärgert. Er kennt seine Leute. Er weiß ganz genau, wo man ihn trifft.

Und er beginnt die neuesten Geschichten der Chronique scandaleuse, von durchgegangenen Frauen und betrogenen Gatten, immer mit dem Schlüsse: Wie die Frauen eben einmal sind! Er weiß, dass es Schlicht nicht mag. Er wird ihn schon aus seiner Ruhe kitzeln.

Da ist besonders eine Geschichte von der Frau des Präsidenten Kleber. Das nervöse Persönchen hat sich in einen albernen Studenten vernarrt, der kaum die ersten Prüfungen hat. Nun bildet sich das störrische Köpfchen plötzlich ein, dass er Professor werden muss, außerordentlicher Professor an der Universität. Großer Skandal im ganzen Ministerium, wie der gehorsame Gatte es verlangt. Der Kultusminister will gehen, aber der Präsident gibt nicht nach. Und natürlich ernennen sie ihn zuletzt. Aber da empört sich die Universität. Der Senat protestiert. Die Studenten randalieren vor dem Hotel des Ministers. Das ist nun ein Fressen für die Opposition. Fünf Interpellationen sind angekündigt. Die Sitzung kann recht munter werden.

»Da hilft eben nichts: Der Mann muss gehen«, sagt Schlicht entschieden.

Jan tut verwundert: »Das seh ich nun gär nicht ein! Warum denn?«

»Er kann unmöglich im Amte bleiben. Es wäre eine Schmach für Österreich! Ein betrogener Gatte ist immer eine lächerliche Figur!«

»Dann müsste man aber zuerst ein Gesetz machen, dass Minister nicht heiraten dürfen. Das wäre ja zu erwägen.«

»Du redest von der Ehe wie der Blinde von der Färbe. Im Café mag das für sehr geistreich gelten. Aber wir sprechen hier doch im Ernste.«

»Ich meine es auch ganz ernst. Wer nicht betrogen sein will, soll nicht heiraten. Sonst gibt es keine Garantie.« ' .N

»Es gibt eine Garantie im Charakter des Mannes. Wer betrogen wird, verdient es nicht besser. Man muss nur die Augen offen und den Verstand beisammen halten.«

Jan glaubt eine leise Ironie zu hören. Er bildet sich ein, dass Schlicht an jenen ersten Besuch denkt. Es reizt ihn, dass Schlicht sich für den Klügern halten darf. »Augen offen und Verstand beisammen–das sagt ihr alle, und es hat noch keinem geholfen. Wenn zufällig einer einmal verschont bleibt, ist es immer nur eine unverdiente Gunst. Ich behaupte: Welcher Mann es sei und welche Frau es sei und wie sie sich auch lieben mögen–wenn der Rechte kommt, der es versteht, nützt alles nichts.«

»Hast du es schon probiert?«

»Tausendmal.«

»Ja–bei deiner Sorte von Frauen.«

»Alle Frauen sind gleich.«

»Die anständigen kennst du eben nicht.«

»Darin sind sie alle gleich, Anständig ist auch nur so eine Redensart.«

»Jedenfalls sagt man so etwas nicht vor einer anständigen Frau.«

»Ich sage, was ich weiß.«

»Du müsstest doch vor Dora–«

»Ich muss gar nichts.«

»Aber, lieber Freund, erlaube! Wenn du von allen Frauen behauptest–«

»Von allen Frauen ohne Ausnahme!«

»Dann behauptest du es auch von der meinen?«

»Natürlich! Genieren werd ich mich!«

Schlicht springt auf: »Das ist einfach eine Gemeinheit!«

»Aber ich bitte dich–blamier dich nicht! Du machst dich ja bloß lächerlich. Ich weiß es doch!«

Nun ist eine ängstliche Pause.

Dora sieht ungläubig, erstaunt, als hätte sie falsch gehört. Was soll denn das sein? Er wird doch nicht, er kann doch unmöglich–

Schlicht ist verstummt. Er sieht auf Bludinski und dann sieht er auf Dora und sieht wieder auf Bludinski. »Was denn, was denn?« stammelt er endlich, wie einer, der angeredet wird und nicht recht verstanden hat.

Bludinski weiß gar nichts. Er kann das doch nicht gesagt haben! Was hat er denn auf einmal? Was fällt ihm denn ein? Aber es ist wie eine fremde Stimme aus ihm gekommen, über die er nichts vermag.

Da rafft sich Dora zuerst auf: »Solche Sachen ... das gehört sich doch wirklich nicht, so etwas zu sagen.«

Das löst den Bann. Bludinski ist plötzlich wieder besonnen und wach. »Sie haben recht! Es war ganz dumm. Entschuldigen Sie!«

Schlicht erklärt: »Ich hab ja gewiß nichts gegen einen guten Spaß, aber es muss doch eine gewisse Grenze geben.«

Jan reicht ihm versöhnlich die Hand: »Sei nicht bös. Du kennst mich doch. Meine Nerven sind heut nicht extra. Du kennst doch meine Zustände. Da ist es, als ob der Teufel aus mir reden möchte. Sprechen wir nicht mehr davon.«

Sie atmen alle drei erleichtert auf.

XI

Bludinski ist fort. Dora geht schlafen. Schlicht will noch arbeiten.

Er könnte jetzt nicht schlafen. Aber er kann auch nicht arbeiten. Er wandert im Zimmer und sinnt und fragt und weiß keine Antwort und hat keinen Rat.

Was war das mit Jan? Wie kann er so etwas sagen? Hat sich das böse Gewissen verraten, oder ist es wirklich wieder nur einer von seinen albernen Späßen?

Man kann doch so etwas nicht sagen, außer wenn man wirklich – aber dann sagt man es erst recht nicht, dann gewiss nicht. Hat man derlei je gehört? Nein, es ist vielmehr ohne Zweifel der beste Beweis – obwohl auf der anderen Seite wieder – denn wenn es nichts als eine Renommage ist, dann wäre es gar infam.

Es will genau besonnen und geprüft sein. Und natürlich ohne jede Rücksicht auf die Folgen überhaupt und gerade jetzt, wo er Bludinski braucht. Ohne jede Rücksicht.

Dass einer aus bloßer Lust am Streite gleich behaupten sollte – ohne irgendeinen Grund –! Nur muss man freilich auch wieder an seine irren und verderbten Nerven denken. Aber man lügt doch nicht aus schwachen Nerven? Man verrät sich unbedacht - ja, wenn man seine kranken und zuchtlosen Nerven nimmt und wie er schon eine hysterische Natur ist, dann wäre es ganz klar, dass er sich einfach unbedacht verraten hätte.

Schlicht weiß, was er zu tun hat. Keinen Moment würde er zaudern. Seine Ehre über alles. Es mag hart sein, an der Schwelle, des Glückes den liebsten Wünschen zu entsagen - denn natürlich: der Skandal einer Scheidung nähme die letzte Hoffnung. Bludinski würde und könnte sich nicht mehr für ihn verwenden, und er würde ja dann auch die Stelle um keinen Preis von ihm -. Aber das fragt er nicht. Es gilt seine Ehre, und jeder andere Gedanke schweigt.

Nur - er muss es doch zuerst gelassen prüfen. Er darf nicht blindlings einem vielleicht doch trügerischen Schein vertrauen. Es will kalt und klug erwogen und bedacht sein.

Und eigentlich, wenn er sich die Natur Bludinskis recht überlegt, ist es sehr unwahrscheinlich. Bludinski ist nicht der Mann, eine anständige Frau zu verführen. Nicht als ob er vielleicht Bedenken hätte; moralisch taugt er nichts. Aber das verlangt eine gewisse Kraft, eine geduldige Mühe, eine Ausdauer im Bösen, die seinen fahrigen, unsteten Nerven versagt sind. Sie folgen kurzen, vergänglichen, atemlosen Drängen, und ihre Leidenschaft von heute ist morgen lange vergessen. Leichteren Damen, die schon warten und sich der ersten Begierde ergeben, mag es gefährlich sein; wahrhafter Tugend, die sich verteidigt, geschieht nichts.

Er sieht ja jetzt eben wieder wie Bludinski ist, in der Sache seiner Ernennung. Erst gleich mit ganzer Seele dabei; alles wollte er tun. Aber wenn man ihn nicht täglich drängen und stupfen würde, wüsste er längst nichts mehr. Es hält bei ihm nichts über die Nacht. Er braucht immer einen, der ihn treibt. Er braucht eine Bestimmung von außen. Es fehlt die eigene Führung. Nein, wer selber wie eine Frau ist, wird keiner Frau gefährlich.

Er ist schon ganz müde von dem ewigen Auf und Ab im Zimmer. Und nun soll er erst noch an seine Arbeit.

Dass es auch gerade jetzt passieren musste! Gerade jetzt passt es ihm gar nicht. Er hat den Kopf von tausend Dingen voll.

Aber von Dora ist es undenkbar. Er weiß doch, wie sie ihn liebt und mit allen Gedanken und Gefühlen an ihm hängt und überhaupt nur für ihn, durch ihn, von ihm lebt. Freilich, sie ist so töricht und schwach, sie ist ein Kind, und es könnte schon - gerade weil sie sich in ihrer Liebe so sicher und geschützt fühlt, könnte vielleicht ein kluger, bedächtiger und beharrlicher Verführer - aber wo ist denn Jan bedächtig und klug und wo hätte denn Jan die Geduld!

Nein, es ist, wie er ihn kennt und wie er sie kennt, je mehr er ihre Naturen bedenkt und vergleicht, es ist ganz einfach nicht möglich. Er schämt sich, dass er es nur eine Minute glauben mochte. Er darf es ihr gar nicht sagen; es würde sie kränken.

Und dann noch etwas - das ist doch der beste Beweis: er hätte es längst gemerkt! Er hätte es gleich gemerkt! Er hätte es ganz gewiss gemerkt! Wenn das Unglaubliche, Undenkbare, Unmögliche geschehen wäre, dass sie einem Taumel der Sinne erlag - er hätte es noch am selben Tage gewusst! Sie kann sich vor ihm nicht verstellen. Er kennt ihr Gemüt bis in die letzten heimlichsten Falten. Er liest jede flüchtige Stimmung von ihrer Stirne. Und sie wäre Tage, Wochen, Monate neben ihm gewesen, mit dieser entsetzlichen Schuld auf dem Herzen, und er hätte nichts gemerkt? Er kann überhaupt nicht denken, wie das einem anständigen Manne passieren sollte. Das müssen ganz blinde und verliebte Toren sein, die allen klaren Sinn verloren haben. Er prüft doch täglich seine Frau und wacht. Er weiß, was in ihr geschieht. Er leitet sie.

Es gibt ein sehr einfaches Mittel: er wird sie fragen. Ihr Blick, ihre Stimme kann ihm nicht lügen. Und dann weiß er es wenigstens und quält sich nicht mehr.

Sie liegt schon. Wie sie ihn hört, dreht sie sich im Bette und lächelt. Das ist schön, dass er die dumme Arbeit endlich fertig hat.

»Ich bin noch nicht ganz fertig, sondern es fällt mir bloß ein - wir haben noch etwas zu besprechen.«

Sie wendet sich ganz, schiebt ein bisschen den Polster hinauf, stützt sich, zieht die Decke und hört.

»Nämlich wegen Bludinski. Was war da eigentlich?«

Sie sieht erstaunt, »Was denn? Was soll denn gewesen sein?«

Es wird ihm mühsam. Aber er muss. Und endlich würgt er es heraus: »Ob du was mit ihm gehabt hast? Sonst kann er doch so was nicht sagen!«

Sie schrillt jäh auf: »Poldi!« Und indem sie sich zur Wand wirft: »Und das hast du von deiner Frau geglaubt!« Und unaufhaltsam stürzen die Tränen.

Er möchte auch weinen, weinen vor Rührung und vor Lust. Nun ist der hässliche, wilde Bann gebrochen. Nun atmet er wieder frei. Das ist die Stimme der Natur. Das ist Blick und Ton der Unschuld.

Er möchte weinen. Sie tut ihm unsäglich leid. Er war so roh! Er wollte gar nicht. Er meinte es gar nicht so. Er hat es ja selbst nicht geglaubt, keinen Moment.

Und er beugt sich über sie und tröstet sie und fleht. Sie sagt kein Wort und schluchzt nur leise. Sie tut ihm unsäglich leid.

Aber jetzt ist ja alles vorüber. Sie wollen gar nicht mehr daran denken. Sie soll ihm nur verzeihen.

Nein, sie wird es niemals vergessen. So etwas, so etwas von ihr zu glauben! Als ob sie das nächste Mädchen von der Straße wäre!

Er schämt sich sehr. Es war abscheulich von ihm. Aber eigentlich ist es doch gut. Wenigstens sind alle Zweifel weg. Er kann wieder ruhig arbeiten. Er kann wieder ruhig an sein Werk. Er kann ganz ruhig Direktor werden und hat keinen Grund, aber wirklich gar keinen Grund, Jans Hilfe zu verschmähen.

XII

Bludinski kommt den anderen Tag und entschuldigt sich. Er weiß gar nicht, was mit ihm eigentlich war. Es sind seine Nerven. Er kann nichts dafür. Er ist selber am meisten zu bedauern. Und zwischen alten Freunden muss man manches tragen.

Schlicht beruhigt ihn. Er soll sich doch keine Skrupel machen. Er kennt seine närrischen Launen. Und was wichtiger ist, er kennt seine Frau. Es war nicht gerade sehr schicklich, aber es soll sie weiter nicht stören.

Dora ist nicht so leicht versöhnt. Sie hat sich sehr geärgert. Aber endlich kommt doch alles wieder in Ordnung.

Die nächste Woche bringt die Wiener Zeitung die Ernennung Schlichts zum Generaldirektor des Verkehrsamtes.

Jan hat keine rechte Freude mehr. Er kommt ungehindert alle Tage. Er hat es jetzt sehr bequem. Aber es ist ein bisschen fade. Er verträgt doch die Ruhe auf die Dauer nicht. Es war schöner, als sie sich in Gefahr und Angst heimlich zueinanderstehlen mussten. Das hatte doch wenigstens einen gewissen romantischen Schimmer. Jetzt ist es ganz platt und bürgerlich.

Aber mit einer anderen wäre wieder irgendwas anderes. Es ist niemals so, wie man es möchte. Man mag es niemals so, wie es ist.

Der Prinz Marino, der schöne Liebling, der gepriesene Tenor, ist sehr verdrießlich. Gerade ihm muss das wieder passieren! Ah, die Weiber, die Weiber – der Teufel hole die Weiber!

Freilich, es gehört zum Metier – er weiß schon. Ein Tenor ohne Glück bei Frauen, ohne Abenteuer – nein, das ist nicht möglich. Man hätte nicht die halbe Gage. Es ist wichtiger als die Stimme. Sonst fehlt die Illusion. Ah, Sakrament, es ist ein hartes Brot! Man braucht einen guten Magen. Aber nur Geduld! Noch fünf, sechs Jahre – und dann ist Schluss, aber gründlich! Dann hat er genug, ein kleines Gut zu kaufen, da unten in Steiermark oder Kärnten – jagen, fischen und Kapaunen züchten – und Schluss mit den vornehmen Damen! Noch fünf Jahre – er möchte oft verzweifeln. Er glaubt oft, er hält es nicht mehr aus, keinen Tag, keine Stunde mehr. Er möchte auf und davon. Das elende Gewerbe ekelt ihn. Singen – ja. Er singt ganz gern. Das strengt ihn nicht an. Und die Sache mit dem Schminken, und dass man springen muss wie ein Bajazzo – auch das würde noch gehen, man gewöhnt sich daran. Nur diese ewigen Geschichten mit den Frauen! Dafür passt er halt gar nicht. Er möchte schön ruhig und gemütlich leben. Es macht ihm kein Vergnügen. Sie sind ihm zuwider. Aber was will er denn tun? Ein Tenor, der nicht geliebt wird – nein, das gibt es nicht. Sein Agent würde ordentlich toben. Da hätte er Bass werden müssen. Tenor ist Liebe schuldig. Es nützt nichts. Es muss sein. Es gehört zum Metier.

Aber er hat auch Pech. Alle verlieben sich, und immer gleich mit dieser Vehemenz! Eine hat sich vergiftet; die andere läuft dem Manne weg - es ist schon wirklich nicht mehr schön. Und diese ewige Existenz in Schränken, Kasten und Kaminen - es soll Leute geben, die das lieben. Merkwürdiger Geschmack! Sie haben entschieden bessere Nerven. Er verträgt es nicht. Er ängstigt sich schrecklich. Es ist ja auch keine Kleinigkeit. So ein gereizter Gatte - weiß man denn, was da alles in der Wut geschehen kann? Das fehlte ihm gerade noch! Aber das geniert die Weiber gar nicht. Sie sind doch unglaubliche

Egoisten. Um nur ihren Launen zu frönen, riskieren sie alles. Unsere Ruhe, unsere Sicherheit – ah, was! Das kümmert sie nicht. Sie scheuen keine Gefahr. Er hat es jetzt wieder gesehen. Sie ist schuld, nur sie, sie ganz allein, die Frau von Mendel Moriz.

Er hat es immer gesagt. Er hat immer gewarnt. Was brauchen sie sich in ihrer Wohnung zu treffen? Warum? Wozu? Das ist stets gefährlich. Diener schwätzen, ein Zufall kann verraten. Und wozu? Es gibt tausend Gelegenheiten. Aber nein! Gerade! Bei sich wollte sie ihn haben, im Hause des Gatten, in ihrem Zimmer – um jeden Preis. Und sie schmeichelte und weinte, bettelte und flehte, gab nicht nach, bis er richtig dumm genug war. Nun hatten sie es! Ah, die Weiber, die Weiber!

Es war sehr peinlich. Sie hatte ihn da in eine saubere Geschichte gebracht. Und wenn er nur wenigstens wüsste, ob Mendel Moriz ahnt, wer es gewesen...! Gesehen hat er ihn sicher nicht. Nein, es war zu dunkel. Er konnte ihn gewiss nicht sehen. Aber wenn er die Diener verhörte – und Frauen verraten sich leicht – und dann die Nadel, die Uhr, die Tasche! Das ist das Pech! Wenn er die Sachen fand! Und er musste sie ja finden. Sie lagen gleich auf dem Tische. Das kann dann hübsch werden.

Er stellt sich die ganze Szene vor, wie sie war. Wie sie schwärmen und kosen - sie ist ja wirklich sehr lieb. Wenn sie nur ein bisschen vorsichtiger wäre, nicht gar so frech. Plötzlich draußen Lärm, Schritte, man klopft, sie schreit, um Gottes willen, mein Mann! Also auf, das Licht aus, zum Fenster, in den Garten und fort! Nein, gesehen kann er ihn nicht haben. Alles finster. Wenn sie nur so gescheit war, noch geschwind die Sachen zu verstecken! Das ist seine Sorge. Wenn er die Sachen gefunden hat – ja, was dann? Sie lagen gleich auf dem Tische. Die Krawatte mit der Nadel, die Uhr, die Tabatiere. Es sind Geschenke des Prinzen Emil, Zeichen der besonderen Huld und Gnade. Er darf sie nicht verlieren. Und dann wüsste auch Mendel Moriz gleich, wer es war. Das ist dann nicht schwer. Aber das wäre entsetzlich. Er fürchtet Mendel Moriz sehr.

Es ist ja auch kein Spaß. Man muss nur seine Eifersucht kennen. Was da alles erzählt wird! Es war ihm immer bedenklich. Das ist nicht die gewöhnliche Eifersucht der Liebe. Es ist mehr eine Eifersucht des Besitzes; oder man könnte sagen: der Geiz eines Sammlers. Wie man Dilettanten der Gärtnerei nicht an ihre Rosen rühren darf. Wie Bibliophile Bücher nicht verleihen. So soll man gar nicht mit ihr sprechen. Das ärgert ihn schon. Überhaupt Geiz und Neid – das sind seine Elemente. Er will in allen Dingen immer das Beste. Und er will es für sich allein. Nicht, dass er es hat, sondern dass es kein anderer hat – das reizt ihn. Er kauft da draußen allen Grund, nur damit sonst niemand bauen kann, nur um die schöne Gegend zu versperren. Er schätzt nur, was er allein hat: das letzte Exemplar eines verlorenen Buches, das einzige Bild eines unbekannten Malers, den ersten Phonographen, den Edison verkaufte. Er genießt die Dinge erst durch das Gefühl, dass andere sie nicht genießen können. Das ist ihr ganzer Wert. So möchte er seine Frau am liebsten in den Keller stecken, dass andere sie gar nicht sehen. Sie soll seine Sache sein. Sie gehört ihm. Er kann sich diesen Luxus erlauben. Er kommt ihm teuer genug. So quält er sie, spioniert und wacht. Er hat immer Verdacht und wütet. Das kann eine hübsche Geschichte geben! Aber sie wird doch – so klug wird sie doch hoffentlich gewesen sein, die Sachen zu verstecken! Dann ist ja alles gut. Das heißt: ihr wird es nicht viel nützen. Sie kann nicht leugnen. Na, er wird gehörig toben! Aber es geschieht ihr ganz recht. Sie soll es sich nur merken. Vielleicht lernt sie doch ein bisschen Vorsicht.

Wenn sie nur die Sachen noch geschwind versteckt hat, die Geschenke des Prinzen! Das ist die Sorge, die ihn quält. Er findet den ganzen Tag keine Ruhe. Sie hat auch heute noch nicht geschrieben. Echt weiblich! In der Not verlassen sie einen dann feige. Es ist schändlich. So grübelt, schwankt und zweifelt er, wartet ängstlich, und jedes Geräusch lässt ihn beben. Es ist ja auch keine Kleinigkeit. Wenn es der Gatte weiß, ist er verloren.

Es klingelt. Er zittert. Wenn es der Gatte wäre! Was soll er tun? Er hat freilich befohlen, ihn zu verleugnen; er ist nicht daheim. Aber was nützt denn das? Der kommt doch wieder. Oder er wird ihn auf der Bühne suchen. Der Skandal ist noch ärger. Und was soll er denn tun? Er darf doch, er darf sich doch nicht schlagen. Wenn sein Impresario das hört! Andere können leicht Helden sein. Aber die Stimme riskieren? Wer weiß denn, wo einen so ein Berserker trifft, in seiner Wut?

Er atmet auf, wie der Diener sie meldet. Sie ist es. Gott sei Dank! Dann hat es noch keine Gefahr. Und nun wird er doch hören.

Sie ist es, kokett, lustig, zierlich, knisternd von Maschen und Schleifen, das verwischte, lüsterne Gesichtel hübscher als je. Er atmet auf. Und sie bringt die Sachen: die Nadel, die Uhr, die Tasche.

»Bussi haben!« sagt sie und bietet ihm den Mund.

Er achtet es gar nicht. Er weiß nur, dass er endlich seine Sachen wieder hat, die teuren Geschenke mit dem Wappen und Zuge des Prinzen. Er wird nicht müde, die köstliche Nadel, die breite Uhr, die liebe Tasche zu betrachten.

»Ich hatte eine schöne Angst - na, Kind, ich sage dir! Deinetwegen natürlich! Mir, was kann denn mir geschehen? Aber Gott sei Dank, dass du sie noch geschwind versteckt hast.«

»Keine Idee! Wie denn? Wo hatte ich denn die Zeit? Ich dachte auch gar nicht an sie. Er musste sie finden. Sie lagen gleich auf dem Tische, vor seiner Nase.«

Nun wird er wieder unruhig. »Er hat sie gefunden?«

»Na, nicht! Natürlich.«

»Aber das ist sehr fatal!«

»Dummes Affi! Gerade das hat uns gerettet. Ja! Tröste dich. Er ist jetzt ganz zahm und frisst aus der Hand.«

Und sie fletscht die winzigen, spitzen Perlen.

Er hat ein unangenehmes Gefühl. Es muss ihn freuen, dass es ihr gelang, den Gatten zu betrügen. Aber er gönnt es ihr nicht. Es ärgert ihn, dass die Männer doch immer die Blamierten sind. Selbst dieser kluge Mendel Moriz. Es ist doch unglaublich.«

Und dann hat er auch noch kein rechtes Vertrauen. »Wenn nur nicht etwa –«

»Aber ich bitte dich! Wenn ich dir schon sage: Die Sache ist erledigt! Wir sind jetzt ganz sicher. Du kannst täglich kommen. Er wird nicht mehr stören.«

»Ja, aber –? Wie hast du es ihm denn erklärt? Was hast du ihm denn eigentlich gesagt?«

»Nichts! Gar nichts, Tschapperl! Es hat sich ganz von selber so gemacht. Glück muss man halt haben, Bubi! Das ist die Kunst:«

Er hat wirklich etwas wie Bewunderung. Da sind die Frauen doch Meister. Wir lernen das nie.

»Geh, erzähl! Ordentlich! Sonst kennt man sich ja nicht aus.«

»Mein Gott, da gibt's gar nicht viel zu erzählen. Das ist sehr einfach. Aber zuerst ein Bussi!«

Er küsst sie.

»Also! Die Situation wirst du ja noch ungefähr wissen. Er tobt an der Türe. Du springst in den Garten. Ich öffne. Er stößt mich weg, rennt an das Fenster; aber in der tiefen Nacht ist alles finster. Er macht Licht und findet auf dem Tische deine Sachen. Er mustert sie genau. Die Nadel, die Uhr, die Tasche. Ich merke gleich, was ihm imponiert. Und er mustert sie wieder und sagt kein Wort. Ja, das Wappen und die Chiffre des Prinzen! Er meint, dass es der Prinz war.«

»Und?«

»Und – nichts mehr! Er fühlt sich sehr geehrt. Es schmeichelt ihm – ein Prinz bleibt doch immer ein Prinz.«

»Wenn es nur nicht etwa eine List, um uns«

»Aber keine Spur! Ihr Männer solltet euch doch besser kennen! Da! Schau! Schau die schönen Boutons, die er mir heute geschenkt hat.«

Mein Engländer

I

Ich möchte jetzt englisch lernen. Von den neuen Dichtern dort erzählt man ganz merkwürdige Sachen. Da muss ich doch selber sehen. Es wird ja nicht so schwer sein. Nur anfangs verdrießt's einen.

Aber wie das schon mit den guten Plänen geht! Man verbummelt's immer. Jeden Morgen, wenn ich aufstehen soll, fällt es mir ein und gibt einen Vorwand, nachdenklich noch etwas im Bette zu bleiben. Den ganzen Tag vergesse ich es. Und abends erinnere ich mich dann, dass wieder nichts geschehen ist.

Neulich treffe ich meinen Freund Breindel. Der kommt mir recht. Der ist ausgezeichnet, wenn man was braucht. Ich habe es oft erprobt seit Jahren. Ich weiß nicht, woher ich ihn eigentlich kenne. Jeder kennt ihn, keiner weiß, woher. Es gehört so zu den selbstverständlichen Kenntnissen. Man kann es sich gar nicht vorstellen, dass man ihn nicht kennen würde – wie wenn ein Wiener den Graben oder den Ring nicht kennen würde: Er erinnert sich auch nicht, woher. Und mein Breindel ist sehr nützlich. Er hat für alles Rat und Hilfe. Wenn man einen seltenen Teppich oder alte Stiche braucht, er findet unter der Hand eine billige Gelegenheit. Wenn man eine Reise macht, er gibt einem für jede Stadt die nötigen Adressen. Wenn man das Herz verwaist und einsam hat, er arrangiert das schon. Man kann sich auf ihn verlassen.

Ich erzähle ihm meine englischen Begierden. Natürlich hat er jemanden parat. »Ganz in Ihrem

Stil! Wie für Sie geschaffen. Sie werden sich famos unterhalten. Nämlich ein alter Engländer...«

Ich verziehe den Mund. Eine junge Engländerin wäre mir lieber.

»Aber Sie wollen doch was lernen!«

»Gerade darum. Die Liebe ist die beste Meisterin. Und wer weiß, was man nicht alles von einer Engländerin lernen kann!«

Er wird ärgerlich. Er wird gern ein bisschen Despot. Er mag nicht, dass man ihm seine Pläne stört. »Hören Sie auf, da gewöhnen Sie sich höchstens ganz gefehlte Ausdrücke an. Wenn Sie dann wirklich einmal nach London kommen und reden so, wirft man Sie überall heraus.«

Da hat er wieder recht. Und es nützt ja doch nichts, wenn ich widerspreche. Er bildete sich jetzt einmal den alten Engländer ein. Da kann man nichts machen. Meinetwegen. Und vielleicht hat er eine Tochter.

Der Engländer nennt sich Captain Smith. Er heißt eigentlich anders. Seine Familie gehört dem ältesten Adel des Landes. Aber er ist ein bisschen verbummelt, mit den Verwandten durch manches Abenteuer entzweit, ein Zigeuner durch Europa. Breindel rühmt seinen Schliff, seine Kenntnis der Künste, seine Erfahrung im Leben. »O ja, er wird Ihnen riesig gefallen«, meint er. »Es ist ganz Ihr Fall. Gescheit, fesch und total verrückt.«

»Ist er verheiratet?«

»Nein oder eigentlich – das heißt ambulant!«

»Na also, meinetwegen! Anschauen kostet ja nichts. Schicken Sie mir ihn halt einmal!«

II

Ich wohne bei einer dicken Frau. Sie könnte jünger sein. Sie ist die Witwe eines pensionierten Majors. Sie schnupft, liebt das Lotto und fürchtet sich vor Räubern. Die Tür ist immer doppelt gesperrt und verriegelt. Wer nach mir fragt, wird erst lange peinlich verhört, ob es nicht etwa ein heimlicher Mörder ist. Sie möchte, dass nur Damen zu mir kämen. Ich möchte das auch. Sie glaubt, die sind nicht so gefährlich. Ich glaube das nicht. Übrigens, wenn sie nicht gerade an Mord und Totschlag denkt, ist sie ganz gemütlich. Sie sorgt für einen sehr. Sie scheut keine Opfer. Sie liest sogar meine Werke. Sie liest überhaupt schrecklich viel, den ganzen Tag, französisch, englisch, alles durcheinander. Sie ist früher, glaub ich, einmal Gouvernante gewesen.

Vorige Woche einmal, wie ich nach Hause komme, finde ich sie ganz verzweifelt. Ich rege mich deswegen nicht auf. Ich bin das schon gewöhnt. Wahrscheinlich ist irgendwo in Favoriten wieder ein Tandler erschlagen worden. Dann kann man ein paar Tage mit ihr nicht verkehren. Dann traut sie auch mir nicht mehr. Dann hält sie auch mich für einen heimlichen Räuber.

Sie bringt mir eine Karte und einen Brief. »Ist denn das wirklich ein Bekannter von Ihnen?«

Ich öffne den Brief. Aber erstens kann man ihn überhaupt nicht lesen, und wenn man endlich mühsam einen Satz entziffert, dann versteht man erst recht nichts. Ich sehe die Karte. »Captain Smith.«

Aha, mein Engländer! »Der Herr kommt doch hoffentlich wieder?«

»Um Gottes willen!« Sie sieht mich an wie einen Irren. Und jetzt wird ihre Angst zur Wut.

»Nein, alles was Recht ist – aber das geht zu weit. Eher ziehen Sie aus. Es tut mir sehr leid – Sie sind ein sehr solider und achtbarer Herr, aber bevor ich den Menschen noch einmal in meine Wohnung lasse, da ist's mir lieber, Sie ziehen aus. Alles hat seine Grenzen!«

»Ja, aber was ist denn eigentlich geschehen?«

Es dauerte eine Stunde, bis ich es allmählich erfahre. Erst schreit und jammert und weint sie bloß mit immer neuen Eiden, dass der fürchterliche Mensch ihr nie mehr kommen darf. Nur mühsam kann ich es nach und nach so ungefähr erraten. Später kommt dann die Pepi und erzählt mir die ganze Geschichte. Jetzt verstehe ich alles.

Ich war gerade fort, die Pepi räumt das Zimmer auf, da wird geläutet. Der dicken Frau gibt's natürlich gleich wieder einen Stich, ob es nicht ein Attentat ist, und sie horcht. Die Pepi geht hinaus, schauen, wer es ist. Ein spaßiger Herr, der noch nie da war, mit so einem gespitzten Gesicht, aber sonst recht anständig. Sie versteht ihn nicht ordentlich, weil er die Worte ganz verdepscht und vermuddelt. Aber endlich bringt sie doch heraus, dass er etwas für mich aufschreiben will, und lässt ihn herein. Er setzt sich an den Tisch, sucht ein Stück Papier und schreibt. Sie nimmt wieder ihren Besen und kehrt ruhig weiter; in solchen Sachen ist sie groß, das geniert sie gar nicht. Nebenan lauscht die dicke Frau. Sie ist schon ängstlich, was der unheimliche Kerl denn eigentlich so lange treibt. Es scheint ihr verdächtig. Man hört durch die dünne Wand jedes Wort.

Plötzlich ruft er die Pepi. »Komm Sie, komm Sie! Sie mussen mich helf! Sagt sich in deutsch: geehrte Herr oder geehrtes Herr?« Und er nimmt ihr den Besen, der ihn stört, stellt ihn weg, zieht sie hin, und sie muss jetzt von Satz zu Satz, von Wort zu Wort entscheiden, aber auch verteidigen und begründen, wie es heißen soll. Er glaubt es ihr nicht gleich. Er fragt drei-, viermal und beutelt den spitzen Schädel, wenn es ihm nicht passt. Und dann schlägt er immer erst noch was anderes vor, ob es nicht vielleicht auch so geht. Er hat viele Bedenken. Er will durchaus »das Herr« sagen, weil man ja auch das Mädchen sagt und nicht der Mädchen. Ordnung muss doch sein. Und warum will sie durchaus »der Herr« sagen? Dann soll sie wenigstens einen Grund nennen. Aber so bloße Kaprizen lässt er sich nicht gefallen. Sie darf nicht glauben, dass er trotzig und eigensinnig ist; wenn sie ihn erst ein bisschen besser kennen wird, wird sie das selber zugeben, aber es muss doch alles ordentlich erklärt werden. Das kann man verlangen. Eine Sprache, die sich nicht erklären lässt, ist »ein dummes Sprach«. Da wird die Pepi wild und schimpft auf ihn und nimmt wieder den Besen. Er läuft ihr nach und packt sie, stößt mit dem dünnen, langen, harten Zeigefinger in sie und schreit und fleht sie an. Er hat ihr doch nichts getan. Er hat sich doch bloß gewundert. Wenn man sich nicht wundert, lernt man eine Sprache nie. Sie soll sich eher freuen; gerade das ist das beste Zeichen, dass es vorwärts geht. Nur wenn man sich wundert und genau fragt, merkt man sich die Schwierigkeiten. Dadurch darf sie sich nicht abschrecken lassen. Im

Gegenteil. Sie wird schon sehen, wie gut es ist. Sie wird schon sehen, wie rasch er lernt. Und er zieht sie wieder an den Tisch und nimmt wieder die Feder und fragt und zweifelt und streitet weiter, mit tausend Einwänden, von Wort zu Wort. Er ist bald eine Stunde da und hat noch nicht drei Zeilen.

Die Geduld der dicken Frau nebenan ist erschöpft; Sie hält sich nicht länger. Es scheint ihr im höchsten Grade verdächtig. Man geht doch nicht in fremde Wohnungen, um sich mit dem Mädchen in der Sprache zu üben. Es ist am Ende nur ein Vorwand. Er will die Pepi bloß vertraulich machen und dann – dann wird er hinterrücks mit dem Dolche über sie fallen. Man kann nicht wissen. Es war alles schon da. Die Menschen sind heute zu schlecht. Und abgesehen davon – es passt sich doch auch gar nicht.

Und die dicke Frau nimmt ihren ganzen Mut und geht in mein Zimmer. Dem Engländer kommt sie ungelegen. Er erklärt ihr kurz in seinem holprigen und ungelenken Deutsch, dass er etwas an mich zu schreiben hat. Sie antwortet englisch, das sie geläufig spricht, und möchte ihm zeigen, dass es einfacher ist, sich an sie zu wenden. Aber er lässt sie gar nicht weiter.

»Oh, Sie sprechen englisch?«

»Ein bisschen – was man gerade braucht.«

»Oh, das ist schade. Da sind Sie nicht für mich. Ich spreche nicht gern englisch, weil ich schon kann. Ich spreche lieber deutsch. Oh, das ist schwer!«

»Aber jedenfalls ist das Mädchen, das Sie nicht versteht –«

»Oh, das Mädchen ist gut. Schimpf Sie nicht das Mädchen! Das Mädchen ist sehr gut. Ich bin ganz zufrieden.« Und er setzt sich wieder, nimmt die Feder und achtet nicht weiter auf die dicke Frau.

Sie versucht es noch einmal. Aber er lässt sie nicht mehr reden. Er winkt ihr ungeduldig ab. Die Sache ist erledigt. Sie soll ihn jetzt nicht weiter stören. »Sie könn' gehen. Ich brauch Sie nicht. Sie könn' gehen!«

Sie kocht vor Wut. So ein ungezogener Mensch ist ihr noch nicht vorgekommen. Aber sie würde ihm ihre Meinung schon sagen, gehörig, dass er sich's merken sollte – wenn nur, wenn man nur sicher wäre, dass es nicht am Ende ein Räuber ist, der vielleicht absichtlich Streit anfangen will! Das ist halt doch eine bedenkliche Geschichte. Solche Leute tragen heimlich Waffen bei sich. Wer kann denn wissen?

III

Ich habe mir dann den Captain Smith angesehen, die nächste Woche. Ich bin zu ihm. In meine Wohnung darf er natürlich nicht mehr. Ich kann es der dicken Frau nicht antun. Ich habe es ihr versprechen müssen. Ich verspreche ihr alles, was sie will. Es ist bequemer. Sonst redet sie erst viel. Da gebe ich lieber gleich nach. Man nennt das seine Freiheit und heiratet deswegen nicht.

Aber ich bin zu ihm, in seine Wohnung, einmal gegen Abend. Er macht mir selber auf. Ich nenne meinen Namen. Er freut sich sehr. Es trifft sich gut, dass ich gerade heute komme, weil heute »Seminar« ist. Dreimal die Woche hat er »Seminar«.

Er schreitet mir mit großer Würde voran, wie wenn jemand in einen geheimen Bund eingeführt wird. Die Pepi hat wirklich recht: Alles ist an ihm gespitzt – das schmale, lange, hagere Kinn, die jähe Nase, die wie ein Pfeil aus dem Fall der Miene schwirrt, und hinten starren aus dem kahlen Schädel die paar grauen Härchen wie Stacheln, borstig und steif. Er sticht auch so die Schritte in den Boden.

Wir kommen durch einen engen Gang, mit Kisten, Flaschen und Gerümpel. Er öffnet die schmalen Türen, und ich staune vor einem lieben und traulichen Bilde: Um den Tisch mit Tee und Wurst und Bäckerei sitzen elf junge Mädchen, gerade nicht besonders nobel, aber eine hübscher wie die andere, lachend, plaudernd, scherzend.

Das ist sein »Seminar«. Er stellt mich vor und erklärt es. Wenn er auf der Gasse eine sieht, die ihm gefällt, eine Näherin, Verkäuferin, Putzmacherin, ladet er sie ein, ob sie nicht englisch lernen möchte. Es ist doch viel gescheiter, als dass sie den Abend müßig versitzt oder so mit irgendeinem Fant läuft! Und wer weiß, ob sie es später nicht noch einmal brauchen kann. Sie haben es warm und gemütlich bei ihm, zu essen gibt's auch, er erzählt Geschichten, kosten tut's nichts, und keine kann sich beklagen. Nur geht's natürlich etwas langsam vorwärts – nämlich, so recht angefangen haben sie eigentlich noch nicht, er will sie nicht abschrecken, er muss sie erst allmählich gewöhnen. Vorderhand machen sie erst bloß sein Deutsch nach. Das ist schon auch etwas und bringt sie dem Geiste der englischen Sprache näher. Man darf nichts überstürzen. '

124

»Oh«, sagt er stolz. »Man muss nur praktisch sein. Das ist so schlecht in den Wienern. Sie sind nicht praktisch. Sie haben kein gutes Idee. Deswegen machen sie nicht Geschäft. Ich bin praktisch. Ich hab Idee. Deswegen ich hab auch schon Schuler – oh, eine viele Menge! Nur noch kein Geld. Oh, gar kein Geld!«

Ich komme jetzt fleißig in das Seminar. Gelernt habe ich nichts. Aber ich kann es nur bestens empfehlen.

Leander

I

Der Stationschef wurde ungeduldig.

»Bedaure sehr – aber ich kann Ihnen eben nicht helfen«, sagte er, noch höflich, doch nervös, und sah nach der Uhr.

Doch Herr von Handl gab nicht nach. In seiner nonchalanten, ein bisschen gezierten, hochmütigen Weise sagte er: »Aber das gibt's ja nicht. Irgendein Zug muss doch gehen.«

Der Stationschef zuckte die Achseln, rief einem Arbeiter etwas zu und sagte dann noch einmal zu Herrn von Handl, der immer noch unschlüssig da-stand: »Haben Sie denn die Zeitungen nicht ge-lesen?«

Herr von Handl verzog den hübschen Mund: »Ah, was die Zeitungen schreiben!«

»Pardon«, sagte der Chef mit Nachdruck, »ich bitte sehr: Es sind unsere amtlichen Mitteilungen, die die Zeitungen bringen.«

Er schien förmlich zu wachsen in dem Gefühl, einer Staatsbahn zu dienen.

»Amtlich«, sagte Herr von Handl gering-schätzend, »das kennt man, dann ist es schon ganz gewiss nicht wahr–«

Der Chef ärgerte sich. Er hätte ihn gern zurechtgewiesen, aber Herr von Handl war doch zu gut gekleidet. Man muss vorsichtig sein, man kann ja nie wissen. So sagte er bloß: »Sie entschuldigen jetzt – der Dienst!« Und er legte, kurz grüßend, die Hand an die Mütze, ging und ließ Herrn von Handl stehn.

Herr von Handl war wütend. Das war ihm noch nicht vorgekommen! So eine Wirtschaft! Wenn es einmal zwei Tage regnet, kann man nicht einmal mehr nach Ischl fahren – das ist das berühmte System der Verstaatlichung!

Er ging vom Perron wieder in die Halle, sah nach dem Träger, der sein Rad hielt, und rief ihm zu: »Warten's noch ein bissel!« Er wusste nun wirklich nicht mehr, was er tun sollte. Er stand eine Weile und sah dem Trubel in der Halle zu. Immer neue Leute kamen, schrien, drängten sich um die Beamten, gestikulierten und lärmten, überall lagen Koffer, Kisten und Körbe. Die Beamten beteuerten, dass es unmöglich sei; niemand wollte es glauben. Und immer neue Menschen kamen, niemand ging.

Er wollte sich überzeugen, wie denn die Sache eigentlich war, und kaufte sich ein Morgenblatt. Schrecklich! Drei Seiten nichts als Hochwasser! Überschwemmungen in Böhmen, Überschwemmungen im Salzkammergut, Überschwemmungen in Niederösterreich! Eisenbahnunglück bei Amstetten, Eisenbahnunglück bei Seekirchen, Eisenbahnunglück bei Vöslau! Brücken eingestürzt, Dämme gebrochen, überall der Verkehr eingestellt! Es war schrecklich.

Wie sie sich ängstigen würde! Er las die Ischler Telegramme nach: Die Verbindung mit Salzburg unterbrochen, die Verbindung mit Gmunden unterbrochen, Gefahr für die Brücke, die Esplanade unter Wasser, in Gries muss alles delogiert werden! Die arme kleine Frau! Wie sie sich ängstigen würde! Und sie war so ungeschickt und verzagte so leicht! Nun hatte er sie zum ersten Mal eine Woche allein gelassen, zum ersten Mal, seit sie verheiratet waren – und gerade da musste das geschehen! Es war zu dumm. Sie fürchtete sich so leicht und hatte immer Angst. Es konnte ihr ja nichts geschehen: Sie wohnte in der Post, da war man vor dem Wasser, sicher. Aber sie würde sich zu Tode ängstigen.

Vor allem wollte er ihr telegrafieren. Er schrieb ein paar Zeilen, die sie beruhigen sollten, behandelte die Sache komisch und versicherte ihr, dass er gewiss in ein paar Tagen, auf irgendwelchen Umwegen, wieder bei ihr sein werde. Bis dahin sollte sie sich gedulden, sich nicht fürchten, sondern sich, in Galoschen und mit dem Regenschirm, alles schön ansehen, um es ihm später genau zu erzählen.

So! Er nahm das Formular und gab es dem Beamten. Der Beamte sah die Adresse an und sagte geschäftlich: »Ischl? Kann nicht expediert werden.«

»Aber man wird doch noch telegrafieren können«, schrie Herr von Handl.

»Nach Ischl nicht, bedaure sehr. Die Verbindung ist unterbrochen. Vielleicht morgen.« Und er schob das Fenster zu.

Herr von Handl stand wieder da. Es wurde immer schöner! »Jetzt möchte ich aber doch sehen«, schrie er den Portier an. Der Portier lächelte freundlich. Herr von Handl schwieg. Er wusste offenbar selbst nicht, was er sehen wollte. »Echt österreichisch«, murmelte er grimmig vor sich hin.

Instinktiv ging er jetzt wieder an die Kassa. Dort hatte es angefangen. Er war zu dem Zug um drei Uhr auf die Bahn gekommen und hatte ein Billett nach Ischl haben wollen. Als er von den Störungen hörte, war er zum Stationschef gegangen, in dem österreichischen Gefühl, dass alles geht, wenn man mit dem Stationschef redet. Aber dieser Stationschef war ein rechter Flegel. Nun wollte er noch einmal mit dem Kassier reden. Der Kassier, ein freundlicher, dicker Herr mit dem Habitus eines Trinkers, erkannte ihn und triumphierte: »No alsdann! Was hab ich gesagt? Hat Ihnen der Stationschef –?«

»Der Stationschef – ist ein Esel«, sagte Herr von Handl.

Der Kassier freute sich. »No ja! Da lasst man die jungen Leut einen Haufen Prüfungen machen – und am End? Was haben s' davon? Außer, dass sie arrogant werden! No ja!« Er zwinkerte mit den listigen kleinen Augen unter der Brille hervor, drückte diese mit zwei Fingern nieder und lachte. »No, was werden Sie denn also machen?«

Herr von Handl lehnte sich an. Er wollte mit dem Kassier plauschen. Vielleicht ging es doch irgendwie. »Wie lange kann denn die Geschichte dauern?« fragte er.

Der Kassier stützte sich auf. »No, wissen's, das ist nicht so einfach«, explizierte er, »die Sache ist nämlich die: Es is ja bei uns alles schlecht organisiert! Wir haben zu viele Leut in den Kanzlein und keine bei der Arbeit, das is es! In der Kanzlei tut niemand was, und draußen fehlt's überall. Man fragt ja jetzt bloß, wie viele Prüfungen einer hat! No, für gewöhnlich geht es gerad, aber wie einmal was is, is das Malheur fertig. Glauben Sie mir: es is nur die schlechte Organisation – nur die schlechte Organisation!« Er drückte wieder auf seine Brille.

»Ich kann mir doch nicht vorstellen«, sagte Herr von Handl, »dass man gleich die ganze Verbindung einstellen muss.«

»No natürlich«, sagte der Kassier.

»Denn«, erklärte Herr von Handl, »nehmen wir an, man kann an drei, fünf, sieben Stellen nicht passieren, so geht man halt ein Stück zu Fuß, nicht? Und dort sollte halt schon wieder ein anderer Zug warten! Das war doch keine solche Kunst.«

»No natürlich«, sagte der Kassier. »Wenn die Sache etwas organisiert wär!«

»Aber dass, wenn es einmal ein bisschen regnet, nicht einmal der Orientexpress mehr gehen kann, das ist ja doch eine Schande!«

»Österreichisch!« sagte der Kassier.

Herr von Handl sah auf die Uhr. »Jetzt ist es schon halb fünf, sagte er ärgerlich. »Und ich muss nach Ischl!«

»Sie sind verheiratet?«

Herr von Handl nickte.

»Hat die gnädige Frau wenigstens Galoschen mit?« fragte der Kassier.

»Aber ja! Sie ist nur sehr ängstlich und für eine junge Frau, die noch nie allein war –«

»No ja! Aber wenn sie nur Galoschen hat! Das is die Hauptsach! Ich lass die Meinige nie ohne Galoschen fort. Nur keine kalten Füß, sag ich.«

»Heute ist gar keine Aussicht mehr vorhanden?« fragte Herr von Handl.

Der Kassier zuckte die Achseln: »Ich glaub nicht. Zuerst müssen die Ingenieure einen Bericht an den Oberingenieur machen, dann werden sie morgen erst eine Sitzung im Ministerium halten und dann führen sie vielleicht bei der Gelegenheit geschwind noch eine neue Prüfung ein, das kann man bei uns nie wissen. Also! Aber vielleicht, wenn Sie es mit der Franz-Josefs-Bahn versuchen!«

»Über Budweis nach Linz, meinen Sie!« fragte Herr von Handl.

»Nein, da haben Sie ja nichts davon; dann sitzen Sie in Linz! Aber über Eger – München – Salzburg, das geht!«

»Und dann?«

»Ja, dann!« sagte der Kassier. »No, Salzburg is sehr eine schöne Stadt.«

Herr von Handl beugte sich vor und fragte leise, zutraulich: »Sie können mir wirklich kein Billett geben?«

»I darf net. Es tut mir leid, aber i darf net. Und es nützt Ihnen ja auch nichts, wenn doch kein Zug geht.«

»Nach Valentin wenigstens oder nach Amstetten«, bat Herr von Handl.

Der Kassier zuckte die Achseln. »Leider –«

»Also, es geht überhaupt heute gar kein Zug!« rief Herr von Handl verzweifelt aus.

»Ja, nach Purkersdorf! Wenn Sie wollen! Nach Purkersdorf, fünf Uhr zehn Minuten!«

So geben Sie mir ein Billett nach Purkersdorf!«

»Zweite?«

»Erste, bitte!«

»Sechzig Kreuzer.«

»Ich habe die Ehre.«

»Ich habe die Ehre.«

Der Kassier drückte auf seine Brille und sah ihm vergnügt nach.

Herr von Handl rief seinen Träger und gab das Rad nach Purkersdorf auf.

In der Halle lärmten die Leute sehr. Jeder hatte neue Nachrichten. An der Wien war eine Mauer eingestürzt, im Prater stieg das Wasser, an der Donau wurden die Leute delogiert. Man schrie. Ein alter Herr las vor, was Falb geschrieben hatte.

Herr von Handl saß endlich im Waggon. Es dauerte noch eine Ewigkeit. Es wurde fünf Uhr fünfzehn, es wurde halb sechs. Er war schon nervös. Wenn auch dieser Zug nicht ging? Und er musste fort. Er musste nach Ischl. Er musste einfach. Endlich zog die Maschine langsam an. Langsam, ganz langsam fuhr der Zug aus der Station.

Endlich! Er hatte schon eine solche Wut, dass er sich kaum mehr halten konnte. So eine Wirtschaft!

Nun dachte er erst nach und da musste er lachen. Es war eigentlich ein Unsinn. Was wollte er in Purkersdorf? War es nicht gescheiter, in Wien zu bleiben, wo er seine gemütliche Wohnung hatte, und geduldig zu warten, bis alles wieder in Ordnung war, wie lange konnte denn das dauern? Vier, fünf Tage, eine Woche, wenn es schlimm war! Konnte er keine Woche mehr ohne sie leben? So verliebt war er? Er hätte das gar nicht von sich gedacht. Es amüsierte ihn.' Er hatte nicht gewusst, dass er so leidenschaftlich sein konnte. So lieb war sie ihm in der kurzen Zeit geworden? Er war ganz gerührt und dachte zärtlich an sie.

II

Herr von Handl war jetzt zweiunddreißig Jahre alt.

Er hatte immer angenehm gelebt. Man erinnert sich, dass in den fünfziger Jahren bei uns die Zither das Instrument nach der Mode war, alle Welt wollte damals Zither spielen, und die Handl-Zither galt für die Beste. Ihr Erfinder, der alte Handl, wurde in ein paar Jahren ein reicher Mann. Der Alte hatte auch sonst eine gute Hand: Was er begann, glückte, und aus dem unscheinbaren Handwerker, der mit aller Welt so höflich war und sich kaum ein lautes Wort zu sagen traute, war bald ein großer Fabrikant geworden. Als er starb, ließ er seinem einzigen Sohn ein schönes Vermögen und ein glänzendes Geschäft zurück. Der junge Paul war nun freilich nicht der Mann, es weiter zu führen. Er hatte gar keinen Sinn für das Kaufmännische. Er gehörte zu jenen

Menschen, die alles ein bisschen können, aber nichts ordentlich. Er zeichnete ganz hübsch, musizierte gern, hatte viel gelesen, machte schöne Reisen, sammelte Alt-Wiener Sachen und hatte gar nicht die Zeit, sich auch noch um das dumme Geschäft zu kümmern, das ja bei dem alten Buchhalter, dem er vertrauen konnte, in den besten Händen war. So kam er denn zwei- oder dreimal die Woche in das Haus und auch da mehr zum Plauschen und weil ihm die ganze Piaristengasse so sympathisch war. Im Übrigen ging er seinem Vergnügen nach, auf die Jagd, ins Theater, zu seiner Tarockpartie, doch alles mit Maß, wie es in seiner unleidenschaftlichen Art war, die vieles anfing, gern alles versuchte, aber wenn der erste Eifer gelöscht war, in ihren Launen leicht nachgab. Vor allem liebte er es, bequem zu leben: ein kleines Hauskonzert mit nicht zu schwerer Musik, einen Plausch mit heiteren, jungen Frauen aus den guten Familien, ein Gespräch mit alten Herren, die den Nestroy noch gesehen hatten und von der Therese Krones erzählen konnten, das hatte er gern, und am liebsten war es ihm, an milden Tagen im April oder Mai mit ein paar Freunden und ihren Frauen in die Brühl zu fahren und über die Krauste Linde auf den Anninger zu gehen, wo er dann in dem stillen Wirtshaus seine berühmte Bowle braute. So glücklich war er doch sonst nirgends. Er hatte ganz Europa bereist, war in der Schweiz und am Rhein, in Italien und in Holland, in der Provence und in Norwegen gewesen, aber er fand, dass es in der Brühl doch am schönsten war, oder wenigstens am gemütlichsten. So viel Wald, die sanften Hügel, die kleinen Villen, die komischen falschen Ruinen, das gab ein Bild, das er nie vergessen konnte, und wenn er am weißen Kreuz stand und in das lustige Tal sah, fühlte er sich so froh wie sonst nirgends. Andere Gegenden, pflegte er zu sagen, mögen großartiger sein, aber das ist halt gar so eine gute Gegend. Im Winter hatte er förmlich Heimweh nach ihr, und er konnte es gar nicht erwarten, bis wieder die ersten schönen Tage kamen. Er hatte den Winter nicht gern: Auf Bälle ging er selten und machte nicht viel mit, weil er um elf Uhr schon schläfrig wurde. Er war es gewohnt, seine neun Stunden zu schlafen. Oft blieb er abends zu Hause, ließ sich recht schön einheizen und legte sich schon um neun Uhr nieder, um dann noch, während es im Ofen knisterte, lange zu lesen. Er las ziemlich viel, freilich nichts von den neueren Sachen, die ihm zu wenig Handlung hatten und gar soviel herumredeten, das mochte er nicht. Er liebte alte Geschichtenbücher, wo recht viel drin stand, große wilde Sachen und fürchterliche Abenteuer.

Wenn er nichts zu lesen hatte, ordnete er seine Sammlung; da waren alte Zeitungen aus der Wiener Revolution, Theaterzettel, Almanache, Miniaturen und besonders Bilder von Wiener Schauspielern, die ihm eine große Freude machten. Oder er sah auch wieder die Fotografien an, die er im Sommer aufgenommen hatte; er war ein recht geschickter Amateur und wanderte fleißig mit seinem Kasten durch den Wiener Wald, bis er einen »schönen Blick« oder auch einen seltsamen Kopf fand, das feiste Antlitz eines Weinbauers oder das lustige Gesicht einer Kellnerin. Dieser Sport hatte ihm schon viele Freude bereitet, doch hütete er sich auch da, ein »Fex« zu werden, das war ihm in allen Dingen schrecklich. Nur kein »Fex« sein, sagte er immer, der Mensch soll alles betreiben, aber mit Maß, sonst wird es zuwider. Das war seine Devise. So hielt er es immer.

So hatte er es auch mit den Frauen gehalten. Als Knabe war er neugierig gewesen, den Jüngling amüsierten sie, in Paris machte er mit, was dazu gehört: Heiß war ihm noch von keinem Weib geworden. Wenn andere erzählten, wunderte er sich oft, wie laut es in ihren Empfindungen zuging. Es musste eigentlich ganz schön sein, sich so zu berauschen; aber er wünschte es sich doch nicht. Es war doch wahrscheinlich recht unbequem, davor fürchtete er sich sehr. Er hatte sich schon manchmal gedacht, dass es auch seinen Reiz hätte, einmal die ganz große Leidenschaft kennenzulernen. Er war ja kein Pedant. Aber wenn er sich dann ausmalte, dass es ihn ganz aus der Ordnung bringen würde, so sah er ein, dass es doch für ihn besser war, in seiner ruhigen Weise zu leben. Er hatte auch Glück mit seinen Verhältnissen. Sie waren sehr hübsch und spielten sich ohne Aufregungen ab. Sie begannen schnell, weil er ja lustig war und sich traute, dauerten dann in der angenehmsten Weise und schliefen schön langsam wieder ein. Eine Gouvernante, ein paar Damen vom Theater, dann eine kleine blonde Witwe, die eine Tabaktrafik in der Schlösselgasse hatte, das waren seine ganzen Erlebnisse, bis auf ein paar Abenteuer auf Reisen und besonders in Paris. Bei der Witwe war er, mehr faul als treu, drei Jahre geblieben, bis er sich im vorigen Herbst verheiratet hatte.

Das war aber so gekommen: Herr von Handl hatte sich im vorigen Sommer nach Kreuzen begeben, um da eine kleine Kaltwasserkur zu machen. Es fehlte ihm zwar eigentlich nichts, aber er war um seine Gesundheit sehr besorgt und, wie er zu sagen pflegte: Schaden kann es auf keinen Fall. Wenn einem seiner Bekannten eine Methode geholfen hatte, nahm er sie auch vor. Er war ein paar Jahre in

Karlsbad gewesen, er hatte Moorbäder gebraucht, nun wollte er es mit dem kalten Wasser versuchen. Kreuzen ist ein kleiner Ort für Leute, die kein Geld haben, aber doch gern reich tun; da sind sie unter sich und spielen sich Luxus vor. Herr von Handl fand das zuerst sehr lustig. Später langweilte er sich und bekam eine Wut auf diese schlechten Manieren, die man sich doch eigentlich erst von einer Million aufwärts gefallen zu lassen braucht. Da taten ihm die paar Familien aus der Provinz wohl, die ihm in Wien vielleicht pedantisch vorgekommen wären. So lernte er Ida kennen, die mit ihrem Vater da war. Der alte Herr, ein Gymnasialprofessor aus Ried, machte ihm viel Spaß. Dieser gute Professor Weinlich war nämlich ein Original: er saß den ganzen Tag auf dem kleinen Balkon vor seinem Zimmer und arbeitete, dass er schwitzte, und wenn er spazieren ging, erzählte er in einem, fort von seiner Arbeit. Er schrieb ein Lexikon zum Vergil: Bei jedem Wort sollte da genau verzeichnet sein, an welchen Stellen es vorkam. Er machte das so: Er schrieb Zeile für Zeile jedes Wort für sich auf einen Zettel ab und setzte dazu die Nummer des Gesanges und des Verses. Diese Zettel ordnete Ida alphabetisch. Fünf Gesänge waren schon fertig; er sah das als sein Lebenswerk an. Herr von Handl fragte ihn einmal, was die Menschheit davon hätte, zu lesen, wie oft »et« im Vergil vorkommt. Nun, sagte er, sie wird dann etwas wissen, was sie jetzt nicht weiß, und darin besteht der ganze menschliche Fortschritt. Herr von Handl hätte gern gespottet, aber Ida bat ihn mit den Augen so flehentlich, dass er schwieg. Das Verhältnis der beiden war rührend. Wie Ida den Vater bemutterte, der wieder tat, als ob sie ein kleines Kind wäre, das noch keinen Schritt allein gehen könnte, das kam Herrn von Handl komisch und doch heilig vor. Sie band dem alten Herrn bei Tische die Serviette um, sie legte ihm vor, sie schnitt ihm die Zigarre ab; man sah die beiden immer Arm in Arm, und sie trug ihm den Plaid. Auch war sie sehr besorgt, ob es ihm nicht zog; er hatte die schreckliche Angst der alten Öster-reicher vor dem Verkühlen. Mitten im Walde sagte er oft auf einmal: Hier wäre es sehr schön, wenn es nur nicht ziehen möchte! Dann gab ihm Ida den Plaid noch fester um und so saßen sie, während sie mit ihren dünnen Händchen ihm den Schirm gegen die Sonne hielt, damit er es nur recht behaglich hätte. Herr von Handl war gern mit ihnen. Er fühlte, dass ihm diese Luft von Güte und Zärtlichkeit wohltat, und er gewöhnte sich an das stille Lachen des kleinen Mädchens so, dass er es sich gar nicht mehr denken konnte, ohne sie zu leben. Er hatte zuerst nur vierzehn Tage bleiben wollen, es wurden vier Wochen. Als sie endlich abgereist waren, war er sehr traurig. Er fuhr fort, nach der Schweiz, um auf andere Gedanken zu kommen. Es half aber nichts, alles war ihm zuwider. Es kam ihm vor, dass er noch nie so glücklich gewesen war, wie auf den stillen Spaziergängen mit dem jungen Wesen, das eigentlich gar nicht hübsch war, aber so gut, so gut! Dieses arme, ängstliche und doch tapfere Kind in die Arme zu nehmen, recht zu schützen und durch das Leben zu tragen, das dachte er sich wunder-schön. Er wusste nicht, ob das denn eigentlich Liebe war, aber er empfand, dass es ihn sehr glücklich machen würde. So entschloss er sich rasch. Es waren noch nicht vier Wochen vergangen, fuhr Herr von Handl nach Ried und hielt um ihre Hand an, die ihm der Alte, mit manchen Ermahnungen und vielen Lehren, gab. Er hatte es nicht zu bereuen. Seine ruhige, stillen Genüssen zugeneigte Natur konnte sich keine bessere Frau wünschen, und sie lebten nun schon bald ein Jahr in der glücklichsten

Ehe, nicht leidenschaftlich, aber zärtlich. Nun hatten sie sich zum ersten Mal auf ein paar Tage trennen müssen. Die Frau des alten Buchhalters war gestorben, und er wollte ihr die letzte Ehre erweisen. Er war Montag zu ihrem Begräbnis gefahren und blieb dann noch in Wien, damit der alte Buchhalter nicht gleich am anderen Tage schon wieder ins Geschäft müsste, sondern sich erst ein bisschen erholen sollte. Nun wollte er wieder zurück, und gerade da musste das dumme Wasser kommen!

III

An dies alles dachte Herr von Handl, während der Zug behutsam, als traue er sich nicht recht, durch die Vororte fuhr, und er freute sich, so verliebt zu sein. Das hätte er sich gar nicht zugemutet. Er hatte Ida sehr gern, aber es schien ihm doch nur eine stille Neigung zu sein, mehr zärtlich als ungestüm, gar nicht die gewisse große Leidenschaft aus den Romanen. Er hatte jetzt in Wien sogar gefunden, dass es recht angenehm war, wieder einmal allein zu sein, und nahm sich vor, sie im Herbst auf ein paar Wochen zu ihrem Vater zu bringen, während er vielleicht eine kleine Reise machen und sie dann wieder abholen würde. Und nun zeigte es, sich plötzlich – war das nicht komisch? Diese Ungeduld, zu ihr zu kommen, diese Leidenschaft! Konnte er nicht die paar Tage warten? Nein, mitten durch das Wasser musste er! Der reine Leander sagte er sich und lachte.

Purkersdorf, alles aussteigen! Ja, was nun? Er war selber neugierig. Dieselbe Situation wie in Wien: Es gab keinen Zug. Er ging zum Stationschef. »Ich bitte, meine Herrschaften, ich weiß gar nichts! Ich weiß gar nichts! Ich bitte, ich weiß gar nichts«,

schrie der Chef, ein ganz junger Mann, rot vor Aufregung und mit den Händen fuchtelnd. Er rannte
wie besessen hin und her, wischte sich mit einem
großen, blauen Tuch den Schweiß ab und schrie
jeden an, der fragen wollte: »Ich bitte, ich weiß gar
nichts!« Herr von Handl sagte, um ein Gespräch
anzufangen: »Können Sie mir vielleicht sagen, Herr
Stationschef, ob –« Aber der hörte ihn gar nicht an.
»Ich bitte«, schrie er, »ich weiß gar nichts! Ich bitte,
sich an das Bureau in Wien zu wenden! Wir können
hier gar nichts wissen!« Und er rannte schon wieder
fort, immer mit dem großen, blauen Tuche wehend.
No, mit dem ist nichts zu machen, dachte Herr von
Handl; der ist froh, wenn er selber das Leben hat!

Herr von Handl ging zum Portier, um sein Rad
einzustellen. Er gab dem Alten eine Zigarre und
begann mit ihm zu plauschen. Immer dasselbe: Von
allen Seiten Nachrichten über das Wasser, und es
stieg noch immer. Alle Brücken sind weg, die
Straßen zerrissen, auf der Bahn rutschten die
Dämme. Das kann sechs, sieben Tage dauern. An
einen Verkehr mit St. Pölten ist gar nicht mehr zu
denken. Schöne Aussichten!

Da, bemerkte Herr von Handl einen Zug in der
Station: die Lokomotive in der Richtung nach St.
Pölten und zwei Wagen dritter Klasse. Die
Lokomotive dampft, er sieht einen Heizer, jetzt
steigen sogar schon ein paar Leute ein. »Da ist ja ein
Zug«, sagte er zum Portier.

»Ja«, sagte der Portier, »das war schon ein Zug,
aber da können Sie nicht fahren.«

»Warum denn nicht? Wo fahrt denn der hin?«

»Da fahren die Arbeiter nach Pottenbrunn, wegen der Brücken vor St. Pölten. Es ist Nachmittag telegrafiert worden um sie.«

»Da fahre ich doch mit«, sagte Herr von Handl. »Das ist ja sehr einfach,«

»Das wär schon schön«, sagte der Portier, »aber das dürfen's ja nicht. Der nimmt keine Passagier'«.

»Ich werde mit dem Stationschef reden!«

Der Portier lachte. »Reden Sie lieber nicht mit dem Stationschef! Der weiß gar nichts! Der weiß nie was! Der lasst Ihnen höchstens arretieren.«

»Wenn die Arbeiter fahren, kann ich auch fahren«, erklärte Herr von Handl.

»Aber natürlich!« sagte der Portier. »Sagen's erst nix, fragen's net lang, nehmen's Ihr Radel und steigen's ein! Bei dem Durcheinander kümmert sich kein Mensch. Aber er wird gleich fahren.«

Herr von Handl gab dem Portier einen Gulden, nahm sein Rad und stieg ein. Er setzte sich in eine Ecke und war neugierig. Es stiegen Arbeiter mit Stangen und Hacken ein, es waren Italiener; sie achteten nicht auf ihn. Der Zug fuhr aus der Station, sie fingen zu singen an. Herr von Handl hielt sein Rad und freute sich; als blinder Passagier war er noch nie gereist. Draußen dunkelte es schon, es sah seltsam aus: Schwarze Bäume, Wasser, es regnete in einem fort, und man hörte rauschen. Die Italiener sangen.

Hinter Neulengbach hielt der Zug auf einmal. Herr von Handl öffnete das Fenster. Er hörte den

Zugführer mit jemandem debattieren, ob es noch möglich sei.

Dann fuhr der Zug eine Strecke zurück, fuhr langsam wieder vor, hielt noch einmal. Es war doch unbehaglich. Der Regen wurde immer ärger, die Italiener sangen.

Es war neun Uhr, als der Zug plötzlich mit einem Rucke auf der Strecke hielt. Man hörte wieder rufen, der Zugführer verhandelte mit einem Wächter, der, die rote Fahne in der Hand, sich näherte. Hier war die gefährliche Stelle. Der Zugführer schrie, dass die Arbeiter aussteigen sollten. Die Italiener hörten zu singen auf und stiegen aus. Herr von Handl folgte ihnen. Draußen konnte man nichts sehen, es goss. Die Italiener lärmten hin und her, sie wollten wissen, was sie jetzt tun sollten. Ein großer Mann mit einem verwegenen Gesicht, der ihr Anführer schien, beruhigte sie und versuchte, sich mit dem Wächter zu verständigen. Der Wächter wusste nichts; Nachmittag war der Herr Ingenieur da gewesen und hatte ihm befohlen, keinen Zug mehr über die Brücke zu lassen. Sonst wusste er nichts.

Herr von Handl sah nun die Italiener im Kreise um den Anführer treten und ungestüm und, wie es schien, erbittert gegen ihn gestikulieren. Der Anführer entgegnete heftig. Einer aus der Menge machte sich zum Sprecher für alle. Die beiden wurden immer lauter und näherten sich im Eifer, sodass ihre Köpfe sich schon zu berühren schienen. Der Wächter stand dabei und ließ seine Laterne, die er ein wenig gehoben hatte, auf ihre finsteren und leidenschaftlichen Köpfe scheinen.

Der Wächter meinte schließlich, es sei am gescheitesten, nach St. Pölten zu gehen; heute wäre es doch schon zu spät; dort würden sie morgen schon alles erfahren. Er gab ihnen seine Laterne mit, die der Anführer nahm. Die anderen murrten noch, aber sie folgten langsam. Hinter ihnen schob Herr von Handl sein Rad. Er sah den Schimmer der Laterne vor sich, dann die dunklen Gestalten und hörte ihre dumpfen, schweren Tritte. Sie sangen nicht mehr, sie redeten nichts, und rings war in der tiefen Finsternis ein großes Rauschen.

Herr von Handl ging in St. Pölten sogleich wieder zum Stationschef, um sich zu erkundigen, wann er nach Linz fahren könnte. »Ja, heute nicht mehr«, sagte der Stationschef, ein eleganter junger Mann mit etwas hochmütigen Manieren. »Sie haben ja den ganzen Fernverkehr eingestellt, die gescheiten Herren in Wien! Aber unsere Lokalzüge gehen wie gewöhnlich. Uns geniert das bissel Regen nicht. Sie können also morgen in der Frühe um sieben Uhr fahren.«

Herr von Handl dankte, empfahl sich, ging in die Stadt zum »Roten Krebsen«, nahm dort ein Zimmer und setzte sich dann in den Speisesaal. Er war vergnügt. Er fand es eigentlich viel amüsanter, so zu reisen. Es schmeichelte ihm, dass er so tapfer gewesen war, ein gewisser Mut gehörte schon dazu. Was Ida sagen würde! Er wird ja Sensation machen, wenn er plötzlich in Ischl ankommt! Vorderhand war er freilich erst in St. Pölten.

Er sah sich um. Er hatte die Hotels in den kleinen Städten gern, wo die Honoratioren sitzen und der Wirt, der meistens auch Gemeinderat ist, mit einem altväterischen Eifer bedient, den in Wien nur noch die Friseure haben. Er aß, las ein bisschen in den lokalen Zeitungen, beobachtete die Gäste und horchte, was sie redeten. Am Tische neben ihm saßen »Nationale«. Er hatte sich das gleich gedacht und hörte es nun aus ihren Reden. Er bemerkte, dass sie eigentlich alle dasselbe Aussehen hatten, wie von derselben Familie. Er fing an, darüber nachzudenken, wie es kommen mag, dass man den Leuten ihre politische Partei ansehen kann. Er vertiefte sich, indem er seine Nachbarn betrachtete, in diesen Gedanken und meinte, es würde sich verlohnen, mit dieser Vermutung zu experimentieren. Wie der Dieb seinen besonderen Schädel hat und es einen Schädel des Geizes und einen Schädel des Erotikers gibt, warum sollte es nicht ebenso einen liberalen Schädel, einen klerikalen Schädel und einen demokratischen Schädel geben? Es machte ihm Vergnügen, sich das vorzustellen; das müsste ein lustiges Buch geben, mit Illustrationen, gewiss von einem Italiener geschrieben, aus der Schule Lombroso. Er fing an, auf der Speisekarte die Herren von nebenan abzuzeichnen. Es war lustig, wie sie sich glichen. Er nahm jeden Teil besonders auf. Sie hatten alle dieselben scharfen und gekrümmten Nasen, eigentlich recht jüdisch, dasselbe breite, massive und grobe Kinn und dieselbe Art, an einem vorbei, ein bisschen blinzelnd, ins Leere zu schauen. Mit der Zeit bildete er sich ein, dass sie auch alle dieselbe Stimme hatten. So werden Entdeckungen gemacht, sagte er sich.

Es war halb eins, als er endlich schlafen ging.

IV

Um sieben war er wieder auf der Bahn, aber es wurde neun, bis der Zug abging.

»Eine schöne Wirtschaft, was?« rief ihm der Stationschef zu. »Ja, unsere hohen Herren in Wien, das ist schon ein Vergnügen! Ich möchte einmal Minister sein, nur drei Tage lang! Aber da möchten Sie was erleben!«

Herr von Handl ging auf dem Perron auf und ab. Es waren nicht viele Leute da. Ein paar Bauern, die geduldig warteten, Weiber mit großen Butten auf dem Rücken, ein Pionieroffizier mit der Feldbinde. Dieser sprach mit einem geschniegelten jungen Herrn, den alle grüßten und der offenbar von der Bezirkshauptmannschaft war; er wurde »Herr Baron« genannt, hatte großartige Gamaschen und tat sehr wichtig. Er wollte jeden Augenblick etwas von dem Stationschef wissen,, der aber, in seiner mokanten Weise, immer gerade keine Zeit hatte.

Herr von Handl ging in guter Laune auf und ab. Er hatte nichts zu versäumen, es war schließlich wirklich gleich, ob er einen Tag früher oder später nach Ischl kam. Ida würde sich ein bisschen ängstigen, aber sie hatte ja den Vater bei sich; der war auch kein Held, doch es konnte nicht, so schrecklich sein: Der Kaiser war dort.

Er fragte den Portier, was aus den italienischen Arbeitern geworden war. Das war eine lange Geschichte. Sie hatten gestern auf der Bahn schlafen wollen, man erlaubte es ihnen nicht, sie wurden wild, bis ihnen der Stationschef mit der Gendarmerie drohte. Heute waren sie schon um vier in der Früh gekommen, man schickte sie hin und her, aber niemand wollte sie behalten. Der Stationschef wusste von nichts; er hatte nicht um sie telegrafiert, sie sollten zum Ingenieur gehen. Der

145

Ingenieur konnte sie nicht brauchen, sie sollten bei dem anderen Ingenieur fragen, bei dem von der unteren Strecke, in Purkersdorf. Endlich wies man sie von der Bahn zu der Bezirkshauptmannschaft, wo sie erfuhren, dass es Sache der Bahn sei. Dann hätten sie ihren Anführer geprügelt, die Polizei kam, der größte Schreier war verhaftet worden. Um sie nur loszuwerden, hatte ihnen der Chef befohlen, wieder nach Pottenbrunn zu gehen; dort würde man schon auf sie warten. »Diese verfluchten Katzelmacher hätten uns gerade noch gefehlt«, hatte der Chef gesagt. Herr von Handl sah sich den Chef an und musste wieder an seine Theorie der politischen Schädel denken: Der hatte auch jene Nase der »Nationalen«.

Es wurde neun Uhr, bis der Zug abging. Herr von Handl setzte sich in eine zweite Klasse. Er fuhr sonst in der ersten, aber dieses Coupé war gleich hinter dem Tender, das schien ihm gefährlich, man konnte ja doch nicht wissen. Die letzten Wagen waren die sichersten. Ein Herr von etwa fünfzig Jahren stieg zu ihm ein. Er grüßte kurz, warf einen kleinen Koffer in das Netz, seinen nassen Schirm auf den Sitz, öffnete das Fenster, sah hinaus, fluchte, schloss es wieder, zündete sich eine Virginier an, trat heftig das Zündhölzchen aus und lachte höhnisch, indem er den Kopf beutelte. »So ein Pech«, sagte er halb zu Herrn von Handl, wie um ein Gespräch anzufangen. »Aber das kann nur mir passieren. Glück muss man haben!« Er öffnete das andere Fenster, sah hinaus, warf es zu, dass es schepperte, nahm den nassen Schirm weg, schleuderte ihn in das Netz, setzte sich und zündete sich die Virginier wieder an, die immer ausging. Der Koffer rutschte und fiel herab. Er gab ihm einen Tritt und stieß ihn unter die Bank.

»Das Wetter ist wirklich ungemütlich«, sagte Herr von Handl, um etwas zu sagen.

»Ungemütlich?« schrie der andere. »Das nennen Sie ungemütlich? Herr, Sie müssen ein sanfter, Mensch sein. Und jedenfalls sind Sie kein Beamter! No, also! Seid sanft wie die Tauben – ja, aber die Tauben sind keine Beamten. Wissen Sie, was ein Beamter ist?«

Herr von Handl lachte. Der andere zündete die Virginier schon wieder an und sagte grimmig: »Ein Beamter ist ein Mensch, der das ganze Jahr sekkiert[10] wird, zehn Tage Urlaub hat, und dann ist so ein Sauwetter. Aber das kann nur mir passieren!« Er zog an der Virginier, drehte sie um, drückte sie, quetschte sie, zog wieder, blies und pustete, brach ein Stück ab und zündete sie noch einmal an. »Andere Leute«, sagte er dann höhnisch, »andere Leute reisen monatelang, aber mir muss das gleich am ersten Tag passieren! Wer Glück hat, hat eben Glück. Passen Sie auf: Das dauert genau zehn Tage genau. Wie ich wieder im Bureau bin, wird das schönste Wetter sein. Das ist geradeso: Wenn ich eine Tramway brauche, kommt keine. Deswegen habe ich mich ja eigentlich von Wien versetzen lassen, aus lauter Wut. In St. Pölten ist wenigstens keine Tramway.« Er hob seinen Koffer, riss ihn auf und warf alles durcheinander, bis er eine Karte fand. »Sehen Sie: Da!« sagte er und zeigte auf die Karte, indem er den Koffer und die Sachen auf den Boden schob. »Über St. Valentin nach Admont und ins Gesäuse. No, Sie werden zugeben; dass das eigentlich sehr bescheiden ist. Andere Leute reisen nach Italien und es regnet nicht. Aber mir hat schon

---

[10] belästigen, plagen

meine selige Mutter immer gesagt: Du hast kein
Glück, du hast kein Glück, du hast kein Glück!« Er
wiederholte es dreimal, wie eine Litanei. Dann
nahm er die Virginier, die ihm ausgegangen war,
haute den Stummel auf die Erde und riss wieder
das Fenster auf.

Herr von Handl musste heimlich lachen. Der
Fremde hatte ganz winzige, verkniffene Augen, eine
kurze platte Nase, die Lippe und das Kinn rasiert
und der »Greislerbart«, der bloß umgehängt schien,
schnitt das zornige Gesicht förmlich vom Kopfe ab,
sodass es wie eine Larve aussah. Dabei war er
keinen Moment still, sondern trat und stieß und
stolperte stets mit Getöse herum.

Sie kamen nun ins Gebiet der Pielach. Hier war
gestern das große Unglück geschehen, zwischen
Prinzersdorf und Loosdorf. Sie fuhren bis an die
Brücke. Da mussten sie aussteigen. Es war schauer-
lich anzusehen. Von der Brücke blieben nur ein paar
Trümmer; die zweite Lokomotive lag unten im
Bach, die erste, die noch hinübergekommen war,
war aus dem rechten Geleise, auf dem sie fuhr, über
das linke geworfen worden und hatte sich da ein-
gebohrt; es sah aus, als ob sie vor Schmerz in die
Knie gesunken wäre. Rings Trümmer, die Wand
eines Waggons, Eisenstangen, ganz verbogen und
wie geschmolzen. An der Seite war ein schmaler
Steg geschlagen. Da gingen sie, schaudernd über die
Verwüstung, langsam, bei jedem Schritte rutschend,
ängstlich hinüber. Das Gepäck wurde nachgetragen.
Drüben wartete ein anderer Zug. Es dauerte lange,
bis sie wieder fuhren.

Das Bild wurde immer trauriger. Die Wiesen,
die Äcker, der Wald, alles schien langsam zu ver-

sinken; nur der graue Himmel und Wasser, Wasser. Als sie hinter Melk aus dem Tunnel kamen, war nur noch der schmale Damm in der Mitte, auf dem sie fuhren, während sie rings ein ungeheures gelbes Meer bis an die Berge sahen. Aus ihm ragten Wipfel, Dächer, Stangen mit Drähten, so konnten sie die Ortschaften und die Straßen vermuten. Sie passierten einen Schranken, da plätscherten und spritzten die Wellen schon bis auf den Damm. Es schien immer noch anzuschwellen und rauschte von allen Seiten.

Herr von Handl stand am Fenster. Der Fremde sah hinter ihm hinaus. Dieser war ganz still geworden. Er konnte die geborstene Maschine in Loosdorf nicht vergessen. Leise sagte er immer: »Schrecklich, schrecklich!« Und er schüttelte sich, wie um etwas zu verscheuchen. Er war ganz bleich.

»Was ist denn das?« schrie er plötzlich auf. Herr von Handl horchte und beugte sich hinaus. »Jetzt fahren wir schon ganz im Wasser«, sagte er dann. Hier rannen die Fluten wirklich schon über die Schienen und der Zug schlug Wellen, indem er weiterrutschte, wie ein kleines Dampfschiff.

Der Fremde konnte es gar nicht ansehen. Er setzte sich und schaute vor sich hin, immer leise den Kopf schüttelnd. Man glaubte jetzt das Plätschern schon fast zu fühlen. »Nein, nein!« sagte der Fremde und faltete die Hände. Da pfiff es. Er sprang auf, sah hinaus und hatte schon den Schirm und den Koffer genommen. Der Zug fuhr in Pöchlarn ein und hielt. »Bei meinem Pech, es wäre doch –«, sagte er noch hastig und war schon draußen. Herr von Handl sah ihn rasch in die Station waten.

Herr von Handl staunte, dass er sich noch immer nicht fürchtete. Es fing doch eigentlich jetzt schon an, ungemütlich zu werden. Nichts zu sehen, als diese ungeheure Wüste von Wasser, nichts zu hören, als in jeder Station neue Nachrichten von Zerstörungen, Unfällen und Schrecken! In den Stationen standen die Leute beisammen und erzählten und jammerten. Eine große Angst war auf allen Mienen, und sie wagten nichts mehr zu hoffen. Und es regnete und regnete noch immer. Gescheiter wäre es wirklich, hier irgendwo in einem Wirtshaus zu bleiben und geduldig zu warten. Nach Ischl konnte er doch nicht kommen, davon war ja keine Rede mehr. Die Beamten erzählten, dass es oben noch viel schrecklicher sei: Bei Enns die Brücke gestürzt, die Strecke zwischen Kleinmünchen und Linz nicht mehr fahrbar, und es werde noch immer kritischer, da es, nach den Depeschen, im Gebirge immer noch regnete und die Wasser immer noch stiegen; die eigentliche Katastrophe sei erst noch zu erwarten. War es da nicht dumm, ins Ungewisse zu fahren? Was hatte er schließlich davon? Er war nicht zum Helden geboren, diese Ambition hatte er gar nicht. Durch das Meer zu ihr zu schwimmen, so als ein neuer Leander, war ja ganz ein hübscher Gedanke, solange es eben auf bequeme Weise ging, aber man durfte es nicht übertreiben. Er konnte mit sich zufrieden sein, dass er sich noch immer nicht fürchtete. Aber nun war es genug. Er fühlte doch, dass er kaum länger die Kraft haben würde. Es strengte ihn an, so mutig zu sein. Trotz der Kälte schwitzte er fast, so heftig waren seine Nerven gespannt. Und er war müde, als ob er zehn Stunden über Berge gelaufen wäre, ganz angenehm müde, aber doch unfähig, es noch länger auszuhalten. Wenn man schläfrig ist, kann man nicht mehr Leander sein. Er entschloss sich, in der nächsten

Station zu bleiben, in der er nur hoffen könnte, ein halbwegs anständiges Hotel zu finden. Er war so müde.

So kamen sie nach Kemmelbach. Hier ging es nicht weiter: Die Brücke über die Ybbs war nicht mehr zu passieren. Herr von Handl stieg aus und erkundigte sich nach einem Gasthaus. Aber in dem Ort war nur eine elende Schenke, ungemütlich und schmutzig, mit Betten, die nichts Gutes versprachen. Der Wirt, der selber über den städtischen Gast nicht sehr erfreut schien riet ihm, lieber einen Wagen zu nehmen und nach Amstetten zu fahren, wo er sich besser unterbringen könne; sein Wirtshaus hier sei nur »für die niederen Leut«. Herr von Handl erfuhr, dass er nicht mehr als anderthalb Stunden zu fahren hätte; die Straße, höher gelegen als die Bahn, sei ohne Gefahr. Er dachte sich, es werde ihm guttun, nach der Aufregung in dem dumpfen Waggon ein bisschen in der frischen Luft zu fahren. Er handelte mit dem Wirt aus, bald stand ein ländliches Zeugl da, von einem schmächtigen Buben mit einem alten und traurigen Gesicht kutschiert. Herr von Handl stieg ein, zog das Spritzleder auf, das Rad war hinten angebunden; das Pferd, ein kurzes schweres Tier, begann zu trotten. Der Weg war besser, als er gedacht hatte; da die Straße sich leise ein wenig senkte, lief das Wasser immer gleich ab. Weit und breit war kein Mensch zu sehen. Die Gegend zeigte sich verwüstet, Bäume lagen entwurzelt da. Schlamm und Kot bedeckte die Wiesen, das Getreide sah wie niedergeritten und von schweren Hufen zerstampft aus. Es hatte zu regnen aufgehört, die Wolken wurden heller, schon schimmerte leise die Sonne ein wenig durch. Der Wind fing frisch zu blasen an. Herr von Handl hatte sich zurückgelegt, ließ die Luft über sich streichen, öffnete den Mund, atmete tief und sog das Frische ein, wie einen guten Trunk. Leise hörte er das Pferd trotten, dem das Eisen am linken Hinterfuß, das sich gelockert hatte, ein wenig schepperte; mit Hü und Schnalzen trieb der Bub es an. Herr von Handl nickte langsam ein. Er wusste noch, dass er im Wagen fuhr, aber alles vermengte sich: Er glaubte, den Fremden, der mit ihm von St. Pölten gefahren war, wieder neben sich schimpfen zu hören und wollte ihn beruhigen, aber da vernahm er die liebe Stimme seiner Frau, die schluchzte, weil er so verwegen gewesen war, und er wurde so gerührt, dass er gar nichts sagen konnte, sonst hätte er auch zu weinen angefangen. Da riss ihn ein Ruck aus dem leisen Träumen, er schlug mit dem Kopf auf die Lehne: Das Pferd war vor einem glitzernden Tümpel an der Straße gescheut und auf die Seite gesprungen. Der Bub riss es herum, Herr von Handl fuhr auf, erschrak und musste sich erst besinnen, da sah er schon die Häuser von Amstetten glänzen. Er freute sich, das Wehen der Luft tat ihm wohl, es war blau geworden, die Sonne hatte etwas Frisches und Luftiges, Neues, in der Ferne läutete es von einer Kirche. Er fühlte sich munter, gar nicht mehr müde, bereit, wieder in Abenteuer zu gehen. Er war entschlossen, nicht in Amstetten zu bleiben; wenn es irgend ging, wollte er gleich weiter. Er wollte doch etwas erleben. So eine schöne Gelegenheit kam nicht wieder. Jetzt oder nie. Er hatte heute gesehen, dass er sich nicht fürchtete. Nun hätte er gern eine wirkliche Gefahr bestanden. Einmal im Leben! Man soll doch alles kennenlernen. Er war neugierig, wie er sich da benehmen würde. Der Gedanke prickelte ihn, das war doch einmal etwas Neues. Er hatte, Lust, sich einmal recht schön aufregen zu lassen vom Leben. Sein Mut hatte sich gut ausgeschlafen, nun fühlte er sich wieder ganz als Leander.

V

Auf dem Bahnhof zu Amstetten ging es laut und lustig zu. Der Orientexpress, der nicht weiter konnte, lag seit zwei Tagen hier und hatte seine Passagiere ausgeleert. Alle Hotels waren voll, gestern hatten ein paar Familien auf der Bahn in Waggons schlafen müssen. Alles stand den ganzen Tag auf dem Perron herum, um gleich das Neueste zu hören und in der Hoffnung, doch endlich befreit zu werden. Herr von Handl ging auf und ab und betrachtete die Gruppen. Er konnte nichts Besseres tun. Er hatte sich erkundigt, es war ungewiss, ob und wann heute noch ein Zug nach Linz abgelassen würde. Es wurde erst der Herr Ingenieur erwartet. Der hatte das, nach den letzten Depeschen aus den Stationen und auf seine Verantwortung zu bestimmen. Nach dem Fahrplan ging um sieben ein Zug nach Linz, »Hoffentlich«, sagte der Stationschef, »wird es gehen, wir sind ja selber froh! Aber bei Enns schaut es halt bös aus, hör ich. Da um Asten und Kleinmünchen soll es fürchterlich getobt haben.« Der Chef war ein ruhiger älterer Herr, nur ein bisschen müde und schon ganz heiser. Er war seit drei Tagen nicht aus den Kleidern gekommen, hörte jeden geduldig an und hatte immer einen Rat, einen Trost, eine kleine Hoffnung für jeden. Nur manchmal ging er vom Perron geschwind auf das erste Geleise hinüber und sah zu dem Fenster im Erker des Gebäudes hinauf, wo seine blasse junge Frau, ein kleines Kind im Arm, lehnte und, wenn sie ihn erblickte, ihm zulächelte.

Herr von Handl ließ sich einen Kaffee und einen Kognak geben und machte es sich bequem. Es war ein buntes und lustiges Bild. Da saß eine große russische Familie im Kreise, der Vater in einer

Zeitung lesend, die Mutter sah müde in den Regen hinaus, die Mädchen lehnten in der dumpfen und trägen Art ihrer Nation herum, in den Sesseln mehr liegend als sitzend, und bliesen Ringeln aus ihren Zigaretten. Ein Engländer ging mit großen Schritten, im Bädeker lesend, auf und ab. Zwei Berliner schrien laut mit dem Portier: »Wir haben doch Rundreisekarten, das muss berücksichtigt werden.«

Herr von Handl rief den Kellner. Er hatte den Kognak gekostet und verlangte einen besseren. Der Kellner entschuldigte sich, dass keiner da sei. Herr von Handl wurde ärgerlich. Einen ordentlichen Kognak sollte man doch auf jeder Station haben. Während er sich beschwerte, trat ein eleganter junger Mann in der Livree der Schlafwagen zu ihm, verneigte sich artig und trug ihm mit Anstand ein Glas von seinem Kognak an: Eine recht angenehme Marke, wie er versicherte, Prunier mit drei Sternen. Herr von Handl nahm gern an, und da er gehört hatte, dass der Kondukteur etwas mühsam deutsch sprach, dankte er ihm französisch. Der junge Mann war sehr erfreut und lachte liebenswürdig. Herr von Handl fand an der heiteren und zierlichen Art des hübschen Parisers Gefallen, bot ihm eine Zigarre an und lud ihn ein, sich an seinen Tisch zu setzen. Der Pariser war es zufrieden und begann, ihm mit Laune seine Erlebnisse der letzten zwei Tage zu schildern, lustig und mit Spott den Zorn und die Angst seiner Passagiere nachahmend und wie er jeden auf eine andere schlaue Manier zu beschwichtigen hatte. Dann beschrieb er Amstetten. Er hatte gestern versucht, das Amstetten Nachtleben zu studieren, man will doch Land und Leute kennenlernen; aber er wäre beinahe geprügelt worden, weil er an ein falsches Fenster geraten war. Er lachte von ganzem Herzen, wie er es schilderte.

Das Nachtleben von Amstetten - nein, das war nicht sein Fall. Herr von Handl hörte ihm mit Vergnügen zu. Er hatte seit ein paar Jahren nicht französisch gesprochen und empfand den Zauber dieser eleganten Sprache sehr. Er dachte nach, ob er in Wien unter seinen sämtlichen Bekannten einen einzigen Menschen wusste, der so lustig und so fein, mit so viel Anstand und Laune, so amüsant und so diskret erzählen könnte wie dieser Pariser, der doch gewiss nicht viel gelernt hatte und ein ganz einfacher Mann zu sein schien. Wie der beobachtete, wie der schildern konnte! Er bekam plötzlich eine große Sehnsucht nach Paris. Es war doch ganz eine andere Nation. Dieser Witz, dieses Leben! Alles hatte ganz ein anderes Tempo! Er stellte sich vor: Wenn er dieselbe Reise, mit solchen Hindernissen, in Frankreich gemacht hätte! Dort erlebt man noch Abenteuer! Dort hätte er gewiss – er fing mit offenen Augen zu träumen an. Es ist ja charakteristisch für uns, dachte er, dass man bei uns zwei Tage auf der Bahn liegen kann, ohne eine Sache mit einem weiblichen Wesen zu erleben. Das wäre doch in Frankreich nicht möglich gewesen. Er hatte auf einmal große Sehnsucht. Hier muss man ja Philister werden und verkommen.

Der Pariser erzählte nun von seinem Dienst. Es war ja gerade kein Vergnügen: Immer auf der Reise und ja doch immer in Gefahr; aber er hoffte eben, sich in ein paar Jahren genug zu ersparen, um in Paris ein kleines Geschäft anzufangen, am liebsten einen Handschuhladen, das war sein Ideal. Herr von Handl fragte ihn, ob es denn nicht aber gescheiter, wäre, mit seinen Ersparnissen dann lieber in die Provinz zu gehen; mit demselben Gelde könnte er in der Provinz ein viel größeres Geschäft anfangen, zum Beispiel in Amstetten. Der Pariser lachte laut auf, indem er seine kleinen weißen Zähne zeigte, die ihm etwas von einem lustigen Nagetier gaben. Er fand den Witz sehr gut. Nicht in Paris leben! Er konnte sich das gar nicht denken. Es gibt ja doch nichts außer Paris. Andere Gegenden sind auch schön – zum Reisen. Zum Leben gibt es doch nur Paris. Il n`y a que Paris[11]. Indessen war der Ingenieur angekommen und verhandelte mit dem Stationschef. Er machte ein ernstes Gesicht und schüttelte den Kopf. Es war unmöglich, den Abendzug zu expedieren. Nach den Meldungen der Depeschen konnte er das unmöglich wagen. Die Brücke bei Enns, hinter Asten war die Strecke auch gefährdet, dabei stieg das Wasser noch immer; die Nachrichten aus Passau und Linz waren arg. Der Stationschef wendete dagegen das öffentliche Interesse ein: Es gehe nicht an, den Verkehr noch länger stocken zu lassen, die Stadt sei überfüllt, der Unmut des Publikums kaum mehr zu beschwichtigen – und das gerade in der besten Saison! Der Ingenieur zückte die Achseln und sagte ruhig: »Das ist ja alles recht schön, aber wenn dann ein Unglück geschieht? Ich kann das nicht verantworten.« Er sah nachdenklich vor sich hin, indem er den Kopf ein wenig senkte und die grauen Stoppeln seines Bartes kratzte. Dann setzte er den Zwicker auf und las noch einmal die Depeschen, die er in der Hand hielt.

Herr von Handl beobachtete ihn. Er schien nicht mehr ganz jung, etwa an die Fünfzig, aber rüstig, sehr männlich und sah wie ein Jäger aus; oder auch unter den Offizieren der Landwehr gibt

---

[11] (franz.) Es gibt nichts als Paris.

es diesen Schlag. Er trug einen Rock und kurze Hosen aus grünem Loden, hohe Stiefel und eine Kappe. Beim Gehen bog er die Knie ab, wie jemand, der viel im Gebirge gewandert ist. So schritt er auf dem Perron hin und her, ein wenig vorgebeugt, die eine Hand mit den Depeschen auf dem Rücken, in der anderen den Zwicker, und konnte nicht schlüssig werden.

Der Stationschef, der in sein Bureau getreten war, kam zurück. »Nun wird uns auch noch aus Linz um zwei Maschinen telegrafiert«, sagte er kurz.

»Wozu denn?« fragte der Ingenieur. »Was gibt's denn da wieder?«

»Ich weiß nicht, aber er macht es sehr dringend.«

Der Ingenieur schwieg einen Moment; dann sagte er: »Und?«

Der Stationschef zuckte die Achseln: »Ich kann ja nicht. Wenn Sie sagen, dass es nicht möglich ist!«

Der Ingenieur dachte nach. Dann fragte er: »Haben Sie denn genug Maschinen?«

»Eine Menge.«

»So«, sagte der Ingenieur gedehnt. Er schwieg einen Moment, las wieder die Depeschen und sagte dann plötzlich auf eine fast grobe, gewaltsame Art: »Meinetwegen!«

Der Stationschef sah ihn an. »Das heißt also, dass wir –« sagte er zögernd.

Der Ingenieur besann sich eine Weile, dann antwortete er: »Ja, in Gottes Namen! Lassen Sie den Dreizehner ab, aber mit einem Vortrain: Ich will vorausfahren. Wir werden ja sehen, wie weit wir kommen.«

»Danke, Herr Ingenieur«, sagte der Stationschef.

»Also in einer halben Stunde«, und der Ingenieur ging zur Trafik und kaufte sich Zigarren.

Herr von Handl gab sein Rad auf und nahm ein Billett. Das Wetter schien nun wieder schlecht zu werden, die Wolken wurden schwärzer, es raschelte wie vor einem Sturm. Es war sehr kalt, langsam fielen ein paar schwere Tropfen. Herr von Handl war nervös; er hatte es in den Gliedern wie vor einem Gewitter. Er sah auf die Uhr: Es war kaum halb sechs. Er wunderte sich, dass es schon so finster war. Es war aber auf eine besondere Art finster. Diese Finsternis schien an ihrem Rande zu leuchten: Sie war gleichsam in einen gelben Ring gefasst. Es sah aus, als ob es in der Ferne, unter dem Horizont, brennen würde. Herrn von Handl war es unheimlich. Er hatte plötzlich die Idee: So mag es vor einem Erdbeben sein. Die Augen schmerzten ihn, von der strahlenden Finsternis geblendet, er fror und er war sehr ungeduldig.

Um sechs ging der Zug ab; der Ingenieur fuhr auf einer Hilfsmaschine voraus. Der Zug hatte bloß drei Wagen. Es waren keine zehn Personen mit; man traute sich nicht. Herr von Handl saß allein. Er streckte sich aus, schlug den Kragen auf und kreuzte die Arme über der Brust, um sich zu wärmen. Er dachte an Ida; er musste sie doch furchtbar gern haben! Wie sie schauen wird, wenn er es ihr schildert! Das gute Kind! Jetzt saß sie wohl in ihrem Zimmer und dachte an ihn und hatte Angst. Die Arme! Sie war so furchtsam. Er musste zu ihr.

Der Regen schlug an die Scheiben, auf das Dach. Es war gar kein Regen mehr, ein Strom schien aus dem schwarzen Himmel zu brechen. Es prasselte, es knarrte, dazu das schwere Keuchen der schnaubenden Maschine, die Räder ächzten, und ein großes Brausen, er wusste nicht, ob es der Wind war oder das Wasser der wilden Bäche. Oft schien der Zug minutenlang zu stehen und schwer zu atmen, um durch den Sturm zu kommen. Dann war es, als ob er aus dem Geleise gehoben würde. Oder man hatte das Gefühl, als wollte er sich ducken und auf die Seite drücken. Von Zeit zu Zeit hörte man die erste Maschine in der Ferne pfeifen, die zweite antwortete schrill; es war, als ob sie sich in der Not zugerufen hätten. Manchmal standen sie lange; der Ingenieur stieg ab, sie mussten warten. Sie wussten nicht, was er eigentlich tat. Nach einiger Zeit hörte man ihn in der Ferne rufen. Dann durfte die erste Maschine ihm folgen. Er stieg ein und sagte: »Es wird schon gehen!« Langsam kam der Zug nach.

So ging es bis Enns. Hier standen sie eine Ewigkeit in der Station. Herr von Handl wollte wissen, was es gab, und öffnete das Fenster. Aber er konnte nichts sehen: Wie mit einer Peitsche schlug ihm der Regen ins Gesicht. Es dauerte lange. Dann hörte man schreien, von der Maschine her wurde geantwortet. Die Kondukteure rissen die Türen auf: »Aussteigen, alles aussteigen!« Herr von Handl kroch über die nassen Stufen und rannte hinüber. Es regnete spitze, kleine Körner; das musste ein Hagel sein. Der Ingenieur hatte eine Kapuze umgenommen, er troff, auf dem Boden war eine, große Lacke[12] um ihn. Herr von Handl grüßte ihn, der Ingenieur nickte, sie waren auf einmal alte Bekannte. Der Ingenieur sagte: »Es tut mir sehr leid, aber jetzt geht es nicht mehr. Es ist so schon ein Wunder, dass uns nichts passiert ist. Bei diesem Wetter! Man sieht ja keine zehn Schritte. Man weiß ja nie, ob man nicht gleich im Wasser sein wird. Aber weiter geht's nicht mehr.«

»Aber die zwei Maschinen«, fragte der Stationschef, »um die man mir aus Linz telegrafiert hat?«

»Ihnen auch?«

»Schon dreimal! Es scheint sehr dringend. Und dann die Post! Könnten wir nicht wenigstens die zwei Maschinen mit dem Postwagen ablassen?« Der Stationschef, ein kleiner Herr von großer Geschwindigkeit, schien sehr eifrig im Dienste zu sein. »Es geht nicht«, sagte der Ingenieur kurz.

Der Stationschef ließ sich nicht beirren: »Wir nehmen halt keine Passagiere mit, bloß die zwei Maschinen mit dem Postwagen. Ich möchte nämlich nur nicht – der Herr Ingenieur wissen ja –«

»Ich weiß«, sagte der Ingenieur. »Sie möchten wieder eine Belobung kriegen. Aber dann fahren Sie halt selbst. So ein Heizer ist schließlich auch ein Mensch.« Der Ingenieur wandte sich zu Herrn von Handl. Der Stationschef wurde abgerufen.

---

[12] (österr.) Lache

»Der Herr Stationschef geht es gar scharf an«, sagte Herr von Handl, der sich über den Ingenieur freute.

»Ja, die jungen Herren sind jetzt sehr strebsam.«

Herr von Handl trank wieder einen Kaffee. Er erkundigte sich, wie weit es nach Linz zu Wagen sei. Er erfuhr, dass man daran nicht denken könnte: die Straße war überschwemmt; gestern war ein Knecht aus der Brauerei, der nach Kleinmünchen wollte, samt den Pferden elend ertrunken. In Linz sollte es gar schrecklich sein. Seit hundert Jahren war die Donau nicht so hoch gewesen. In den »Erzherzog Karl« konnte man nur noch mit Booten gelangen.

Herr von Handl erinnerte sich, dass er auf seiner Hochzeitsreise die erste Nacht im »Erzherzog Karl« gewesen war. Er dachte wieder an Ida. Das arme Kind! Wie sie damals gezittert hatte! Es war ihm so leid um sie gewesen. Die Liebe ist doch eine rohe Sache. Er wurde sentimental.

Der Stationschef schoss aus dem Bureau, er hatte etwas von einer Eidechse. »Bitte, Herr Ingenieur«, sagte er und tat sehr wichtig.

»Was ist denn?«

»Jetzt hat gar der Herr Direktor selbst aus Linz telegrafiert, wegen den zwei Maschinen. Es muss sehr dringend sein. Da werden wir doch – meinen der Herr Ingenieur nicht?«

»Was hat er denn telegrafiert?«

»Dasselbe. Er muss absolut zwei Maschinen haben. Also, wenn die Brücke irgendwie passierbar ist –!«

Der Ingenieur sagte nichts; der Stationschef wartete, dann bemerkte er: »Sonst müssten der Herr Ingenieur halt die Güte haben, selbst an den Herrn Direktor zu telegrafieren. Ich möchte nämlich nicht gern, dass der Herr Direktor, am Ende glaubt – ich für meinen Teil bin bereit, die zwei Maschinen abzulassen. Außer natürlich, wenn Herr Ingenieur erklären, dass die Brücke absolut nicht mehr passierbar ist. Ja dann geht es eben nicht. Aber sie wird vielleicht doch noch passierbar sein; der Herr Direktor ist in diesen Dingen sehr genau.«

Der Ingenieur sagte: »Passierbar! Was heißt passierbar? Passierbar ist eine Brücke immer, außer wenn sie gerade einstürzt.«

»Was darf ich also dem Herrn Direktor telegrafieren?«

Der Ingenieur sah in den grauen Regen hinaus. Die zwei Maschinen standen dampfend da. Der Stationschef hatte den Postwagen anhängen lassen. Der eine Maschinist, ein großer, dicker Kerl, saß und aß etwas aus einem Topf; der andere, hager und noch sehr jung, stand unten und schien heftig mit dem Kameraden zu sprechen. Der Ingenieur sagte endlich: »Gut, fahren wir.«

Der Stationschef erschrak: »Der Herr Ingenieur wollen selbst –?«

Der Ingenieur sah ihn ruhig an; dann wandte er sich ab. Herr von Handl bat, ihn mitzunehmen.

»Es soll eigentlich nicht sein«, sagte der Ingenieur. »Aber –! Es ist mir sogar ganz angenehm, damit die Maschinisten sehen, dass es keine Gefahr hat. Also, wenn Sie wirklich wollen – ich würde es mir aber an Ihrer Stelle überlegen!«

»Ich habe keine Angst«, sagte Herr von Handl stolz. Er bedauerte, dass ihn Ida jetzt nicht sehen konnte. Der Ingenieur lächelte. Der Stationschef ließ das Signal geben, sie stiegen ein.

»Wir fahren halt bis zur Brücke bei Asten«, sagte der Ingenieur. »Es wird sich ja zeigen.«

Herr von Handl öffnete eine Flasche Kognak, er hätte sie in Amstetten von dem Pariser gekauft. Er bot dem Ingenieur an, der dankte, kostete selbst zweimal und nahm dann erst noch einen ordentlichen Schluck; »wegen der Kälte«, sagte er. Der Ingenieur blieb stumm. Da hatte Herr von Handl das Bedürfnis, über seinen Mut zu sprechen. »Ich staune selbst, dass ich gar keine Angst habe, aber gar nicht. Ich würde mich nicht im geringsten schämen, ich bin nicht Offizier, ich kann so feig sein, als ich will. Ich war auch immer überzeugt, dass ich es bin. Aber ich weiß nicht, woher es kommt: Ich spüre nichts.« Er trank wieder Kognak, dann sprach er weiter, er musste sprechen. »Es ist merkwürdig: Wenn ich zum Beispiel über eine finstere Stiege gehe, fürchte ich mich. Es ist mir überhaupt schrecklich, im Finstern zu sein. Sie sehen, ich bin gar kein Held. Dagegen in einer wirklichen Gefahr, wie jetzt – das kommt vielleicht daher, weil ich Fatalist bin. Wenn man ängstlich ist, dürfte man ja überhaupt nicht auf der Bahn fahren. Wenn es mir bestimmt ist, kann ich mir im Zimmer den Fuß brechen und auf der Gasse fällt mir ein Ziegel auf den Kopf, denk ich mir halt. Ist das nicht das Gescheiteste? Wer kann denn leben, wenn er es ernst nimmt? Lustig sein, das ist die einzige Philosophie. Es lebe das Leben! Wollen Sie nicht noch einen Kognak? Er ist wirklich sehr gut. Wer weiß, wo wir in einer halben Stunde liegen? Da wollen wir doch wenigstens fidel gestorben sein.« Er schwenkte die Flasche und lachte. Er redete ungeheuer schnell. Bald saß er, bald stand er auf, bald ging er durch den Wagen. Er hatte nie einen Postwagen gesehen und bat, ihm die Manipulation zu erklären. Der Assistent, ein bescheidenes, schweigsames Männchen, tat es lakonisch. Herr von Handl hatte tausend Fragen. Der Ingenieur saß in der Ecke und ließ seine kleine hölzerne Pfeife qualmen. Da gab es ihnen einen Stoß, es wurde gebremst, sie hielten mit einem Ruck. Sie waren an der Brücke. »Kommen Sie!« sagte der Ingenieur und stieg aus. Herr von Handl folgte mit dem Assistenten. Sie gingen vor, man sah kaum zwei Schritte weit, alles war in einem dicken Qualm, sie rutschten bei jedem Schritt, der Damm gab nach. »Ihr tut's hier warten, ich werd schon rufen«, sagte der Ingenieur zu den zwei Maschinisten. Diese waren abgestiegen und standen neben ihren Maschinen. Sie antworteten nichts. Der Große nahm bloß die Mütze ab und grüßte. »Also gehen wir!« sagte der Ingenieur. Sie gingen. Herr von Handl trug die Flasche in der Hand, er hätte sie in Gedanken mitgenommen. »Donnerwetter!« sagte der Assistent, der der Erste war. Das Wasser spritzte schon über den Rand auf die Brücke. Es konnte unten nicht mehr durch, sondern staute sich. Man sah keinen Pfeiler mehr. Jeden Moment, schien es, musste die ungeheure Woge über das Geländer schlagen. Der Ingenieur stand in der Mitte der Brücke und sah das furchtbare Schauspiel. Der Gischt stob ihnen ins Gesicht. Sie gingen hinüber.

Der Ingenieur blieb stehen, Herr von Handl wartete mit dem Assistenten, keiner sprach. Mühsam sagte der Ingenieur endlich leise zu sich: »Passierbar – passierbar ist sie!« Er wischte sich mit einem großen, geblümten Tuch den Schweiß ab; er war ganz rot. Dann wandte er sich um, hob winkend den Arm und schrie hinüber: »Abfahren!« Drüben regte sich nichts. Der Ingenieur hielt die hohle Hand an den Mund und rief wieder: »Was is denn? Ab-fahren!« Er dehnte das A und ließ das R schnarren. Aber es wollte sich drüben noch immer nichts regen. Sie sahen bloß den großen Schatten des Zuges, ein rotes Feuer und zwei unbewegliche schwarze Flecken. »Herrgott, ist der Kerl blöd!« sagte der Ingenieur. Sie gingen nun alle drei ein paar Schritte zurück, stellten sich nebeneinander auf, der Ingenieur zählte und auf »Drei« schrien sie, so laut sie konnten, jede Silbe betonend: »Ab-fah-ren!« Der Ingenieur winkte dazu mit seinem Tuch. Dann horchten sie. Eine Weile blieb es still. Sie sahen nur die zwei schwarzen Flecken sich be-wegen. Endlich schien der eine sich etwas zu nähern und nun hörten sie, hell und hart durch den Nebel: »Nein!«

»Was ist?« schrie der Ingenieur.

»Nein«, klang es wieder.

»Das verstehe ich nicht«, sagte der Ingenieur, »was da geschehen ist.« Er kehrte um, Herr von Handl und der Assistent gingen mit. Als sie in der Mitte der Brücke waren, konnten sie die zwei Maschinisten sehen. Sie standen unbeweglich da. »Also was is denn?« schrie der Ingenieur un-geduldig. Da wandte sich der Große langsam um und schlich, wie ein alter Hund, zu seiner Maschine.

Aber der andere fuhr los: »Und i fahr net, i fahr net! Machen S', was Sie wollen: I fahr net! Das is der reine Mord, Herr Ingenieur! Ich hab Weib und Kind z' Haus. I tu's net. Unsereiner is ja a a Mensch!« Er zitterte, seine Stimme war rau, er schrie gewaltsam und fuchtelte mit den Armen, ohne den Ingenieur anzusehen, indem er mit dem Tuch mechanisch an der Maschine rieb, als ob er das nur so nebenbei sagen würde. Er redete immer hastiger, immer schneller. Dabei keuchte er vor Müdigkeit und Angst, seine Augen stierten, das Gesicht war ganz gelb. »Unsereiner is doch a a Mensch. I verkauf mei Leben net – wegen die paar Netsch! I hab Weib und Kind z' Haus! Des kann man von kein Menschen verlangen!« Er sagte in einem fort dasselbe und schrie immer lauter.

Der Ingenieur hatte sich seine Pfeife angezündet, jetzt sagte er ruhig: »Also vorwärts! Das war das Neueste, dass man jetzt die Herrschaften erst fragen müsst, ob es ihnen gefällig ist.«

Der Große, der schon wieder auf der Maschine stand, sagte ganz leise: »Herr, es is schwer.« Große Tränen rannen ihm über die schwarzen Wangen.

Der Ingenieur wurde ungeduldig: »Das is der Dienst! Der Rothschild hat's besser.«

Der Große sagte nichts mehr; er wischte sich das Gesicht ab, schnäuzte sich und sah stumm in den Regen, der wieder heftiger wurde. An der Brücke hörte man das Wasser tosen. Es prasselte und knatterte und knallte.

Aber der andere schrie: »Und i tu's net, i tu's net, i tu's net! Ich hab Weib und Kind z' Haus.

Sollen s' mi fortjagen!« Seine Stimme schlug um, er weinte. »Sollen mi nur fortjagen!«

Der Ingenieur trat vor ihn hin und fragte: »Wollen Sie fahren oder nicht?«

Der kleine Maschinist schüttelte den Kopf. »Man kann's von an Familienvater net verlangen«, sagte er flehentlich.

»Feige Bagage!« schrie der Ingenieur.

Da fuhr der Kleine auf, als ob man ihn geschlagen hätte. Er schien dem Ingenieur förmlich ins Gesicht zu springen. »Feig! Ah, da war man dann feig, wann man ka Viech ist! Wer is feig? Sagen S' dös noch amal! Wer is feig? Sie haben leicht reden: Sie schaffen bloß an. Warum fahren denn Sie net? Fahren Sie! Sie möchten schön zu Fuß gehen, gelten S'? Weil man ja do net waß! Fahren Sie! Zeigen Sie, dass Sie net feig sein. Wann Sie fahren, fahr i a! Aber dös lass i mer net sagen, dass i feig bin!«

Der Ingenieur hörte ihn an, klopfte seine Pfeife aus und stieg dann gelassen auf die erste Lokomotive. »In Linz reden wir weiter«, sagte er. »Vorwärts!«

Der kleine Maschinist sah den Ingenieur erschrocken an. Er blieb noch einen Moment stehen und konnte es nicht gleich begreifen. Dann stieg er auf, ohne ein Wort mehr zu reden.

Der Assistent stieg in den Postwagen. Herr von Handl zögerte noch. Er hätte eigentlich ganz gut über die Brücke gehen können. Der Ingenieur sah ihn an, er sagte nichts, aber Herr von Handl fühlte, was er von ihm erwartete. Er wollte sich nicht beschämen lassen; gerade in einem solchen Falle, dachte er sich, müssen die »intelligenten« Menschen den »manuellen« ihre Überlegenheit zeigen. So ging er zum Postwagen. Er hatte Mühe, sich zu bewegen. Wie wenn einem der Fuß eingeschlafen ist, so war sein ganzer Körper; wahrscheinlich von der Nässe, dachte er.

Es dauerte noch zwei Minuten, bis sie fuhren. Der Assistent hatte sich in die Ecke gesetzt und deckte die Stirne mit der Hand zu. Herr von Handl war froh, dass er nicht sprach. Er hätte jetzt nichts sagen können; beim ersten Wort würde er zu weinen anfangen, so heiß hatte er es in der Kehle. Er zwang sich, bloß immer an den Ingenieur zu denken. Den bewunderte er. Solche Helden hatte die Gegenwart und man wusste gar nichts von ihnen!

Er fing wieder an, das Verhältnis der »intelligenten« Menschen zu den »manuellen« zu betrachten und wurde stolz auf sich. Dieser Arbeiter, der doch die Pflicht hatte, dachte an Weib und Kind und war feige, während der Ingenieur und er selbst, er, der gar nicht verpflichtet war und ganz gut über die Brücke gehen konnte – nun begriff er erst, was der kategorische Imperativ ist. Im öffentlichen Interesse, sozusagen als ein Exempel für das Volk, sein Leben zu wagen, wie er es jetzt tat, das, war mehr als aus Liebe durch das Meer schwimmen, wie Leander. An diese Gedanken klammerte er sich an.

Es pfiff, nun fuhren sie endlich. Langsam, ganz langsam krochen die Maschinen, man wäre schneller gegangen. Jetzt kamen sie auf die Brücke. Man hörte das Wasser brüllen. Herr von Handl trat an das Fenster; von da sah es aus, als ob der Strom mit dem Rande schon in gleicher Höhe sei. Das Wasser schien wie ein Ungetüm an der Brücke zu hängen und sich an dem Geländer heraufzuziehen: Schon sah man seine bösen Augen funkeln, gleich würde es sich herüberschwingen. Herr von Handl schrie auf und taumelte. Jetzt spürte er, dass er Angst hatte. Er hatte eine entsetzliche Angst. In der Mitte der Brücke hielt der Zug auf einmal und man hörte schrill pfeifen, fünfmal, sechsmal, immer kürzer und immer greller, in die Nacht hinaus, wie wenn jemand erwürgt würde und noch aufschreit. In seiner Todesangst stieg Herr von Handl auf die Bank, er wollte klettern, um nur dem Wasser zu entfliehen. Es war aber nichts, jetzt fuhren sie wieder. Immer wurde so schrecklich gepfiffen, offenbar wollte der Maschinist sein Entsetzen betäuben. Aber jetzt mussten sie ja gleich da sein. Es dauerte ewig. Noch ein Stoß, noch ein Krach und immer das entsetzliche Pfeifen! Herr von Handl setzte sich neben den Assistenten und hängte sich ein. Es tröstete ihn, die Wärme eines Menschen zu spüren. Der Assistent war ganz eingesunken, er kaute an einer kalten Virginier und hatte die Augen zu. Es schien ihm wohl zu tun, dass sich Herr von Handl an ihn lehnte, er rückte zu ihm. So saßen sie Arm in Arm und hörten sich atmen. Mit der linken Hand wischte sich Herr von Handl die Augen aus, da flimmerte es so. Er sagte sich, dass er ja nicht aus Angst weinte, sondern er dachte an Ida und sah sie schon an seiner verstümmelten Leiche und hörte sie klagen. Was sollte aus dem armen hilflosen Kinde ohne ihn werden? Aus Erbarmen mit ihr weinte er, sie tat ihm so furchtbar leid! Er stellte sich sein Begräbnis vor: Hier in der Nähe, in Asten, nur ein paar Leute, der Priester mit den Ministranten, die arme Frau und ihr Vater, die Freunde waren jetzt alle auf

Ferien, dazu glänzte die Sonne lieb und still, wie sie auf dem Lande über die Dörfer glänzt, und eine leise Glocke läutete in der Ferne, es war zu traurig! Er musste wieder an Leander denken, der hatte es auch büßen müssen.

Da gab es ihnen einen Stoß, sie prallten zusammen und schlugen sich die Köpfe an, Herr von Handl schrie auf, der Assistent wollte zum Fenster, aber schon sausten sie wie besessen dahin: Sie waren drüben.

»Wir sind drüben«, sagte Herr von Handl ganz leise. Der Assistent nickte bloß. Herr von Handl öffnete das Fenster. »Drüben sind wir«, sagte er noch einmal und seine Stimme war plötzlich lustig geworden. »Aha, schaun Sie, wie der jetzt frech wird! Jetzt kann er rennen. Der reine Orientexpress! Das sind auch Helden, die Herren Maschinisten! Da waren halt wir zwei - was?« Er lachte, klopfte den Assistenten auf die Schulter und rieb sich die Hände. Er war so aufgeregt, dass er nicht sitzen konnte. Er rannte wie in einem Käfig hin und her, trommelte an den Scheiben, redete, lachte, gestikulierte. Der Assistent sagte kein Wort, er kauerte noch immer in der Ecke und biss an seiner kalten Virginier. Sie wurden so gerüttelt, dass sie sich anhalten mussten, mit Getöse flog der Zug. Herr von Handl trommelte mit den Füßen im Rhythmus; wie sie fuhren. Auf einmal fing er zu singen an: »Margarethe, Mädchen ohnegleichen!« »Merken Sie nicht?« sagte er dann, »der Zug singt! Passen Sie einmal auf! >Mar-ga-rethe, Mädchen ohne- gleichen!<« Er teilte die Silben nach den Stößen des Zuges ab und klopfte dazu. »Hören Sie? Der Zug fährt genau im Takt! Das ist sehr spaßig.« Und er sang laut: »Ich liebe dich, erhöre mich – wenn nicht, so lass es gehn!« An den Refrain hängte er sich an: »Wenn nicht, so lass es gehn; wenn nicht, so lass es gehn!« Er sang es bald drohend, bald traurig, bald spöttisch, immer im Takt der Fahrt.

So kamen sie in Linz an.

VI

Nachdem sich Herr von Handl bei dem Ingenieur bedankt und von dem Assistenten empfohlen hatte, nahm er sein Rad, gab es dem Portier und trat in die Restauration.

In der Nacht ging noch ein Zug, er konnte bis Attnang kommen. Die Station sah seltsam aus, da waren ganze Berge von Kisten und Körben und Schachteln, man konnte kaum vorbei. In der Restauration war eine große Tafel, da waren die Störungen aufgeschrieben: keine Verbindung mit Salzburg, Unglück bei Straßwalchen; keine Verbindung mit Ischl, nur bis Gmunden; keine Verbindung mit Wien, außer über Budweis. Schöne Situation dachte Herr von Handl.

Er war aber ganz zufrieden. An diesen Tag konnte er sich erinnern. Das war doch einmal etwas, er hatte endlich etwas erlebt. Immer im Schlafwagen von einem Hotel zum anderen reisen – das hatte er jetzt satt. Aufregungen, Gefahren, Abenteuer, da fühlte man sich doch erst. Seit langer Zeit war ihm nicht so wohl gewesen. Er hätte springen mögen vor Vergnügen. Er fühlte sich übermütig wie ein Student. Er war angenehm nervös, herrlich nervös.

»Heute könnte ich einen dummen Streich machen«, dachte er vergnügt, und er sah sich im Saal nach einem »Objekt« um. Es waren eine Menge

171

Leute da, Fremde und Linzer. Er fing auf dem Tischtuch zu zeichnen an: Einen Kanonikus, der ihm vis-à-vis saß, er sah wie ein Hecht aus, dessen Mama sich in einen Frosch verschaut hat; eine elegante Linzerin mit Zugstiefeletten; den Zahlkellner, der ein Wiener sein musste, er ließ in jedem Schritt die Nostalgie der Großstadt merken.

Dann fiel ihm ein, dass er den ganzen Tag noch nichts gegessen hatte. Er wollte etwas bestellen, er hatte aber keinen rechten Hunger. Er rief den Kellner und fragte ihn, was er essen sollte. Aber das wollte er alles nicht. »Geben Sie mir eine Portion Kaviar!« Kaviar war keiner da. Er ärgerte sich. Der Kellner erklärte ihm, dass um diese Zeit der Kaviar schlecht ist. Er hatte aber gerade auf Kaviar Appetit. Der Kellner schlug ihm einen Nierenbraten vor, der auch sehr gut sei; von der Niere, mit Gurkensalat. Nein, wenn es keinen Kaviar gab, wollte er eine Linzer Torte. Die gab es auch nicht. »Ja, was gibt es denn?« schrie er gereizt. »Warum sagt man denn dann Linzer Torte, wenn man sie nur in Wien kriegt? Geben Sie mir eine Salami! Ich habe überhaupt keinen Hunger, ich will nur ein bisschen naschen!« Dazu bestellte er sich eine Flasche Medoc und eine Chartreuse. Die Chartreuse war gut. »Lassen Sie mir die ganze Flasche da!« Er erinnerte sich an seine Pariser Zeit der berühmten Mischungen, Champagner mit Bier, Absinth mit Chablis, und goss etwas Chartreuse in den Wein. Er dachte freilich, dass es ihm vielleicht nicht gesund war, aber an einem solchen Tag! Man lebt schließlich nur einmal! Und er war heute gerade in der Stimmung. Schade, dass er keinen Menschen hier kannte. Er hätte gerne gehörig gezecht.

Nach einer Stunde hatte Herr von Handl einen netten, kleinen Schwips. Wenn er beschwipst war, wurde er immer sehr gut. Er hätte dann alle Menschen beschenken mögen und weinte leicht, aber es war ein freudiges Weinen, von Milde und Liebe. Weil sonst gerade niemand da war, rief er einen alten Mops zu sich, der hinter der Kredenz lag, einen scheußlichen Köter, streichelte ihn und war mit ihm zärtlich. Einer alten Frau half er einen Koffer tragen, einem Kinde kaufte er Zuckerln. Dabei summte ihm immer noch die »Margarethe« in den Ohren. Er hatte gar nicht so viel getrunken; eigentlich war er schon betrunken gewesen, als er begann: von der Angst. Auch hatte er ja fast nichts gegessen. Es macht nichts, sagte er sich vor; heute kannst du dir schon was erlauben, heute wollen wir lustig sein! Und er pfiff so laut, dass der Kanonikus, der immer noch aß, verwundert aufsah und lächelte. Das freute ihn, er nahm sein Glas, neigte es grüßend gegen den Kanonikus und trank ihm zu. Dem alten Herrn schien das zu gefallen: Er zog sein Kapperl, winkte auf eine fromme Art mit der Hand und grinste über das ganze Gesicht; sagen konnte er nichts, weil er den Mund voll hatte. Herr von Handl fand das sehr nett. »Den Geistlichen tut man auch viel Unrecht«, dachte er sich.

Jetzt musste er sich aber doch umsehen, wann eigentlich sein Zug ging. Der Kellner beruhigte ihn: Der Zug stand schon da, musste aber warten, bis der von Budweis kam; der hatte gewiss wieder eine Stunde Verspätung, und es wurde ja abgerufen. Herrn von Handl konnte das schließlich gleich sein, wann er heute nach Attnang kam, eine Stunde früher oder später. Wenn er nur morgen früh in Gmunden war! Von da wollte er auf dem Rad oder zu Fuß nach Ischl, das würde ein Triumph sein! Er hätte nur gern gewusst, wie lange es noch dauern konnte, bis der Zug von Budweis kam. Er hätte dann vielleicht noch ein bisschen in die Stadt gehen können, in ein Tingl-Tangl. Es gab in Linz doch gewiss ein Tingl-Tangl, das musste zu fidel sein. Er versuchte, sich die Mädchen vorzustellen; sie waren gewiss recht arm und traurig und hatten verschossene grüne Mantillen um, das dachte er sich besonders rührend. Sie hatten sicherlich Mantillen um, und zwar grüne, er hätte wetten mögen. Schade, dass er nicht hingehen konnte! Er wäre jetzt in der Stimmung gewesen, sich recht rühren zu lassen.

Es regnete nicht mehr, der Mond sah durch die Wolken. Herr von Handl bezahlte, ließ sich noch eine Flasche einpacken und trat auf den Perron. Es war ihm heiß, er wollte in die frische Luft. Sein Zug stand drüben auf dem letzten Geleise. Er stieg in die erste Klasse ein und belegte einen Platz. Dann ging er vor dem Zuge auf und ab. Er bemerkte nun erst, dass er doch recht betrunken war. Er taumelte sogar ein bisschen, die vielen Lichter sprangen um ihn her und schienen ihm ihre Zungen zu zeigen. Wenn nur der dumme Zug endlich schon gekommen wäre! Er wurde ungeduldig. Er hatte eine große Unruhe, es trieb ihn hin und her, er sehnte sich so. Nun war er schon fast dort, nun hielt er es kaum mehr aus. Morgen war er endlich bei ihr. Die arme, kleine Frau! Was mochte sie in diesen zwei Tagen gelitten haben! Sie war so ängstlich. Morgen, sagte er sich, morgen! Aber dann wollte er sie nie mehr allein lassen, nie mehr! Er hatte ja gar nicht gewusst, wie lieb er sie hatte. Jetzt fühlte er es erst. Er hatte sie unaussprechlich lieb. »Ida«, sagte er leise vor sich hin, »meine süße, dumme, kleine Ida, oh, ich hab dich gern!« Er hätte weinen mögen, so lieb hatte er sie.

Er ging noch immer auf und ab. Der ganze Zug hatte nur fünf Passagiere: die alte Frau, der er früher geholfen hatte, ein paar Studenten, einen Herrn mit einer goldenen Brille, der das »Vaterland« las, und dann sah er jetzt, als er vorkam, im zweiten Waggon ein Mädchen am Fenster sitzen. Von der Decke schien das Licht auf ihre blonden Haare, das Gesicht war im Dunkel. Er wollte wissen, ob sie hübsch war. Er trat vor den Waggon, zündete seine Zigarre an und hob das brennende Hölzchen ein wenig, wie eine Kerze. Sie hatte ein feines, mokantes Näschen, machte aber beleidigt die Augen zu. Doch blieb sie am Fenster. Er ging bis zur Lokomotive, kehrte um und kam langsam zurück. Sie regte sich nicht und behielt die Augen zu. Sie war nett gekleidet und trug ein Plastron mit einer Krawatte, was ihr etwas von einem Knaben gab. Er ging nun mehrere Male von ihrem Waggon zur Lokomotive und von der Lokomotive zu ihrem Waggon und blieb immer eine Weile bei ihr stehen. Sie regte sich noch immer nicht und hatte die Augen zu, aber von der Seite schien sie doch ganz leise ein wenig zu blinzeln und er fand es hübsch von ihr, dass sie doch am Fenster blieb. Freilich hatte sie eine kleine Falte auf der Stirn zwischen den Brauen, als ob sie böse wäre, aber sie schien nur oben so streng zu sein, auf den Mund hatte sie vergessen, der lächelte fast. Es musste auch ein armes Ding sein, das man bei diesem Wetter in der Nacht allein auf der Eisenbahn fahren ließ! Er war schon wieder gerührt. Als er das fünfte Mal zur Lokomotive kam und umkehrte, sah er sie nicht mehr. Nahm sie es ihm doch übel? Es war ja frech von ihm, nun tat es ihm schon leid, er hatte sie nicht kränken wollen. Er wollte sie nicht mehr so anglotzen, das schickte sich wirklich nicht. Wie er wieder an den Waggon kam, schielte er nur so ein bisschen hin. Da sah er, dass sie noch immer am Fenster war, nur lehnte sie nicht mehr, sondern stand aufrecht, ein paar Schritte zurück. Ihre Büste war voller, weiblicher, als er gedacht hatte. Nun hatte sie die Augen nicht mehr zu. Sie waren klein, grau und fidel. Sie hatte ihr Sacktuch in der Hand, hielt es vor den Mund und hustete leise. Da fuhr eben der Zug von Budweis ein, der Kondukteur rief. Herr von Handl lief geschwind in sein Coupe, nahm die Flasche, die man ihm eingepackt hatte, stieg aus, rannte zum zweiten Waggon und trat ein. Sie sagte nichts, sondern setzte sich und er setzte sich neben sie. Da pfiff es auch schon und sie fuhren. Nun sei aber auch einmal fesch, sagte er sich, da sie ganz allein im Waggon waren, bog sich zu dem Mädchen und küsste es auf den Mund. Er war aber ganz erschrocken, weil sie sich gar nicht wehrte. Sie ließ sich küssen und rührte sich nicht. Er küsste sie mehrere Male, dann wurde es ihm unheimlich. In seiner Verlegenheit nahm er sich eine Zigarette heraus und hielt ihr die Tasche hin. Sie nahm eine und zündete sie an seiner an. Er sah nun, dass sie sehr hübsch war: nicht groß, recht zierlich und noch ganz jung. »Wo fahren Sie denn eigentlich hin?« fragte er, um doch endlich etwas zu sagen.

»Wels«, sagte sie. Sie sprach es »Wölß« aus, mit einem dumpfen, gedehnten »ö« und einem sehr scharfen »ß«; und sie stieß ein bisschen mit der Zunge an.

»Ah, bravo!« antwortete Herr von Handl lebhaft. Es schien ihn riesig zu freuen. Er wusste selbst nicht, warum er so tat.

»So auch?« fragte das Mädchen.

»Nein, ich fahr nach Attnang.«

»Aha«, sagte das Mädchen.

Dann schwiegen sie. Herr von Handl hätte fast vom Wetter angefangen, aber das war doch so dumm, dass er sich ärgerte. Da er nichts fand, nahm er ihre Hand und tätschelte sie, dann ihre Wange und den Hals, bis sie schrie: »Aber net kitzeln! Net!« Nun tat er es erst recht, sie balgten sich ein wenig, und sie sagte: »Sie san aber a Schlimmer!« Da war er geschmeichelt.

Er hatte ja gar keine Absichten, aber es machte ihm Spaß, dass es so schnell ging. Es gibt eben Männer, dachte er sich, die doch bei allen Frauen Glück haben! Bei den Damen vom Theater konnte er meinen, dass es seine Routine war, aber eine Welserin! Darauf durfte er sich etwas einbilden! Es müsste eigentlich lustig sein, eine kleine Welserin verliebt zu machen.

»Hübsche Haare haben Sie!« sagte er und streichelte sie.

»Net wahr?« sagte das Mädchen erfreut. »Früher waren's braun, aber blond steht mir halt doch viel besser. Und es is nicht einmal so teuer, nur ein bissel fad, alle Tag die Wascherei!« Herr von Handl wunderte sich.

Das Mädchen war merkwürdig. Es schien doch, dass er ihr gefiel; offenbar, sonst hätte sie nicht –! Aber dabei war sie so ruhig. Fürchtete sie sich denn gar nicht? Er hätte doch gewünscht, dass sie etwas mehr verwirrt gewesen wäre. Mit den Welserinnen kennt man sich auch nicht aus.

Offenbar war sie etwas dumm. Für unschuldig hielt er sie nicht gerade – Mädchen, die nachts allein in der dritten Klasse fahren, nein! Aber man kann unverdorben sein, ohne unschuldig zu sein. Wie das auf dem Lande schon geht! Es ist doch alles viel naiver als in der Stadt; auch die Mädchen haben, sozusagen, eine bessere Luft. Er kam sich eigentlich neben ihr ganz verrucht vor: Don Juan in Wels. Er hatte Mitleid mit ihr. In der Stimmung, in der er heute war, hatte er so leicht Mitleid.

Was konnte sie eigentlich sein? Sie war so nett gekleidet – das konnten sich in Wels doch höchstens die Töchter des Bürgermeisters erlauben, aber die ließ man doch kaum allein in der Nacht reisen; oder sie war aus der Familie eines kleinen Beamten, vom Bezirksrichter vielleicht; aber färbt man sich da die Haare blond? Die Frau eines Offiziers wäre nicht in der dritten Klasse gefahren; und sie sah auch gar nicht wie eine Frau aus.

»Radeln Sie, Fräulein?« fragte er plötzlich.

»Das dürfen wir ja nicht, das ist ja das Dumme«, antwortete sie.

»Was?« sagte Herr von Handl erschrocken, »das Radeln ist in Wels verboten?«

»Na«, sagte sie. »Die anderen können schon radeln, nur wir net.«

»Wer?«

»Wir halt«, sagte sie und lachte.

Jetzt wurde er neugierig. Das intrigierte ihn, aber sie schien nichts mehr sagen zu wollen. Sie stand auf, machte das Fenster zu, setzte sich dann wieder, glättete ihr Kleid und sah in ihrer ernsten Art vor sich hin. Er musste sie erst zutraulich machen.

»Wie heißen S' denn eigentlich, schönes Mäderl?« fragte er und nahm wieder ihre Hand. Er fand selbst, dass er noch immer nicht den rechten Ton hatte. Wenn es am Ende doch die Tochter des Bürgermeisters war!

»No, raten S' amal«, sagte sie.

»Mizi«, sagte er schnell.

»Ich bin ja doch keine Kellnerin«, sagte sie verächtlich und machte ein hochmütiges Näschen.

»Also Anastasia!« Er wollte ihr schmeicheln.

»Das gibt's ja gar net«, sagte sie.

»Ja, dann weiß ich's nicht.«

»No so schaun S'! Wie werd ich denn heißen? Wie heißt man denn halt?«

Er zögerte. »Anna«, sagte er dann schüchtern.

»Ich bitt Ihnen!« sagte sie überlegen. »Lini! No, das ist doch net so schwer!«

»Lini!« rief er aus.

»Lini«, wiederholte sie. »Aber natürlich.«

»Das ist ein lieber Name, aber Sie sind mir noch lieber.« Er fand, dass er noch immer nicht den Ton hatte. Er rückte also zu ihr, legte den Arm um sie und zog sie an sich. »Sie sind so lieb, wirklich! Und die herzigen Augen, die Sie haben!« Er küsste sie auf die Augen, ganz leise und zärtlich. Da fühlte er, wie sie zitterte. Er sah sie an: Ihr Gesicht war sehr ernst geworden, fast feierlich. Sie senkte das Köpfchen, schaute ihn nicht an und atmete schwer. Er legte ihr die Hand auf die Stirne und fragte: »Linerl! Hast mich ein bisserl lieb?« Sie sagte nichts und saß ganz starr da. »Linerl! Geh!« Er wollte sie beim Kinn nehmen, um das Köpfchen zu heben. Da beugte sie sich auf seine Hand, presste sie an ihre Lippen, küsste sie mit Leidenschaft und er fühlte ihre heißen Tränen rinnen. »Aber Linerl!« sagte er ganz erschrocken. »Aber was haben S' denn, Fräulein?«

»I bin eine Gans«, sagte sie rau, stand auf und wischte sich das Gesicht ab. Sie trat an das andere Fenster. Er konnte es sich gar nicht erklären.

Nach einer Weile setzte sie sich wieder zu ihm und sagte in ihrer gewöhnlichen Weise: »Jetzt sin mer gleich in Wels!«

Er schwieg. So saßen sie ein paar Minuten. Plötzlich fragte er: »Sagen Sie mir, Fräulein Lini, was sind Sie eigentlich?«

Sie lachte ordinär. Sie schien auf einmal eine ganz andere Stimme zu haben, als sie jetzt sagte: »No, was werd ich denn sein? – Haben Sie's denn noch nicht gemerkt?« Sie sah ihn trotzig, fast feindselig an. Er schwieg. Nach einer Weile hörte er sie leise flehentlich sagen: »San S' nit bös!«, und sie fing bitterlich zu weinen an. Er hätte am liebsten mit ihr

180

geweint.« Er hatte solches Mitleid mit allen Menschen. Es fiel ihm ein:

Mahadöh, der Herr der Erde,
Kommt herab zum sechsten Mal,
Dass er unsersgleichen werde,
Mitzufühlen Freud und Qual.

Er bequemt sich hier zu wohnen,
Lässt sich alles selbst geschehn.
Soll er strafen oder schonen,
Muss er Menschen menschlich sehn.

Das hörte er bei sich. Aber er konnte nichts sagen. Doch sie sah an seinen Augen, dass er nicht bös war.

Der Zug fuhr in Wels ein. Sie schnäuzte sich, zog den Schleier herab und öffnete. Schüchtern sah sie sich an der Türe nach ihm um. Er gab ihr die Hand. Sie behielt sie, zauderte und sagte dann leise: »Bleiben S' doch heut in Wels, bleiben S' in Wels!« Es klang so flehentlich.

Es waren nur fünf Minuten Aufenthalt. Sie stand vor dem Waggon, ihre kleine Tasche in der Hand, und sah ihn bittend an. Er hörte noch immer ihre arme Stimme, wie sie früher gesagt hatte: »San S' net bös!«

Es waren nur fünf Minuten Aufenthalt.

Mahadöh, der Herr der Erde, dachte er sich.

Er blieb in Wels.

VII

Als Herr von Handl am nächsten Morgen um
vier nach Attnang fuhr, war er in einer recht bösen
Laune. Er schämte sich. Er konnte es ja selbst gar
nicht glauben, war denn das möglich? Er mochte
nicht daran denken. Er streckte sich in dem leeren
Coupé aus und hätte gern geschlafen. Aber es ging
nicht. Sein Kopf war wüst, es flimmerte ihm vor den
Augen und er hatte ein leises Stechen in den
Schläfen. Im Waggon war es so dunstig; er öffnete
das Fenster. Da fror ihn. Es war recht unbehaglich
und er dachte: Mahadöh und Leander, beides, ist zu
viel.

Er versäumte übrigens nichts; der gestrige Zug
ging doch nur bis Attnang, dort hätte er auf diesen
warten müssen, es war also eigentlich gleich. Das
tröstete ihn ein bisschen. Einen wirklichen Schaden
hatte seine Frau nicht. Und er nahm sich fest vor,
nicht mehr daran zu denken; jetzt konnte er es doch
nicht mehr ändern. Er war einfach betrunken gewesen; das gilt ja doch nicht.

Er betrachtete die Gegend. Auch da hatte das
Wasser gewütet. Er erinnerte sich, was er gestern
gesehen hatte, und verglich es. Er musste jetzt achtgeben, er sollte doch dann in Ischl alles erzählen. Es
ist ungemütlich, wenn man ein schlechtes Gewissen
hat, fand er. Gestern war er so stolz gewesen, als
Leander; jetzt freute es ihn gar nicht mehr. Der
Leander hatte es halt auch leichter, im Meer
schwimmen keine Welserinnen herum. Das kam
alles nur von seinem guten Herzen! Er musste
immer die Menschen beglücken. Was hat man
schließlich davon? Einen Kater.

In Attnang hörte er, dass man heute schon bis Ebensee fahren konnte. Er war froh. Jetzt, in dieser Laune, über das Gebirg nach Ischl zu gehen! Von Ebensee waren es doch nur noch zwei Stunden. Wenn er nur schon dort wäre! Wenn er nur endlich wieder bei ihr war! Ihre liebe, leise Stimme hören, in die treuen Augen sehen, die guten Finger fühlen, dann waren diese dummen Sachen gleich vergessen. Er sehnte sich sehr nach ihr.

In Ebensee stieg er aus und nahm sein Rad. Es war in Ordnung, er pumpte es auf, dann erkundigte er sich. Man sagte ihm, er könne auf der Straße nicht fahren, aber es werde auch oben auf der Sohle kaum gehen; gescheiter sei es, das Rad hier zu lassen. Er wollte aber nicht. Auf dem Rade dachte er wenigstens an nichts anderes, zu Fuß würde es zu melancholisch sein. Er schob also durch den Ort, dann konnte er auf der Sole bis. Steinkogl fahren, da musste er auf die Straße; oben war der Weg aufgerissen, die Röhren der Solenleitung lagen entblößt da. Nun wurde es schwierig. Die Decke der Straße war weg, er fuhr auf dem harten und steinigen Grund. Manchmal musste er absteigen und, das Rad tragend, durch das Wasser waten oder auch, wenn es tief war, erst über die Wiese hinaufklettern, bis er, hier über einen Zaun steigend, dort durch Gebüsch kriechend, mühsam passieren konnte. Er plagte sich sehr. Keuchend, schwitzend, todmüde kam er endlich in Weißenbach an. Hier wollte er ein wenig rasten. Er sah aus wie ein Räuber, er musste sich doch wenigstens die Hände - waschen und sich etwas kämmen. Während er es tat, dachte er: Der Leander muss übrigens auch immer gut ausgesehen haben, nahm es die Hero nicht so genau? Warum spricht sich der Dichter darüber nicht aus?

Er setzte sich dann in die Laube vor dem Wirtshause und ließ Wein kommen. Die Kellnerin, eine kleine flinke Person mit heiteren Augen, die sehr gesprächig war, erinnerte ihn wieder an Wels. Den ganzen Weg hatte er nicht daran gedacht! Es war zu dumm: gerade jetzt vor dem Wiedersehen mit ihr! Hoffentlich wird sie so erschrecken, dass sie meine Verlegenheit gar nicht merkt; damit tröstete er sich.

Dann fragte er sich, warum er eigentlich so verlegen war. Ja, warum? Das hatte gar keinen Sinn. Was war denn schließlich geschehen? Er hatte auch einmal ein kleines Abenteuer gehabt – nun? Wurde seine Liebe dadurch schlechter? Dass er Ida liebte, bewies er durch diese Fahrt! Andere Männer saßen in Wien, schimpften und warteten. Er hatte sein Leben gewagt; es war ihm nichts geschehen, aber das konnte er ja vorher nicht wissen. Das war wohl sicher, dass man eine Frau sehr gern haben musste, um sein Leben für sie zu wagen. Wenn nun die menschliche Natur so ist, dass einem, der wirklich liebt, doch solche Sachen passieren können - nun, er hatte die menschliche Natur nicht gemacht. Es war traurig, aber er konnte nichts dafür. Es fiel ihm ein, dass es der Witwe von Ephesus auch so gegangen war.

Er zahlte und fuhr weiter, wieder auf der Sole. Hier war der Weg jetzt ganz gut. Er sah auf die Traun, alle Brücken waren weg, an die Ufer waren Trümmer, Balken, Bäume geschwemmt, auf der Bahn drüben lagen Telegrafenstangen, umgeworfen, Felsen und Hölzer. Das Wetter hatte sich aufgeheitert, die Sonne kam heraus. Er fuhr gemächlich, sah herum und musste immer an die Witwe von Ephesus denken.

Im Brantôme hatte er ihre Geschichte gelesen. Als ihr Mann gestorben war, konnte sie sich nicht trösten, schreiend und weinend ging sie mit der Leiche und war von seinem Grab nicht wegzubringen. Sie hatte ihn zu sehr geliebt, sie konnte ohne ihn nicht mehr leben; da lag sie und wollte sterben. Aber es begab sich, dass um dieselbe Zeit ein Verbrecher gehängt worden war, und zu seiner Leiche stellte man einen Soldaten hin, damit sie nicht gestohlen würde, wie das wohl von den Verwandten zu geschehen pflegt. Dieser Soldat hörte die Witwe weinen, ging zu ihr, um sie zu trösten, und tröstete sie gleich auf die beste Art. Indessen kamen wirklich die Verwandten und stahlen den Verbrecher. Als der Soldat genug getröstet hatte, bemerkte er es und fing zu jammern an, denn er fürchtete sich, bestraft zu werden. Da sagte die Witwe: »Komm, wir wollen meinen Mann ausgraben und an den Galgen hängen, dann wird niemand bemerken, dass der, Verbrecher gestohlen worden ist.« Und sie taten es.

Nun also, sagte sich Herr von Handl. Diese Witwe hat ihren Mann wirklich geliebt, aber die menschliche Natur ist so. Kann ich sie ändern? Ich möchte ja gern, dass wir anders wären. Dies wäre viel besser. Aber leider bin ich nicht der liebe Gott. Und er fuhr stolz in Ischl ein.

Ida weinte, alle Leute bewunderten ihn, und der alte Herr machte eine lateinische Ode auf den neuen Leander.

Das Käferl

Zum letzten Mal geht Fräulein Jeannette mit ihm aus. Zum letzten Mal! Sie kann es noch gar nicht fassen. Zum letzten Mal ... und dann nie wieder ... nie! Sie hat es ja wissen müssen. Sie wundert sich auch gar nicht; sie wehrt sich nicht – sie ist ganz still, sie wird nicht weinen; es muss ja sein ... und sie hat es ja immer gewusst! Aber dann? Morgen! Wenn er weg sein wird! Weg ... und nie wiedersehen ... nie! Wie soll sie denn ohne ihn leben? ... Und ihr wird ganz schwarz und sie ist wie betäubt und sie hat solche Angst.

Fräulein Jeannette ist eine kleine Schweizerin, seit vier Jahren als Gouvernante in Wien. Eines Tages ist sie durch den Volksgarten gegangen, da hat Paul sie gesehen. Paul hat sie angesprochen, sie ist beleidigt gewesen – und so weiter, die ewige Geschichte. Das ist jetzt gerade drei Jahre her. Paul hat in der letzten Zeit schon angefangen, es ein bisschen lange zu finden. Da hat er die Stelle in Bozen bekommen, als Konzipient bei einem Advokaten. Das ist ihm sehr angenehm. So löst sich die Sache von selbst. Und einmal muss es ja sein. Paul, ein sehr gescheiter Mensch und sehr korrekt, hat nämlich das Prinzip: alles zu seiner Zeit! Zur rechten Zeit das Vergnügen, zur rechten Zeit die Arbeit. Zur rechten Zeit lieben und zur rechten Zeit heiraten. Aber nur nichts übertreiben. Drei Jahre ist gerade genug. Da kommt ihm denn das mit Bozen sehr gelegen. So löst sich die Sache von selbst. Er braucht nicht zu »brechen«. Das hat er nicht gern.

Unangenehm war ihm nur, es ihr zu sagen. Aber brieflich – nein, das hätte nicht gut ausgesehen. Er hat nämlich das Prinzip: nur ritterlich, nur immer männlich! Er ist also heroisch gewesen und hat es ihr gestern gesagt. Wer liebt, muss auch ein Opfer bringen können. Es ist übrigens besser gegangen, als er gedacht hatte. Sie hat nicht getobt, sie hat nicht geheult. Man merkt eben seine Erziehung an ihr. Er hat nämlich das Prinzip: nur keine Szene! Das weiß sie, und er muss sagen: Sie hat sich sehr gut gehalten. Keine Tränen, kein Geschrei. Nur ein bisschen blass ist sie geworden. Und dann hat sie eine Bitte an ihn gehabt: Heute noch einmal mit ihr zu gehen, denselben Weg wie damals, als sie zum ersten Mal mit ihm ausgegangen ist, vor drei Jahren. Nun, er hätte sich das eigentlich lieber erspart. So ein langer Abschied, so ein letzter Tag - das war eigentlich wenig nach seinem Geschmack. Er ist nicht für solche Sachen. Er hat nämlich das Prinzip: nur keine unnütze Aufregung! Sie hat es sich indessen aber nicht ausreden lassen. Und er hat doch nicht gut Nein sagen können. Schließlich bringt er eben das Opfer. Und so geht er denn noch einmal mit ihr, zum letzten Mal, denselben Weg, wie damals, vor drei Jahren.

Alles wie damals! Ganz genau! Das hat sie sich ausbedungen. Und sie gibt genau acht, Punkt für Punkt. Er hat sie in der Früh abholen müssen, sie sind nach Rodaun gefahren, sie haben beim Stelzer gegessen, Krebse und ein Roastbeef mit Sauce tartare - oh, sie weiß ja noch alles von damals: jeden Bissen, den sie damals gegessen, jedes Wort, das sie gesprochen haben. Und bei jedem Schritte fragt sie ihn wieder: Erinnerst du dich noch? Dabei hilft ihr noch der Zufall: Es ist gerade so ein schöner Tag wie damals. Und nach dem Essen gehen sie wieder durch den Wald, gegen die Mühle hin, und sie hängt sich ein und rings ist es ganz still und es wird sehr heiß. Wie damals! Erinnerst du dich noch? Er findet das eigentlich recht kindisch. So mit sich selber Komödie spielen, die Komödie des eigenen Gestern! Er ist nicht fürs Erinnern, es kommt selten was heraus dabei. Aber was will er tun? Er muss ja noch froh sein, wenn sie nicht tragisch wird. Er hat ohnedies immer so ein gewisses Gefühl. Er traut ihr nicht.

Und sein Gefühl hat recht: Sie wird tragisch. Plötzlich - mitten im Wald - ganz unvermutet, ohne Übergang. Sie ist eben noch ganz ruhig und heiter gewesen, auf einmal stößt sie ihren Schirm so heftig in die Erde, dass er abbricht, und fährt los. Er ist ganz erschrocken, er weiß gar nicht, was sie auf einmal hat. Aber sie ist jetzt nicht mehr zu halten. Die Worte überstürzen, übersprudeln, überschlagen sich. Warum? Warum war das gerade ihr geschehen? Was hatte sie denn getan? Warum musste gerade sie das Opfer sein? Tausende waren schlechter und wurden glücklich. Nur sie – warum sollte gerade sie das bisschen Glück gleich mit dem ganzen Leben bezahlen? War das gerecht? Oh, er sollte nur ruhig sein, er brauchte sich nicht zu fürchten! Sie verlange nichts von ihm, sie hatte es ja immer gewusst! Aber warum? Warum ist das so eingerichtet auf der Welt, dass die einen alles dürfen, und nichts ist ihnen verboten und alles geht ihnen gut aus, und die anderen – denen ist alles verwehrt und nichts wird ihnen gegönnt?! Was ist das für eine Gerechtigkeit? Was hatte sie denn getan? Man muss doch etwas getan haben, wenn man bestraft wird! Aber nein! Die einen werden unverdient belohnt, die anderen werden ohne Schuld gezüchtigt – man muss rein glauben; der Teufel herrscht in der Welt! Ja, der Teufel!

Sie hatte das alles in der aufregenden Art der Französinnen gesagt, die leicht gleich ins Deklamieren gerät. Dabei lehnt sie an einer Birke und zittert am ganzen Leibe und ist ganz bleich. In der Hand hat sie immer noch den Schirm mit der abgebrochenen Spitze.

Paul hebt die Spitze auf, nimmt ihr den Schirm weg und sieht den Bruch an. Ihm ist das sehr zuwider. Was hat denn das für einen Sinn? Und jeden Augenblick konnte wer kommen. Das auch noch! Was sollte man von ihnen denken? Er hat nämlich das Prinzip: nur nicht vor den Leuten!

»Was regst du dich denn auf?« sagte er. »Das hat doch gar keinen Zweck. Damit verderben wir uns nur den schönen Tag! Schau, wenn du willst, kannst du mir ja ein anderes Mal – oder du kannst mir das ja schreiben! Wir werden uns ja doch öfter schreiben. Gelt? Sei vernünftig!« Und er will sie, zärtlich am Kinn nehmen. Sie macht sich los und geht. Sie beißt sich auf die Lippen und wirft den Kopf zurück. Dann sagt sie, wieder ganz ruhig, nur ein bisschen müde: »Du hast recht, ich bin dumm! Verzeih! Komm!« Und sie nimmt den Schirm, nimmt die Spitze, wirft sie in die Luft, fängt sie mit ihren langen, dünnen Fingern auf und trällert leise dazu. Er folgt ihr. Bald verstummt sie. Sie gehen schweigend. Sie kommen aus dem Walde, über den Bach, in die Sonne. Drüben steigt ein schmaler Weg steil an. Sie geht voraus. Plötzlich schreit sie leise auf. Er sieht sie erschrecken und gleiten, er springt hin und fängt sie noch. »Was ist denn?« fragt er leicht besorgt, etwas ungeduldig. »Was hast du denn schon wieder?« Sie kann noch gar nicht reden, sie zeigt nur mit der Hand ganz entsetzt: »Da!« Er sieht nichts. »Aber was denn?« Sie blickt scheu hin.

Und ganz leise, atemlos: »Schau nur! Das grässliche Tier!«

Er muss lachen. Er hat es jetzt gesehen. Es ist ein Käfer, ein kleiner, dicker Käfer, der über den Weg kriecht. Der Käfer hat sich aus Erde und Staub eine große Kugel gemacht, die stößt er mit dem Kopfe vor sich her und plagt sich und wälzt sie gegen den Rand des Weges hin.

»Aber geh«, sagt er, »wie kann man denn so ungeschickt sein! Schau dir das arme Käferl doch an! Schau, wie es schwitzt! Das wird dich nicht beißen. No, so komm doch her!«

Sie zögert noch immer, die Hände mit Abscheu ausgestreckt, aber er fasst sie, zieht sie hin, und wie sie jetzt das dicke Käferl in der Nähe sieht, muss sie selber lachen. »Ich bin nur so erschrocken«, entschuldigt sie sich. »Zuerst schaut man aber doch«, sagt er. »Das Käferl da ist ja froh, wenn es selbst das Leben hat. Schau nur, wie es schleppt!« Und sie betrachten jetzt beide das Käferl, das die große Kugel wälzt. Das ist nicht leicht. Gegen den Rand hin ist es da nämlich uneben und das Käferl muss ordentlich antauchen. »Das ist offenbar ein Käferl«, erklärt Paul, »das sich eine Villa bauen will, weißt? Das da, was es da schleppt, das ist offenbar das Hochparterre. Verstehst? Aber jetzt! Da schau - jetzt wird es wild! Ah, da hört sich doch alles auf, was so ein Käferl für Ideen hat!« In diesem Augenblick gibt nämlich das Käferl der Kugel einen Stoß, dass sie rollt. »Sehr gescheit!« sagt Paul. Und das Käferl rennt der Kugel nach. Aber das Käferl hat vergessen, dass da ein kleiner Stein ist - an den Stein stößt die Kugel an, prallt ab und liegt wieder unten.

Das Käferl dreht sich um und schaut. »Ja, mein Herr«, sagt Paul, »das kommt davon, wenn man es sich gar zu bequem machen will! Jetzt bin ich neugierig.« Aber das Käferl ist beharrlich, beutelt sich ab, kehrt um, kriecht herab, packt wieder an und beginnt wieder zu schieben. »Das nennt man Charakter«, sagt Paul. »Es ist doch interessant, da sieht man deutlich, es weiß ganz genau, wohin es will. Es hat sich da oben offenbar einen sehr guten Bauplatz gekauft! Aber, mein Käferl, mir scheint, du stellst dir das auch leichter vor, als es ist. Da wirst du noch gehörig antauchen müssen!« Je höher das Käferl kommt, desto schwerer wird nämlich die Geschichte, weil da Steine und Stauden und die schrecklichsten Gefahren sind. Aber das Käferl gibt nicht nach, lässt die Kugel nicht mehr aus und stößt und schiebt und pufft, bis sie wirklich oben ist – da hält es an, da legt es sie hin, unter ein paar Gräser, und stellt sich daneben und rastet sich aus. »Aha«, sagt Paul, »also da ist der Platz! Das Käferl ist ganz schlau: Da hat es eine schöne Aussicht und Schatten ist auch von den Gräsern! Mein Käferl, du bist ein Lebemann, du kennst dich aus! Und schau nur, wie vergnügt es jetzt dasteht, ganz stolz! Da sieht man halt gleich, was ein Hausherr ist! Aber wart nur! Du sollst das Leben erst kennenlernen – denn das Schicksal schreitet schnell!« Und Paul lässt Jeannetten los, macht behutsam einen Schritt hin und hebt leise seinen schmalen, dünnen Stock. »Jetzt pass auf«, sagt er. »Jetzt kommt die Katastrophe. Jetzt werden wir sehen, wie es sich benehmen wird!« Und er nähert sich ein wenig, neigt sich behutsam vor und gibt der Kugel mit dem Stock einen ganz kleinen Puff – die Kugel springt, rollt und liegt wieder unten, weg von den Gräsern, unten in der Sonne. »Ja, da schaust«, sagt Paul triumphierend. »So ist das Leben!« Aber das Käferl ist nicht faul, rennt der Kugel nach, packt sie an, dreht sie um und taucht, bis es sie wieder oben in den Gräsern hat. Aber jetzt ist es schon klüger geworden, jetzt kratzt es die Erde auf, ein ganzes Loch, und legt dann die Kugel behutsam hinein, wie in ein Bett, und stellt sich in seiner ganzen Breite vor sie hin, wie ein Wächter. Und da wird Paul bös, weil Jeannette lacht. Das lässt er sich nicht gefallen, dass das Käferl recht behalten soll. »Glaubst du«, sagt er höhnisch und stupst wieder mit dem Stock an die Kugel. Aber Jeannette will nicht mehr. »Geh, lass es jetzt schon«, sagt sie. »Komm!« Und sie will gehen. Aber Paul ruft ihr nach: »Noch einen Moment! Bleib da! Ich muss dir noch was zeigen.« Sie wendet sich um und sieht ihn an. Er lacht leise. Sie kennt dieses Lachen. Er hat es manchmal, und es steht ihm sehr gut. Er zeigt dabei seine großen weißen Zähne, und das frische Gesicht bekommt einen spöttischen, fast ein wenig grausamen Zug. Sie mag das aber nicht: Denn meistens sagt er dann etwas, das ihr weh tut. »Komm doch schon«, sagt sie. Aber er tritt zu ihr, hängt sich ein und sagt, indem er auf das Käferl zeigt, auf das arme Käferl, das sich jetzt wieder in der Sonne plagen muss: »Was glaubst du, was denkt sich das Käferl jetzt? Es ist doch offenbar ein gebildetes Käferl, das sieht man an allem. Es baut sich eine Villa, es gehört also der besitzenden Klasse an, es hat also gewiss eine gute Erziehung genossen, es hat gewiss eine Menge gelernt, es hat sich gewiss eine geschlossene Weltanschauung erworben. Ja – und jetzt steht es da mit der Weltanschauung! Jetzt muss es an der ganzen Philosophie doch verzweifeln! Nicht? Jetzt muss es sich doch sagen: »Wie ist das, wie geht das zu? Woher kommt das? Da gibt's andere Käferln, die sind faul, die liegen irgendwo im Schatten, unter einem Gras, und pflegen sich und tun gar nichts. Ich aber, ein braves

Käferl, ein wahres Muster von einem Käferl, das in der Sonne schwitzt und sich plagt – ich werd vom Schicksal so behandelt! Warum? Warum gerade ich? Ist das gerecht? Warum ist das so eingerichtet auf der Welt, dass manchen Käferln alles glückt – und andere Käferln sollen sich nicht einmal eine Villa bauen?« Und wenn das Käferl bisher fromm gewesen ist, so wird es jetzt ein Atheist oder es sagt gar: Die Welt regiert der Teufel und will vom lieben Gott nichts mehr hören, weil das keine Gerechtigkeit ist! Der liebe Gott kann aber doch gar nichts dafür, der liebe Gott ist so weit weg vom Käferl! Und wenn das Käferl glaubt, dass ich der Teufel bin – aber Käferl! Ich hab dir ja gar nichts getan! Hab ich das Käferl quälen wollen? Ich hab bloß sehen wollen, wie es sich benehmen wird!

Und ich hab halt ein bißl mit ihm gespielt! Wenn aber das Käferl deswegen jetzt gleich ein Bösewicht wird, dann ist es sehr dumm. Geduld muss ein Käferl haben. Geduld!«

Jeannette hat den Blick gesenkt. Jetzt sagt sie traurig, langsam, mit einem leisen Vorwurf: »Paul, du meinst ...«

»Ich mein gar nichts«, sagt er kurz. »Ich habe nämlich das Prinzip: Nur nicht dozieren, nur keine guten Lehren! Ich sage nur: Wenn ein Käferl gescheit ist, fragt es nie, warum. Davon hat man gar nichts. Und ein gescheites Käferl hadert auch nicht gleich mit dem lieben Gott und wird nicht gleich bös auf das Schicksal, sondern es denkt sich: Aha, jetzt spielt sich das Schicksal wieder einmal ein bißl mit mir, weil es sehen will, wie ich mich benehme; ich sitze ihm aber nicht auf, ich warte es ab, es wird schon wieder aufhören!«

Sie stehen noch immer in der Sonne, Jeannette und Paul; und unten kriecht das Käferl. Da legt er den Arm auf sie und zieht sie fort: »Komm, Käferl! Wir wälzen halt alle unsere Kugel – und keiner weiß, was ihm passiert, und keiner weiß, warum. Die Hauptsache ist, dass man sich gut benimmt dabei.« Und er lacht; ihr aber ist zum Weinen.

Wirkung in die Ferne

I

Ich hatte mich vor ein paar Jahren aus der Stadt in ein Jägerhaus geflüchtet, das, eine halbe Stunde von einem See, mitten im Walde gelegen war. Ich war ganz allein; den Jäger bekam ich oft tagelang nicht zu sehen und hatte nur mit einem trübsinnigen alten Weib zu tun, das ihm die Wirtschaft führte und mich mürrisch bediente. Meistens lag ich vor dem Hause, etwas seitwärts vom Wege, unter einem großen Baum, spielte mit den Hunden oder konnte auch stundenlang in einer merkwürdigen inneren Dämmerung, ohne eigentlich zu schlafen, doch träumend und wie in einem schweren Rausch von allerhand Gestalten seltsam wirr bedrängt, durch die Zweige hinauf ins Blaue sehen. Diesen Sommer begab es sich, dass es fast nie regnete, sondern eine Reihe der reinsten Tage war, nur zum Erdrücken heiß, sodass ich oft, im Schatten und ohne mich zu regen, von der bloßen Luft ganz müde und beängstigt wie auf einem langen Marsche wurde, so schwül und fast drohend war sie. Dann kroch ich wohl bisweilen zum See hin, badete, legte mich ins Boot, um zu trocknen, wo denn wieder das Blaue über mir war, sprang noch einmal ins Wasser, ließ mich auf dem Rücken treiben, wenn gegen Mittag sich der leise Wind erhob, und so verging mir in einem untätigen, doch manchmal geheimnisvoll erregten Zustande die Zeit. Da fiel mir eines Tages ein, einmal in die »Lucke« hinaufzusteigen. So heißt ein Geröll am Abhang des Berges, der sich hinter dem See erhebt. Unten ist der Berg bewaldet, oben beschneit, aber zwischen diesen zwei Zonen ist ein steiles Gebiet, anfangs noch mit Knieholz kümmerlich bewachsen, dann ganz öde, nur steinig. Sah ich nun vom Boote aus hinauf, so hatte, zwischen dem fast blau schimmernden Gipfel und dem tiefschwarzen Walde hinter dem See, gerade diese felsige Einöde, von der Sonne grell beschienen, einen großen Reiz für mich und nahm manchmal mit ihrer Wildnis einen fast bösen Zauber an, dem ich endlich nicht länger zu widerstehen mich eines Tages entschloss. Auch sollte von dort ein Steig hinüber zur grünen Alm führen, den ich suchen wollte, um den Ausblick ins andere Tal zu haben, das, viel freundlicher, sehr bewohnt, mit mehreren Dörfern und einigen Kirchen dem seit Wochen Einsamen, der Menschen Entwöhnten eine Abwechslung bieten konnte. Mühsam genug, manches Mal anhaltend, um zu verschnaufen, kletterte ich ohne rechten Weg, half mir dann rutschend an einem Stecken durchs Geröll und hatte nach zwei Stunden doch eine Stelle gewonnen, wo ich nun nach Herzenslust auf meinen stillen See herabsehen und mir ganz stolz vorkommen konnte. Nun dachte ich, wenn ich schon so weit war, es wäre gescheiter, gleich jenen Steig zu suchen, von dem man mir gesagt hatte, dass er zur Aussicht ins andere Tal führe. Ich fand ihn leicht, anfangs kaum ausgetreten, weiterhin gangbarer, hatte auch bald das schöne Bild zu genießen, ließ mich aber dann von einem Holzweg verlocken abzugehen, weil ich wissen wollte, wohin man da komme. Ich vermutete nämlich, so vielleicht um den ganzen Berg herum auf die andere Seite zu gelangen, wo mir dann nicht bang war, schon wieder einen Abstieg zur Lücke oder gleich zu meinem See herab zu finden. Ich hatte mich aber getäuscht oder merkte vielleicht nicht gut auf: Kurz, auf einmal kannte ich mich gar nicht mehr aus und hatte die Richtung ganz verloren. Umkehren wollte ich nicht und hielt es für das Beste, mich schnurgerade hinabzuwenden, wo ich ja doch irgendwo endlich ins Freie treten musste und mich dann schon, nach irgendeinem Berge, den ich erkannte, zurechtfinden konnte. So rannte ich denn, schon ungeduldig, quer durch den Wald, nach einer Lichtung spähend, als ich mich auf einmal wieder auf einem Pfade fand und, ihn verfolgend, plötzlich mit einer scharfen Wendung auf eine Wiese geführt ward, die, rings von Tannen eingeschlossen, hell um eine kleine Holzhütte grünte. Was sollte ich nun tun? Wieder im Walde, wäre ich wieder ohne Richtung gewesen, und auf gut Glück so fortzugehen, dauerte mir allmählich doch schon zu lange. Vielleicht war aber in der Hütte jemand zu finden. Ich wollte mich nähern, da erblickte ich drüben, dort, wo mein Steig sich auf der anderen Seite wieder in den Wald verlor, vor einem Marterl eine Gestalt, einen alten Mann, wie es schien, der da kniete und betete, recht wie ein Eremit anzusehen, da er, wie ich näherkommend bemerkte, nicht nach der Art unserer Bauern gekleidet war, sondern eine schmutzige, lange Kutte trug, wie die Slowaken haben. Ich war aber nicht in der Laune, mir darüber erst Gedanken zu machen, sondern froh, mich erkundigen zu können, rief ich ihn schon von weitem an. Er erschrak, wandte sich heftig um, und sich mit beiden Händen an dem Stamm haltend, richtete er sich mühsam auf. Ich sah nun, indem ich mich winkend näherte, dass er sehr alt war und, mit dem struppigen weißen Bart, den unordentlichen, langen Haaren, ein verwildertes und schlimmes Aussehen hatte, das man nur nicht gefährlich nennen konnte, weil er doch ganz hinfällig, ausgezehrt und gebrechlich schien. Indessen hatte er mich erblickt, riss die Augen auf, als ob ich ein Gespenst gewesen wäre, und kehrte sich mit einer Gebärde des Entsetzens ab, so gut es seine versagenden Füße erlaubten, nach dem Walde rennend. Ich konnte mir das nicht erklären, hatte aber nicht Lust, noch ein paar Stunden herumzuirren, und so setzte ich ihm nach und holte ihn mit ein paar Sprüngen ein. Als ich bei ihm war, warf er sich platt auf die Erde und grub sich förmlich mit dem Kopfe ein, sich von hinten mit den Händen bedeckend. Ich musste lachen, weil ich ihn gar nicht begriff, trat hinzu und sagte: »Aber Alter! Was habn S' denn? I tu Ihnen ja nix! Sie solln m'r bloß den Weg nach der grünen Alm zeigen. Also gschwind!« Dabei berührte ich ihn leicht mit meinem Stecken. Er aber sprang jetzt auf, als ob er mir an die Kehle fahren wollte, aufs Äußerste gereizt, keuchend und mit einem solchen Ausdruck von entschlossenem Zorn in den harten blauen Augen, dass ich unwillkürlich fester meinen Stecken ergriff, und so maßen wir uns einen Moment, aber dann, höchst betroffen, trat ich zurück, da ich ihn erkannte – ich wusste nur noch nicht gleich, wer es sein konnte, war aber sicher, ihn zu kennen. Und während ich noch nachdachte und mich, verwundert, ja erschrocken, nicht gleich fassen konnte, war er zu mir getreten, hob die gefalteten Hände flehentlich auf und schrie heiser: »Sie werden mich nicht verraten! Ich hab Ihnen doch nie etwas getan! Sie geht's ja gar nichts an, was kümmern denn Sie sich?« – »Aber Herr Sekretär«, sagte ich, denn nun wusste ich es auch schon, aber er ließ mich nicht reden, sondern am ganzen Körper zitternd, fuhr er fort, mich anzuflehen, dass ich ihm nichts tun sollte, und ich hatte die größte Mühe, ihm begreiflich zu machen, dass ich bloß den Weg zur Alm wissen wollte.

»Dort, dort!« schrie er, indem er mir die Richtung wies. »Aber gehn S' schon, gehen S'!« Und ich sah schon, dass mir nichts übrig blieb, als ihm nachzugeben, und kehrte mich ab, um den Weg zu betreten, den er mir gezeigt hatte. Kaum hatte ich aber, noch ganz verdutzt, ein paar Schritte gemacht, als ich hinter mir rufen hörte und, zurückblickend, ihn mir winken sah, der mir atemlos nachgehumpelt kam. Ich blieb stehen und erwartete ihn; er brauchte eine Zeit, um sprechen zu können, so erschöpft war er vom Laufen, und so erregt war er noch. Er hatte seine alte Hand auf meinen Arm gelegt, und ich fühlte, wie es ihm zuckend durch den ganzen Körper schlug. Ich war auch von der ganzen Szene noch so beklommen, dass ich nichts zu sagen wusste, sondern nur, um ihn zu beruhigen, gezwungen lachte: »Aber Herr Sekretär, was is Ihnen denn?« Endlich fasste er sich und sagte: »Entschuldigen Sie! Es is ja zu dumm von mir, Ihnen fällt das doch gewiss nicht ein, ich war nur früher so erschrocken, aber nicht wahr« – und er wurde wieder heftiger, und wieder drückte sein Blick jene fast drohende Angst aus – »nicht wahr, Sie geben mir Ihr Ehrenwort? Sie müssen mir Ihr Ehrenwort geben!« – »Ja!« antwortete ich verlegen, um ihn nur zu beschwichtigen, »aber was denn? Ich weiß ja gar net, was Sie eigentlich wollen.« – »Ihr Ehrenwort?« wiederholte er noch einmal, fast wild, und wieder fühlte ich seine dürren Finger zittern. »Ja!« – »Dass Sie es keinem Menschen sagen, keinem Menschen auf der Welt! Das geht die Leute nix an, ich hab recht gehabt, jeder wehrt sich schließlich!« Ich sah auf, so seltsam war sein Ton. Er konnte es nicht aushalten, er blickte scheu weg. »Ihr Ehrenwort«, wiederholte er nur leise, bittend. Ich gab ihm meine Hand: »Mein Ehrenwort!« Er hielt meine Hand fest und sagte noch einmal: »Keinem Menschen auf der Welt!« Ich bestätigte: »Keinem Menschen!« – »Danke«, sagte er still, dumpf, tief aufatmend, und ließ mich los. In einem ganz anderen Tone fuhr er dann fort: »Gehn S' nur immer den Weg da fort und in einer halben Stunde sind Sie in der Grünen Alm. Aber niemand weiß dort meinen Namen, sondern die Leute sagen nur ›der Professor‹. Und Sie haben mir Ihr Ehrenwort gegeben!« Dabei sah er mich prüfend an und zögerte einen Moment, aber ich fühlte wohl, dass er mir noch etwas zu sagen hatte. Nach einigem Kampfe entschloss er sich endlich und setzte ganz einfach, beinahe grob hinzu, indem er mit dem Kopfe nach der Hütte auf der Wiese hinter uns zeigte: »Kommen S' nächstens zu mir! An einem Dienstag! Jetzt is' schon besser, wenn Sie es genau erfahren! An einem Dienstag!« – »Schön, abgemacht«, sagte ich kurz. Aber er wiederholte noch einmal, fast belustigt: »Aber an einem Dienstag!« Ich nickte nur und ging meinen Weg, fast froh, dem Alten zu entkommen, den ich mir gar nicht mehr erklären konnte. Als ich mich dann umschaute, stand er noch immer, vorgebeugt, blickte mir nach und legte nun den hageren Zeigefinger an den Mund, Schweigen gebietend, und so sah ich ihn, sooft ich mich umkehrte, wie eine Bildsäule des Schweigens stehen, bis mir ihn eine Wendung des Weges entzog, der nun rasch freier und breiter wurde und mich bald zur lieblichsten Matte brachte.

Ich war die letzte halbe Stunde gerannt, ohne irgendetwas zu denken, ganz wirr; Ermüdung, Staunen, Schrecken hatten mich ganz betäubt. Ich wollte nur fortkommen. Erst als ich in der grünen Alm saß, fing ich an, mich nach und nach zu erinnern, mir nach und nach alles zu reimen. Es fiel mir jetzt ein, dass ich voriges Jahr einmal über den Sekretär reden gehört hatte. Es hieß damals, er sei wunderlich erkrankt und von Anverwandten fortgebracht worden, und ich weiß noch, wie schmerzlich es mich damals berührte, dass ein ganzer Kreis, in dem ich Schönes erlebt hatte, vom Schicksal auf eine raue und schreckliche Weise gesprengt und zerrissen worden war. Aber ich hatte es damals bald vergessen, wie es schon in der großen Stadt geht, wo die Forderungen des Tages so mächtig sind. Nun aber kam ich tief ins Denken an jenen Kreis, an jene Zeit. Und indem ich langsam, nur von einem Träger begleitet, in mein Jägerhaus zurückkehrte, war ich von lieblichen Gestalten, guten Erinnerungen wunderbar umgeben.

Ich muss aber jetzt sagen, wer der Sekretär war und woher ich ihn kannte. Doch bleibe er ungenannt, seiner Leute wegen, die sich in angesehenen Stellungen befinden. Er heiße Christian.

II

Ich hatte den Sekretär in einem Hause kennengelernt, in dem ich eine Zeit viel verkehrte, um eines Mädchens willen, das mir sehr wert war. Das ist wohl ein etwas preziöses Wort, ich weiß aber kein anderes, um eine Neigung zu bezeichnen, die manchmal von Liebe gar nicht mehr weit entfernt, aber doch durch Achtung und eine gewisse Scheu gemildert, gebändigt war. Das ist so merkwürdig: Wie ich es aussprechen will, kommt mir alles falsch und grob und unwahr vor, so zart und still und in keine Worte zu fassen war das Gefühl, das mich zu der jungen Dame wunderbar hinzog, ohne dass ich es mir selbst erklären konnte, indem ich wohl in der Ferne von ihr fast wie ein Liebender litt, aber sogleich, wie ich nur bei ihr eingetreten war, das dunkle Speisezimmer durchschritten hatte und nun in dem kleinen Gemäch neben ihr saß, wo sie sich meistens am Fenster mit Zeichnen oder Sticken oder sonst einem kunstvollen Spiele beschäftigte, dann sogleich ganz ruhig und heiter und jeder heftigeren Laune, jedes kühneren Wunsches unfähig war. Ich konnte dann stundenlang mit ihr allein sein, ohne auf so einen Gedanken zu kommen, wie sie einem in Gegenwart eines hübschen, jungen Mädchens eigentlich ganz natürlich sind. Ich hätte mich nie getraut, eine jener Berührungen zu suchen, durch welche man sich in solchen Fällen, und wäre es nur des Spaßes wegen, leise anzumelden pflegt. Ja, mehr als das: Ich konnte überhaupt gar nicht daran denken. Erst jetzt, bei der Erinnerung, wenn ich es mit anderen Beziehungen vergleiche, in denen ich sonst zu Mädchen oder Frauen gestanden bin, fällt es mir auf, und ich wundere mich ein wenig über mich selbst. Damals ist es mir ganz selbstverständlich gewesen. Das Schöne war eben gerade, dass ich mir gar nichts dabei dachte, gar nichts wusste, gar nichts wollte, mich nicht lange fragte, warum ich denn in dies Haus ging und bei diesem Kinde saß, sondern mich unbedenklich, unabsichtlich der süßen Gewalt einer stillen, frohen Anziehung ergab und in einem gelinden Taumel mir über nichts Sorgen machte, der schönen Stunden froh, ohne zu fürchten oder zu wünschen, dass es jemals anders werden könnte. Das Sonderbare war aber, dass es nicht bloß mir so ging, sondern auch allen anderen, die das Mädchen umgaben. Es war nämlich nach und nach ein ganzer Kreis geworden, ein förmlicher »Hof«, wie wir uns selber scherzhaft nannten, die sich um die kleine Königin mit Huldigungen bemühten: ein in der Stadt sehr bekannter Arzt, ein junger Beamter aus der Intendanz, ein Universitätsprofessor, ein Pianist und Christian und ich, lauter Leute, die schon über dreißig, aber alle noch unverheiratet waren und alle einem Gaste wohl als Bewerber um die Gunst des jungen Mädchens vorgekommen wären, während es doch keiner ernsthaft war, sondern einer nur den anderen mit lustiger Eifersucht verdächtigte. Jeder hatte das Air eines Liebhabers, keiner durfte doch oder wollte auch nur solche Ansprüche machen. Es kam vor, dass wir uns selbst, wenn wir bisweilen nachher in ein Kaffeehaus gingen, über unser Wesen, das doch gar keinen Sinn zu haben schien, spöttisch machten und einander fragten, was denn das eigentlich sollte, was wir denn eigentlich wollten. Dann meinte der eine wohl, es hätte gerade die Unschuld solcher spielenden Verhältnisse für Männer, die schon manches gekostet haben, einen besonderen Reiz; ein anderer erklärte resolut, dass wir einfach Hasenfüße wären und uns nicht trauten; der dritte kam auch mit einer sentimentalen Erklärung von reiner Zuneigung oder Seelenfreundschaft und solchen Dingen, durch die sich zartere, ängstlichere Naturen wohl manchmal täuschen lassen; aber alle wussten wir doch ganz genau, dass es das nicht war, dass es anders und mehr war, als irgendeiner sagen konnte. Damit man sich aber nun etwa nicht einen falschen Begriff mache, muss ich jetzt be-merken, dass unser Verkehr in jenem Hause keineswegs etwas Künstliches hatte und gar nicht geziert war, wie man etwa vermuten möchte, sondern es herrschte der natürlichste Ton, und in guter Laune ließ sich das Mädchen wohl auch ein-mal einen kaum mehr erlaubten Scherz, eine recht freie Geschichte unbedenklich gefallen, schon aus Schadenfreude, um zu sehen, wie sich der Sekretär aus der Verlegenheit zog, der das durchaus nicht leiden konnte. Er war es überhaupt, den wir nach ihrer Anleitung gern etwas zu sticheln und un-schuldig zu hänseln trachteten. Er verkehrte im Hause viel länger als wir alle und wurde als der Berater der Mama, der nach dem Tode des Vaters alles geordnet und die schwierige Auflösung des

Bankgeschäftes durchgeführt hatte und als der Verwalter ihres nicht großen, aber doch auskömmlichen Vermögens fast wie ein Onkel gehalten. Wie alt er damals war, könnte ich nicht angeben, da sich bei seiner strengen, pedantischen Haltung, bei seinem ausrasierten Gesichte eines Hofbeamten, das ebenso wohl einem gut konservierten Fünfziger wie einem verärgerten Dreißiger gehören konnte, darüber gar nichts vermuten ließ. Wir hielten es nur für ausgeschlossen, dass er noch im Ernste daran denken konnte, sich um ein Mädchen zu bewerben. Er schien uns zum Hagestolz, beinahe hätte ich gesagt zur alten Jungfer, geboren, und gerade deswegen war es uns ein Hauptspaß, so zu tun, als ob er der begünstigte Freier wäre und als ob wir ihn alle zu beneiden Ursache hätten. Er schien sich mit gutem Humor darein zu schicken, und ich bewunderte manchmal seine Laune, seine Geduld, wie er sich geschickt in dieser eingebildeten Rolle zu bewegen und unsere nicht immer sehr zarten Einfälle zu ertragen wusste. Wir trieben nämlich mit ihm den größten Unsinn, wie wir überhaupt nichts lieber taten, als einander zu necken, aufsitzen zu lassen, ja manchmal ganz barbarisch zu quälen, und ich habe mich oft gewundert, wie kindisch ernste Männer sein können und wie sie dann, wenn sie ein paar Stunden, wie man das in Wien nennt, »gedalkt« hatten, noch ganz glücklich waren und mit dem Gefühle eines »wirklich schönen Abends« nach Hause gingen. Aber in jenem Hause nahm eben alles, wie gewöhnlich es im Grunde sein mochte, einen eigenen Reiz, ja Zauber an. Warum, könnte ich nicht sagen. Es war so eine gesunde und gute Luft dort.

Im Scherze fragten wir uns wohl manchmal, was denn aus uns allen und dem heiteren Kreise werden solle, wenn sich das Mädchen verheirate. Dann wurde wohl beantragt, der Freier müsse sich vor allem bei uns melden, von uns geprüft werden und um unsere Zustimmung anhalten. Jeder zählte dann seine Forderungen, seine Bedingungen auf, und wir waren einig, sie nur einem bequemen Manne zu gönnen, der sich verpflichte, uns in unserem fröhlichen Leben durch seinen Eintritt nicht zu stören. Zum Schlusse hieß es aber bei solchen Gesprächen meistens, es werde ja doch niemand anderer als der Sekretär sein, der aber noch viel zu jung sei und erst gescheiter werden müsse, worauf ihn das Mädchen mit einer etwas verschmitzten Unschuld zu bitten pflegte, sich doch ein wenig zu tummeln. Doch waren wir so töricht, gar nicht daran zu denken, dass es jemals Ernst werden könnte; sondern lebten so im Dusel schöner Stimmungen dahin, bis eines Tages ihre Verlobung mit einem Hauptmanne im Generalstab uns aus allen Himmeln riss. Das kam nämlich so schnell, dass wir wirklich ganz betroffen waren. Sie hatte den Hauptmann, der aus einer Mailänder Familie stammte, die aber schon seit hundert Jahren in österreichischen Diensten stand, auf dem Lande kennengelernt, und als er dann im Herbste, nachdem sie zurückgekehrt waren, eines Abends unter uns trat, sahen wir wohl alle sofort, dass unsere Rollen ausgespielt waren. Ich kann mir nämlich nicht leicht einen Menschen ausdenken, der besser zu ihr gepasst hätte. Wenn man sich vorgenommen hätte, eigens einen Mann für sie zu erfinden, das richtige Gegenstück zu ihr, so hätte nichts anderes herauskommen können, als eben der Hauptmann war. Groß, sehr schlank, ja mager, aber stahlhart und von einer seltsamen ruhigen Energie in jeder Bewegung; keineswegs was man schön nennt, aber äußerst gewinnend im ganzen Ton, in jeder Gebärde, im Reden und im Schweigen; eigentlich von stillem Wesen, fast bedächtig, fast ein bisschen langsam, aber so, dass man sich unwillkürlich wünschte, in solche feste Arme genommen und durch das Leben getragen zu werden. Und wenn wir von ihr einmal erklärt hatten, sie sei gar kein besonderes Mädchen, sondern eben das Mädchen, weil sie eigentlich gar keine eigenen Eigenschaften hätte, sondern eben der reinste Ausdruck des Mädchenhaften wäre, so konnte man von ihm sagen, dass er eben der Mann war. Noch glich er ihr auch darin, dass er meistens zu scherzen schien, alles auf die leichte Achsel nahm, bei wichtigen Anlässen gerade nur das Nötigste sagte, ohne dass man deswegen je an ihm gezweifelt hätte, sondern man wusste sofort, dass er ein durchaus ernster und verlässlicher Mann war.

Er stand in Innsbruck, hatte nur ein paar Tage Urlaub, und da alles mit der Mama früher schon abgeredet schien, wurde die Hochzeit sehr beschleunigt, bevor wir armen Ritter noch recht zur Besinnung gekommen waren. Ich muss aber sagen, dass wir, bei allem Verdrusse, auf einmal deloglert zu sein, uns eigentlich doch ganz anständig benahmen, indem wir wirklich nicht neidisch waren, sondern uns herzlich des Glückes freuten, das zwei solche Prachtmenschen verbunden hatte. Nun, wir sollten das Glück nicht lange zu loben haben. Wir waren noch alle in der Kirche, nachher gab es ein heiteres Mahl, wo dann unter manchen Späßen unser Kind dem fremden Herrn übergeben wurde, dann verschwand das Paar, um den Express nach Innsbruck zu benützen, der drei Stunden später hinter Melk entgleiste: Unter den Toten war der Hauptmann, die junge Frau wurde gerettet.

Wie das eigentlich geschehen war, haben wir nie erfahren. Ich fuhr, gleich nachdem die schreckliche Nachricht gekommen war, mit ihrer Mama nach Melk, konnte aber nicht mit ihr sprechen, da sie sich in einem Zimmer des Gasthofes abgesperrt hatte und nicht zu bewegen war, irgendjemanden als ihre Mutter zu sehen, auch sich bei dem Begräbnis nicht zeigte, sondern gleich nach Torbole reiste, wo der Hauptmann ein Schloss besaß, das sie seither noch nicht verlassen hat. Von den Bahnleuten hörte ich nur, dass der Express in einen Lastzug hineingefahren war, wobei die ersten Wagen völlig zertrümmert wurden, der Schlafwagen aber, in dem sich das Paar befand, förmlich in die Luft gehoben, in der Luft durch den Stoß umgedreht und auf die Seite, eine Böschung hinab, geworfen worden war; die Reisenden hatten nur ein paar Stöße gespürt und waren bis auf ein paar Quetschungen unverletzt herausgezogen worden. Nur den Hauptmann fand man tot; er musste in das Fenster gefallen oder es mochte irgendein spitziger Gegenstand auf ihn gestürzt sein: Denn er hatte eine Wunde am Halse.

Ich schrieb später ein paar Mal an die junge Witwe, um mich nach ihrem Befinden zu erkundigen, erhielt aber nur ein Schreiben der Mama, sie lasse mir danken, sei aber unfähig, mir zu antworten, da sie durch nichts erinnert werden wolle. Ich versuchte es später noch einmal, ohne besseren Erfolg. Nach und nach gewöhnte ich mich daran, an sie nur wie an eine liebe Tote zu denken, und höchstens, wenn ich einem aus jenem Kreise wieder einmal auf der Gasse begegnete, fielen mir die alten Erinnerungen ein. Dies war aber sehr selten, da wir jeder einer anderen Welt angehören, anderen Geschäften nachgehen, andere Orte besuchen, und so wurde nach und nach jene ganze

Zeit in mir ausgewischt. Wie oft verlieren wir ja Dinge, ohne die wir gar nicht leben zu können glaubten, und leben doch weiter, andere gewinnend, die wir auch wieder verlieren werden, und so immerfort, nichts bleibt, nichts hält aus, nichts ist treu, wir selbst sind es ja auch nicht.

Jetzt aber war durch jene merkwürdige Begegnung mit dem Eremiten, in dem ich den Hofsekretär erkannt hatte, die ganze alte Zeit in mir aufgewacht, und ich sah ihre Personen wieder, hörte unsere Scherze wieder, und wenn ich nun in den nächsten Tagen mich im Boote vom Winde treiben ließ, tauchten hundert Schatten auf, schwebten tausend Erinnerungen hervor.

Ich erinnerte mich nun, dass ich den Sekretär seit jener Zeit nur ein paar Mal im Burgtheater bei Nachmittagsvorstellungen an Sonntagen gesehen hatte, die er ungern versäumte. Wir hatten uns aus der Ferne begrüßt, aber nichts miteinander gesprochen, uns eher vermieden, weil das ja ein so ungeschicktes Gefühl ist, wenn man einmal mit jemandem intim gewesen und es nicht mehr ist, wo man nun gar nicht weiß, wie man sich verhalten, was man sagen soll, und höchstens auch noch das Alte zerstört. Ich war der Meinung gewesen, er werde sich eben mit der Zeit einen anderen Kreis gesucht haben, da ich ja wusste, dass er in vielen Familien gerne gesehen war, oder er habe sich mit einer seiner Liebhabereien getröstet, wie er ja von je ein eifriger Sammler alter Stiche und seltener Wiener Drucke gewesen war. Schließlich machte ich mir darüber auch weiter keine Gedanken, da man ja um so pünktliche Menschen nicht besorgt, sondern ganz ruhig ist, dass sie sich aus allen Lagen schon wieder zurechtrücken werden. Dass ich ihn jemals so verändert, ja verstört finden würde, hätte ich mir nicht träumen lassen, und ich hatte auch gar keinen Anhalt, zu erraten, zu vermuten, was denn mit ihm geschehen sein konnte oder was er denn getan haben mochte.

In der Grünen Alm, wohin ich nach ein paar Tagen wieder kam, brachte ich das Gespräch mit einem Knecht auf den »Professor«, wie er mir ja gesagt hatte, dass er bei den Leuten hieß. Da war nun aber nicht viel zu erfahren. Man wusste nichts, als dass er vor zwei Jahren, von einem fremden Herrn begleitet, in die Gegend gekommen war und einige Tage in der Alm logiert hatte. Dann war der Fremde zu dem Förster gegangen, um diesem jene Hütte auf der Wiese abzumieten, und weil der Förster keine Verfügung hatte, sondern ihn an den Herrn wies, dem die Jagd gehörte, war der Fremde zu diesem, einem jungen Grafen, nach Graz gefahren und nach einer Woche, während der Professor die Alm nicht verließ und sich vor gar keinem Menschen zeigte, mit einem Schreiben des Grafen an den Förster zurückgekommen. Seitdem lebte er in jener Hütte, von einem blödsinnigen, halb vertierten Burschen bedient, den der Fremde im anderen Dorfe drüben für ihn aufgenommen hatte. Der Fremde aber war abgereist und hatte sich seitdem nicht mehr gezeigt. Man wusste nur, dass an den Förster regelmäßig Geld von Wien aus geschickt wurde. Übrigens meinte der Knecht, es sei gar kein Zweifel, dass der Alte verrückt sei, aber ein harmloser Narr, der nichts tue, als den ganzen Tag vor dem Marterl knien und beten. Abends sitze er manchmal vor der Hütte und weine schrecklich, dass er einem wirklich leid tue. Aber man dürfe nicht versuchen, sich ihm zu nähern oder gar zu fragen, was ihm fehle: denn dann fange er zu toben an und habe einmal Kinder, die sich beim Beeren-suchen auf seine Wiese verirrt hatten, unter entsetz-lichem Geheul mit seinem Stecken bedroht und mit grässlichen Verwünschungen bis auf die Alm herunter verfolgt, wo sie denn atemlos und schreiend ankamen und man Mühe hatte, den Rasenden, der ganz außer sich war, mit Schlägen und Stößen zu bändigen und zu vertreiben. Seitdem habe der Förster angeordnet, dass niemand mehr die Wiese betreten solle, und nun scheine der alte Narr sich mit dem blödsinnigen Burschen ganz gut zu vertragen, und man habe schon lange nichts mehr von ihm gehört.

Das alles klang mir nun so unwahrscheinlich, dass ich es kaum glauben konnte. Verrückt, wild, boshaft, das waren lauter Dinge, die zu allem, was ich von dem Sekretär wusste, wie ich diesen strengen und genauen und fast ein bisschen pedantischen Beamten kannte, so gar nicht passten. Kann denn ein Mensch plötzlich sein ganzes Wesen verlieren und ein anderes bekommen? Er kann ver-stört werden, durch Unglück oder Schuld, aber der Gedanke lässt sich doch kaum ausdenken, dass ein Guter plötzlich bös werden, dass einer die Grund-linien seiner Natur sollte verleugnen oder verlieren können. Vor so einem Gedanken schaudert man so zurück, weil man dabei unwillkürlich an sich selbst denkt. Die einzige Möglichkeit zu leben, ist doch nur in der Gewissheit, dass manche Dinge für uns ganz ausgeschlossen sind, dass sie uns nicht ge-schehen können, weil uns unser Wesen davor be-wahrt. Wenn es aber möglich ist, dass wir uns heute schlafen legen, und morgen steht mit uns, in uns ein ganz anderer Mensch auf, wovor können wir uns dann noch sicher fühlen?

III

Ich fand den Sekretär vor seiner Hütte auf dem Boden liegen, in der schmierigen Kutte hingestreckt, den Kopf an die Tür gelehnt. Als er mich oben aus dem Walde treten sah, richtete er sich auf, ging mir entgegen und nötigte mich, in die Hütte zu kommen. In diesem engen und niederen Raum, der nur einen Herd, ein unordentliches Bett und eine Kiste enthielt, war aber ein solcher Qualm, eine so dicke und widerliche Luft, dass ich nicht bleiben konnte, sondern ihm vorschlug, uns doch lieber auf die Wiese oder in den Wald zu setzen. Er schien Angst zu haben und wollte mich durchaus bereden, es doch zu versuchen, bis ich einfach hinausging, es ihm überlassend, ob er mir folgen wollte. Dies tat er endlich, nachdem er zuvor den blödsinnigen Burschen mit einer Besorgung in die Alm fort-geschickt hatte, ihm unter schrecklichen Drohungen verbietend, vor einer Stunde heimzukehren. Der Blödsinnige humpelte weg, dann trat Christian aus der Tür, eine abgegriffene Ledermappe unter dem Arm, den er steif an den Leib presste, sah scheu über die Wiese nach dem Walde, winkte mir, ihm zu folgen, und lud mich ein, mich mitten in der Wiese neben ihn zu setzen, wo wir denn in der ärgsten Sonne waren, aber dafür jeden, der von irgendeiner Seite aus dem Walde treten mochte, sogleich erblicken mussten. Bisher hatte er mich mit einer fast altväterischen Artigkeit behandelt, die ganz seiner früheren pedantischen und dienst-beflissenen Art entsprach. Nun aber riss er mich plötzlich am Arme, grinste widerwärtig und, indem er fast in mich hineinkroch, zischelte er mir ins Ohr: »Dienstag! Erinnern Sie sich? An einem Dienstag ist es gewesen. Da hab ich ihn ermordet. Den Dienstag hab ich gern!« Und er rieb sich vergnügt die Hände, dabei immer jene Mappe steif unter dem linken Arme haltend.

Ich sprang auf, seine Nähe war mir unerträglich. Er erschrak heftig und, seine Furcht benützend, wies ich ihn an, hier sitzen zu bleiben, ich wollte rauchend neben ihm auf und ab gehen. Er hatte Angst, dass uns jemand hören könnte. Ich antwortete, dass wir doch ganz allein wären, und gab es ihm übrigens frei, ob er es mir auf diese Weise erzählen oder lieber ganz schweigen wollte, machte auch schon Miene, mich zum Walde hin zu entfernen. Da fing er zu wimmern und zu betteln an, war mit allem einverstanden und begann zu erzählen.

Das heißt, erzählen kann man das eigentlich nicht nennen. Er sprach ganz so, wie man träumt: manchmal durchaus klar, mit peinlicher Ordnung aller Gedanken, sehr verständig, sehr genau und mit allen Details, aber plötzlich abreißend, ausspringend, das Wichtigste vergessend, sodass man auf einmal gar nicht mehr wusste, woher denn das Folgende gekommen war, das sich aber jetzt wieder in aller Ordnung und mit der größten Genauigkeit abspielte und abspann. Ganz unbeträchtliche Dinge behandelte er höchst geheimnisvoll und wollte sie mir ins Ohr sagen können, sodass ich ihn mit aller Strenge von mir ab und auf seinen Platz zurückweisen musste. Dann beutelte er sich wieder vor Lachen und schrie laut, dass man es bis in den Wald hinauf gehört hätte. Manchmal hatte er ganz den akkuraten und gesitteten Ton, den ich so viele Jahre an ihm gewohnt gewesen war, aber dann schien plötzlich eine böse Macht über ihn zu kommen, er schüttelte sich, der Unterkiefer gab, vorgeschoben und vorhängend, seinem ganzen Gesichte etwas

Tückisches, und er war wie ein Besessener, schauer-
lich und skurril zugleich, anzusehen. Dann verwirrte sich auch alles, er erzählte Späteres früher,
griff vor, schob ein, fing plötzlich von den Bauern
hier zu reden an, bedauerte, dass er die Kinder, als
er sie hinunter in die Alm jagte, nicht eingeholt und
zerrissen hatte, trommelte auf der Mappe und
schien sich mit irgendeiner in der Mappe ein-
gesperrten Person zu unterhalten, sie zu verhöhnen,
ihr schadenfroh Vorwürfe zu machen, sodass ich
die größte Mühe hatte, in den verschlungenen
Worten einen Faden zu finden, um doch nach und
nach das Ganze anzuknüpfen.

Das Ergebnis war schließlich Folgendes:

Erstens wurde mir klar, dass er sich seit Jahren
als den stillen Verlobten jenes Mädchens betrachtet
hatte. Ich konnte mir schon ungefähr vorstellen, wie
das gekommen war. Er mochte sich lange nicht getraut haben, sich selbst sein Gefühl einzugestehen,
und hatte dann wohl eine große Angst, sich vor der
Zeit zu verraten und so, wenn sie etwas merkte,
alles zu verderben. Er beschloss also, auf eine, wie
er meinte, sehr feine Art, sich vorerst zu versichern,
ob sie ihm gewogen war, und legte schüchternen
Huldigungen, Blumen, die er brachte, Billetten, die
er besorgte, Begleitungen ins Konzert, offenbar eine
Bedeutung bei, die sie nur für ihn hatten, während
das junge Mädchen sie als eine Galanterie aufnahm,
bei der man sich gar nichts zu denken hat. Mich
frappierte nun vor allem sein Gedächtnis: Er wusste
das Datum der kleinsten Dinge. In dem und dem
Jahre hatte sie an dem und dem Tage bei der und
der Gelegenheit das und das gesagt, irgendeine
nichtige und harmlose Bemerkung, die er nun aber
auf eine andere bezog, mit einer anderen verglich,

die sie drei Monate, ja ein Jahr später getan, und aus lauter solchen nichtigen Sätzen baute er nun mit einer unheimlichen Logik einen Zusammenhang auf, in dem plötzlich alles einen ganz anderen Sinn bekam, plötzlich alles ein Wink oder ein Wunsch oder ein Versprechen ward. Er kam mir wie ein Untersuchungsrichter vor, in dessen Händen jedes unbefangene Wort zum Beweis und aus lauter Zufälligkeiten ein Strick gedreht wird. Die Sache wurde noch ärger dadurch, dass er Worte oder Handlungen des Mädchens offenbar auch auf Dinge bezog, die er sich nur gedacht hatte. Er liebte zum Beispiel leidenschaftlich die Musik, hatte da aber sehr starke Sympathien und Antipathien, die er jedoch als ein höflicher Mann niemandem aufdrängen wollte, ja kaum gelegentlich einmal aussprach. Wurde nun abends Musik gemacht, und es traf sich, dass irgendjemand in der Gesellschaft sich ein Lied, das er nicht mochte, von dem Mädchen zu hören erbat, sie aber aus irgendeinem Grunde nicht wollte und etwa gar noch ein anderes sang, das ihm lieb war, so nahm er dies als ebenso viele geheime Zeichen von Gunst, Winke, dass er nicht verzagen sollte, Ermunterungen auf, und an einem solchen Abend hatte er selig in sein Tagebuch geschrieben: »Heute hat mir Caroline unzweideutig ihre Liebe gestanden.« Da er nun selbst so genügsam war und in jedem Blick, in jedem Bändchen, das sie ihm einmal lachend schenken mochte, schon ein Zeichen sah, nahm er dasselbe von ihr an, rechnete damit, dass auch für sie das Gewähren oder Versagen irgendeiner gleichgültigen Bitte dieselbe tiefe Bedeutung hatte wie für ihn, und lebte sich so in ein ganz eingebildetes Verhältnis ein, das immer ernster, immer fester wurde, bis er bald nicht mehr zweifelte, sie an den Altar führen zu dürfen, sobald er nur Hofrat geworden wäre. Das war nämlich die zweite fixe Idee von ihm: Irgendwie hatte er zu entnehmen geglaubt, dass ihr oder vielleicht auch nur der Mama sein Rang nicht genüge und er erst noch um eine Stelle vorrücken müsse, um mit seiner Bewerbung öffentlich werden zu dürfen. Daher hatte er ja auch jene Denkschrift über die Ersparungen im Hofhalte ausgearbeitet, von der er uns, wie ich mich jetzt erinnerte, damals mit besonderer Vorliebe erzählte, wo wir denn einige Zeit den größten Spaß mit allerhand tollen Vorschlägen hatten, wie man vielleicht an Zündhölzchen oder Federhaltern noch die größten Ökonomien machen könnte. Ihm aber war es Ernst, weil er nur so hoffen konnte, sich auszuzeichnen und mit einem Sprunge seine sämtlichen Vormänner im Amte einzuholen.

Als nun eines Abends der Hauptmann in unseren Kreis trat, meinte Christian, es sei nur auf eine Prüfung abgesehen. Prüfungen spielten nämlich überhaupt in seinen Gedanken eine große Rolle. Er erzählte mir eine Menge Sachen, die er getan hatte, um Caroline zu prüfen, allerdings so seltsam, dass ich mich abwenden musste, um ihm nicht ins Gesicht zu lachen. Er malte sich nämlich sein ganzes künftiges Leben mit ihr aus und erdachte mit dem größten Scharfsinn alle möglichen Fälle, die später einmal ihr Glück stören könnten und denen er, eben durch solche Prüfungen, vorbeugen wollte. Er fragte sich also etwa: Wie wird sie sich benehmen, wenn man mich bei ihr verleumdet und ich irgendwie verhindert werde, mich sogleich zu rechtfertigen, meine Unschuld sogleich zu beweisen? Um das zu erfahren, erzählte er nun abends ziemlich auffällig, dass er gestern in der Josefstadt gewesen, nannte irgendeine Choristin und fügte hinzu, sie habe sehr gut gespielt, dies so oft und so lange wiederholend, bis richtig einer von uns die kleine

Choristin verdächtig zu finden und ihn mit ihr zu necken anfing, worauf er nun Caroline auf das Schärfste beobachtete, die natürlich höchstens dazu gutmütig lachte oder ihm mit dem Finger drohte. Dann ging er selig nach Haus und schrieb in sein Tagebuch: »Fest und treu; golden. Verleumdungen werden unserem Glücke nichts anhaben können.« Am nächsten Tag aber sagte er auf einmal mit einem bedeutsamen Blick: »Es ist ja gar nicht wahr, ich war neulich gar nicht in der Josefstadt«, und nun brauchte sie ihn nur noch am selben Abend zu bitten, er möge ihr morgen ein Buch aus der Leihbibliothek besorgen, und er deutete sich das wieder als eine Antwort in seinem Sinne aus, dass sie ihn verstanden habe und er sich nicht ängstigen solle, sie werde in allen Intrigen ausharren.

Er fasste also den Hauptmann, alle unsere Vermutungen, die wir an sein Erscheinen knüpften, ja die Verlobung selbst und die Anstalten zur Hochzeit als eine letzte Prüfung auf, durch die er, wie er sagte, beweisen sollte, ob er »gediegen« sei. Ich konnte mich nicht enthalten, ihn da doch zu unterbrechen und zu fragen, wie er sich das eigentlich gedacht hatte, ob er denn keinen Moment misstrauisch geworden war, ob ihm denn nicht eingefallen war, dass man doch nicht vor der ganzen Stadt eine Komödie aufführen, Karten drucken und den Geistlichen bestellen kann. Er glaubte aber noch heute fest daran, dass Caroline es nur als eine Prüfung gemeint hatte; das sei ja eben die ungeheure Schurkerei des Hauptmanns gewesen, dass er sie so schändlich betrogen, ihr Vertrauen getäuscht habe und nicht, wie es ausgemacht gewesen, am Altare zurückgetreten sei.

Von diesem Moment an wurde seine Erzählung wieder eine Strecke lang ganz klar. Er hatte erwartet, dass sich in der Kirche alles aufklären und nun die große Belohnung für seine gute Haltung kommen werde. Als nun die beiden aber die Ringe wechselten, habe es ihn, während er bis dahin gefasst, ja heiter und voll froher Erwartungen gewesen, plötzlich durchschossen: wie aber, wenn der Hauptmann ein Schurke wäre? Da sei ihm aber eingefallen, einmal gehört zu haben, dass es ja auch eine Heirat durch Stellvertretung gibt; er habe nun gedacht, dass man das Ganze erst bei dem Diner aufklären wolle, sei aber doch schon sehr erregt gewesen, weil er es undelikat fand, eine Probe so weit zu treiben, was ihn sogar einen Augenblick an Caroline irre gemacht habe. Während wir uns zum Essen setzten, sei er eine Zeit im Zimmer daneben auf und ab gegangen, um sich zu beruhigen und die notwendige Fassung zu erringen. Dabei habe er auf dem kleinen Schreibtische der Mama eine Fotografie des Hauptmanns erblickt und, da er schon Verdacht hatte, an sich genommen, um gewissermaßen seinen Zügen abzusehen, ob man ihm ein solches Verbrechen zumuten könnte. Da sei jemand eingetreten, um ihn zu rufen, und er habe das Bild gedankenlos eingesteckt. Beim Essen sei er nun wie in einem schweren Dunst dagesessen und habe seine ganze Kraft gebraucht, um nicht aufzuschreien, es sei genug, man solle doch aufhören. Und nun verwirrte sich seine Darstellung wieder. Es muss jetzt jemand vom Schlafwagen gesprochen, vielleicht auch eine freie Anspielung gemacht haben, wie man sich sie wohl, wenn der Wein kommt, bei Hochzeiten erlaubt. Jedenfalls wusste er plötzlich gar nichts mehr, als dass er ein Bild gesehen habe, das er mir genau beschrieb. Er beschrieb mir das Innere eines Schlafwaggons, oben das Tuch vors Licht gezogen, am Fenster aber einen Säbel hängend und daneben die Hose eines Militärs. Mit diesem Bilde sei er stundenlang in der Stadt herumgeirrt, wie lange, wisse er nicht, und dann endlich, völlig erschöpft und sinnlos, zu Hause in seinen Kleidern auf sein Bett gefallen, dann aber, vielleicht nach Stunden, plötzlich durch einen Druck oder Stich am Beine erwacht. Da habe er in die Tasche gegriffen, einen festen Gegenstand gefühlt, herausgezogen, Licht gemacht und nachgesehen. Als er nun die Fotografie erblickte, sei auf einmal wieder jener Waggon, die Lampe verhängt, der Säbel leise, am Fenster baumelnd, über der Hose, da gewesen, und jetzt habe er in grässlicher Wut ein Messer an sich gerissen und den Hauptmann erstochen.

»Sie sind ein Narr, Christian«, sagte ich trocken.

»Warum denn?«, fragte er, ganz sachlich, indem er ruhig zu mir aufsah.

»Weil Sie ...« Ich wollte ihm heftig entgegnen, aber er unterbrach mich gelassen? »Warten Sie! Ich hab ja den Beweis.« Er sagte dies ganz stolz. Seine bösen Augen funkelten, und mit wilder Freude zog er einen kleinen Schlüssel aus der Tasche, sperrte die Mappe auf, griff tief hinein, wickelte aus einem weichen Papier eine Fotografie und reichte sie mir. Es war ein Bild des Hauptmannes, am Halse durchbohrt. Ich gab es ihm zurück, er schloss es wieder ein. Seine Miene war jetzt ernst geworden, er sah traurig vor sich hin. Dann schüttelte er sich, zuckte leicht die Achseln und sagte: »Er hat es verdient.«

Ich wollte nun doch versuchen, ob es nicht möglich wäre, seinen Wahn durch Verstand zu widerlegen. »Lieber Freund«, sagte ich, »passen Sie einmal auf! Nicht wahr, das wissen Sie doch: Der Zug, in dem Caroline mit dem Hauptmann fuhr, ist entgleist oder in einen anderen Zug hineingefahren, ich erinner mich nicht mehr so genau ...«

Ungeduldig sagte er: »Das war doch später! Da war der Hauptmann schon tot. Das war ja mein Glück. So weiß es niemand als Caroline, und die wird nichts sagen, weil sie froh ist, dass ich sie verschont habe. Das hat eben das Schicksal so gefügt, das mit der Entgleisung, um mich zu schützen, weil es meine Tat billigt. Er hat es verdient.«

Ich gab aber nicht so leicht nach und meinte, ihn durch ein scharfes Verhör doch auf einen Punkt zu bringen, wo er mir nicht antworten konnte; war nur einmal eine Masche zerrissen, so ging, glaubte ich, das ganze Netz auf.

Da warf er mir plötzlich ein: »Ja, wie wär denn dann die Polizei auf meine Spur gekommen?«

»Die Polizei?« fragte ich betroffen. »Hat denn die Polizei ...?«

»Natürlich«, sagte er fast lustig, »natürlich war sie schon auf der Spur, nur bin ich eben gescheiter.« Und er lachte vergnügt in sich hinein.

Nun erfuhr ich erst, dass er zunächst ganz ruhig fortgelebt hatte. Er fühlte sich sicher, Reue empfand er nicht, und so ging er ruhig in sein Amt und seinen Gewohnheiten nach, im Inneren noch durch den Glauben an einen Wink des Schicksals befestigt, den er in jener Entgleisung sah. So hatte er schon ein ganzes Jahr verlebt, als er eines Abends, spät noch wach und mit seiner Sammlung beschäftigt, unten im Hofe ein ungewöhnliches Geräusch vernahm und, ans Fenster tretend, im Tor zwei Männer mit dem Hausmeister sprechen hörte, deren Flüstern er nicht verstehen konnte, die er aber als Polizisten erkannte. In namenloser Angst sei er sofort aus dem Zimmer gestürzt, auf der Stiege in eine Nische gekrochen und da zusammengekauert geblieben, bis die Männer, die sich offenbar geirrt hatten und einen Stock höher gingen, vorüber waren, dann aber atemlos, so wie er war, ohne Hut und Rock, zu seinem Bruder gerannt, dem er alles gestanden und ihn zu retten, um der ganzen Familie willen, beschworen habe. Von ihm begleitet, sei er dann in diese Gegend geflohen, während die Polizei das Nest leer gefunden und nun in ihrem Verdrusse einen Kammerdiener im dritten Stock verhaftet habe, der irgendetwas gestohlen haben sollte.

IV

So seltsam diese Begegnung war, hatte ich sie doch mit der Zeit vergessen, als ich heuer im Winter schmerzlich an sie erinnert wurde. Ich bekam eines Tages einen Brief; in den runden, mehr gemalten als geschriebenen Buchstaben der Adresse erkannte ich sogleich Carolines Hand. Sie war in Wien, blieb nur einen Tag, und ich sollte sie im Matschakerhof besuchen; wir wollten wieder einmal beisammen sein, wie damals. Ich eilte hin, die Freunde waren schon versammelt, und ich wunderte mich eigentlich, sie so gar nicht verändert zu finden. Wäre sie nicht schwarz gekleidet gewesen, so hätte ich denken können, das alles nur geträumt und sie erst gestern noch gesehen zu haben. Sie hatte noch ganz denselben stillen und heiteren Ton, dasselbe freundliche und ungetrübte Wesen. Kaum an einem leisen Zucken des Augenlides bemerkte ich später doch, welchen Zwang sie sich antat, und dann erzählte mir ihre Mama, dass sie seit Monaten schwer erkrankt sei, oft tagelang in einem starren Zustand liege, ohne sich zu bewegen, ohne einen Menschen ertragen zu können, und wenn sie sich beherrsche, dies nachher mit entsetzlichen Qualen zu büßen habe; es sei aber doch gut für sie, wenn sie manchmal sich zu beherrschen gezwungen werde, weil sie dann wenigstens momentan ihre Schmerzen vergesse, gleichsam wie ein Schauspieler, wenn er aus der Kulisse tritt, kein Zahnweh mehr spürt; im Übrigen sei ihre letzte Hoffnung ein Arzt in Thüringen, nach dessen Sanatorium sie am nächsten Tage abreisen wollten.

Wir unterhielten uns natürlich von der alten Zeit und erinnerten uns mancher Vorfälle, mancher Scherze von damals, die Caroline in bester Laune beschrieb. Da geschah es, dass einer der Freunde davon sprach, wie man sich in der großen Stadt völlig verlieren, wie da jemand förmlich in die Erde hinein versinken und verschwinden könne, und nannte Christian, von dem man gar nichts mehr höre, den man nirgends sehe. In diesem Augenblick ging Caroline, eine Tasse Tee in der Hand, gerade an meinem Stuhl vorbei. Als der Name Christians ausgesprochen wurde, glitt sie, wie es schien, auf dem Boden aus, ich fing sie auf und fragte sie besorgt. Sie war aber gleich wieder gefasst, schüttelte leise den Kopf und atmete einige Sekunden sehr tief. Dann sagte sie, scheinbar ganz ruhig: »Bitte, reden wir nicht von ihm: Er ist ein schlechter Mensch!« Und mit feinstem Takt wusste sie sogleich dem Gespräch eine lustige Wendung zu geben; ich wunderte mich aber doch, da ich sie niemals so hart über einen Menschen hatte urteilen hören. Mir war dabei ganz kalt geworden.

Den ganzen Abend konnte ich es nicht vergessen. Als ich dann allein nach Hause ging, hörte ich immer noch das: »Er ist ein schlechter Mensch!« Und ich sah immer noch ihren Blick. Wie merkwürdig sie das gesagt hatte! Ganz kurz, gewaltsam ruhig, aber so gepresst und mit einem solchen Zittern in der mühsamen Stimme! Und ein Blick, schief und starr und so gehetzt, so gequält – dieser abscheuliche Blick! Was war das gewesen? Sie hatte doch Christian seitdem nicht gesehen. Und sie hatte ihn doch immer gern gehabt. Warum also plötzlich? Wusste sie von seiner Einbildung? Kannte sie seinen Hass? Hatte sie ihn vielleicht damals schon, bei dem Mahle nach der Hochzeit, instinktiv gespürt? Wusste sie, dass er das Bild gestohlen hatte? Und erriet sie, ahnte sie? Oder – oder –? Ich erschrak vor mir selbst, wie meine Gedanken sich verwirrten. Hatte mich der Narr mit seinem Wahne angesteckt? Und – und wenn es kein Wahn war? Wenn er ihn wirklich, durch eine ungeheure Anstrengung seines Willens, getötet hatte? Wer kennt unsere Grenzen? Wenn vielleicht eine Leidenschaft in uns so stark werden kann, dass sie gar kein Mittel, kein Werkzeug mehr braucht, sondern aus eigener Kraft wirkt, unmittelbar, auch in die Ferne, durch den bloßen Entschluss? So absurd wurden in jener Nacht meine Gedanken verwirrt. Ich sprang aus dem Bette, ich stieß das Fenster auf. Draußen war die stille Nacht, es glänzte vom Himmel. Aber ich fürchtete mich.

Am anderen Tage kam ich noch einmal hin, um die Damen auf die Bahn zu bringen. Während die Mama im anderen Zimmer packte, saß ich mit Caroline allein, die in einen schweren Mantel und in Decken eingehüllt war, weil sie immer so fror. Sie schenkte mir eine kleine Zeichnung von ihr, einen italienischen Buben darstellend. Ich sollte sie zum

Andenken bewahren. Diese einfachen Worte betonte sie so merkwürdig, dass ich erschrak. »Ja, ja«, sagte sie lächelnd, »Adieu!« Ich fing an, sie zu schelten und zu beschwichtigen und den berühmten Doktor in Thüringen zu loben, und was man eben in solchen Momenten zu sagen hat. Sie schüttelte aber nur leise lächelnd den Kopf und sagte dann: »Ich hab ohnehin lange genug zum Sterben gebraucht. Denken Sie nur: fast sechs Jahre! Tot bin ich doch eigentlich schon seit damals!« Und nach einer Pause wiederholte sie, mit einer langsamen Bewegung der Hand ins Leere, ins Weite: »Seit damals.«

Ich war unfähig, gegen diese Ruhe und Gewissheit etwas zu sagen. Mit einem wahren Ingrimm murmelte ich nur, mehr zu mir selbst: »Das Schicksal ist so stupid ...«

Aber sie sagte: »Lassen Sie das Schicksal in Ruh! Das ist es nicht. Nein, das ist es nicht!«

Und nach einer Weile setzte sie ganz leise hinzu, indem sie sich fast geheimnisvoll zu mir neigte: »Aber die Macht böser Menschen ist größer, als wir gewusst haben.«

Drei Wochen später schrieb mir der Thüringer Arzt, dass sie gestorben war. Von dem Sekretär habe ich nichts mehr gehört.

Lenke

Die Kellnerin setzte das Licht auf den Tisch
und sagte: »Einen schönen guten Abend die
Herren!«

Aber keiner antwortete.

Sie wischte den vergossenen Wein auf. Dann
fragte sie: »Noch einen Schoppen, Herr Hofrat?«

Der fuhr auf, als ob er sich gar nicht besinnen
könnte. Dann erkannte er das niedrige Gemach, den
Tisch, die Freunde. Und er sagte in seiner gemessen
höflichen Art: »Ja, Jungfer Kellnerin!«

Da lachte der große dicke Schulrat und sagte:
»Was, Jungfer Kellnerin, heute wärst' auch lieber bei
deinem Kind?«

Sie machte sich los. Der Hofrat kratzte mit dem
Daumen den Tisch. Der Schulrat verstand, dass dies
Missbilligung war. Er gab es auch zu. »Nun ja«,
brummte er. Aber dann: »Weil auch heute keiner
einen Ton sagt!«

Dann waren sie wieder ganz still. Der kleine
Hofrat hielt den Kopf schief herab, indem er mit den
Fingern aus Brot ganz winzige glatte Kugeln drehte.
Der Schulrat stieß den Dampf aus seiner langen
Pfeife. Der alte Major sah starr durch das kleine
Fenster in die Nacht hinaus. Es hatte ganz leise zu
schneien angefangen. Nun war auf dem alten
Brunnen der Wassergott schon ganz eingehüllt. Nur
ganz oben sah sein langer Spieß mit den drei
Zacken noch heraus. Immer langsamer, immer
dichter schneite es. Nun schienen die Flocken gar
nicht mehr zu sinken, sondern in der gelblichen Luft

hängen zu bleiben. Bis es wie ein großes weißes
Netz mit engen Maschen war, vor die weite Welt
gespannt, nur manchmal leise zitternd. Kein
Mensch ging draußen. Aber von der anderen Seite
her, über dem weiten Platze, sah man es aus den
Fenstern der kleinen Häuser schimmern.

»Horch!« sagte plötzlich der Major und beugte
sich vor und lauschte. Auch der Hofrat und der
Schulrat beugten sich lauschend vor. So warteten
sie.

Nach einer Weile sagte der Major enttäuscht:
»Nein.«

Der Hofrat sagte: »Nein. Hier kann man's doch
nicht hören. Der Schnee ist auch zu dicht!« Und
nach einer Weile sagte er ganz leise, nur so für sich
hin und als ob er sich ein wenig schämen würde:
»Aber sicher singen sie jetzt schon überall.«

Da schlug der Major mit seiner zottigen,
schweren Hand auf den Tisch, dass die Teller
sprangen, und schrie: »Warum bringt denn das
Luder den Karpfen nicht?!« Und fing zu klappern
und zu rasseln an, der dicke Schulrat aber gleich
mit, auch der artige Hofrat half, mit dem Daumen
klopfend. Und im Chor sangen sie dazu: »Kell- ner-
in, Kell-ner-in, Kell-ner-in!« Bis der Karpfen kam.

Der Major sagte, nachdem er ausgeteilt hatte:
»Hofrat, dein Tenor meckert noch ganz jugendlich.
Aber wenn dich wer gehört hätte! Ein Hofrat!«

Der Hofrat sagte: »Wir sind doch heute ganz
allein.« Und der Schulrat sagte boshaft: »Auch ein
Hofrat will halt sein Christkindl haben.«

Aber der Major sah durch das niedrige Gemach an den leeren Tischen hin und sagte: »Ganz allein sind wir heute.« Dann nahm er sein Glas und trank den Freunden zu: »So wollen wir wenigstens uns arme Teufel leben lassen! Hoch!« Sie stießen an. Und der Schulrat sagte, schmatzend: »Das ist ein Wein!«

»Ja«, sagte der Hofrat, aber es klang traurig.

»Denn«, sagte der Major, »das hilft uns alles nichts! Alt sein und unbeweibt und kein Kind haben, es ist eine höchst dreckige Sache.«

»Der Fisch ist exzellent«, sagte der Schulrat. Er schmeckte auch dem Hofrat sehr. Und viel später erst, als die Kellnerin abgeräumt hatte und das süße Kletzenbrot brachte, sagte er plötzlich: »Weil man nämlich feig ist und immer nur rechnet – und so ist auf einmal das ganze Leben verrechnet.«

Der Schulrat biss in das süße Kletzenbrot und fragte ganz erschreckt: »Inwiefern meinst du denn das, Hofrat? Wie kommt das jetzt hierher?«

Aber der Hofrat hörte gar nicht auf ihn und fuhr fort: »Weil man zu gescheit ist! Und denkt an alles und will ganz sicher gehen und wartet immer noch zu. Und dann sitzt man am Ende so da! Freilich kann man sich wenigstens sagen: Du hast nie eine Dummheit gemacht! Aber wer weiß?«

»Du bist zu melancholisch«, sagte der Schulrat, »weil du nicht nach Karlsbad gehen willst. Da würde dir das ausgetrieben. Seitdem habe ich die Melancholie nicht mehr.«

»Ja«, sagte der Major, »man hätte die Dummheit machen sollen. Überhaupt ist es für den Menschen schlecht, wenn er weiß, wie's im Leben zugeht. Da drückt er sich dann. Und hat schließlich auch nichts. Einer aber, der nichts weiß, nun der tappt hinein, manchen zaust es schon arg, aber er hat doch was gehabt! Statt dass man schließlich sitzt und auf den Tod wartet, und keiner kann einem sagen, wozu denn eigentlich alles war.«

»Ich warte gar nicht auf den Tod«, sagte der Schulrat, sehr gereizt. Und er fing vor Wut zu schnauben an. »Was heißt das überhaupt? Wer wartet auf den Tod? Das sind gottlose Reden? Und am Heiligen Abend gar sollte ein kaiserlicher Offizier, gar in einer Zeit, wo so schon die guten Gesinnungen erschüttert sind –«, hier brach er ab und trank.

»Nun und?« fragte der Major.

»Was denn?« sagte der Schulrat wütend. Er konnte nicht so viel reden, weil er dann gleich entsetzlich zu schwitzen begann.

»Ich dachte nur, du wolltest –«, bemerkte der Major.

»Nein!« schrie der Schulrat. »Nichts will ich! Nur soll man mir nicht sagen, dass ich auf den Tod warte! Wieso denn?«

»Nun«, sagte der Hofrat, »ich denke, es war mehr eine Redeblume.«

»Ich danke«, sagte der Schulrat. Er war aber sehr froh, dass er schon wieder ruhig wurde, und wollte nicht mehr streiten, weil es schädlich ist. So, eigentlich schon versöhnt, wiederholte er nur noch, um sich nichts zu vergeben:

»Der Fisch war exzellent, so einen Wein könnt ihr auch suchen, da ist es ungereimt, plötzlich zu sagen, dass man auf den Tod wartet. Dies fällt überhaupt keinem vernünftigen Menschen ein. Und, mein lieber Major, merke dir, das muss ich dir bei allem schuldigen Respekt vor dir schon sagen: Gebildete Leute lassen in ihren Gesprächen den Tod beiseite.«

»Ich will ihn ganz beiseite lassen«, sagte der Major.

Nun saßen sie wieder und tranken. Jetzt waren auch die drei Zacken des Flussgottes schon verschneit. »Seht«, sagte der Major und zeigte hin, »wie der Schnee glänzt! Die Laterne drüben muss sich schämen, davon wird sie so gelb.«

»Und in dieser Nacht wird sogar der Soldatenstand poetisch, sieht man«, sagte der Schulrat, noch nachgrollend.

Plötzlich fragte dann der Hofrat den Major: »Warum aber hast du, der es doch nicht nötig hatte, die Dummheit nicht gemacht? Du hast Geld. Du hättest nicht rechnen müssen.«

Der Major nickte» »Ja. Aber ich war eben auch zu gescheit, das ist es.« Und da der Hofrat dies nicht zu verstehen schien, fuhr er fort: »Ja, mein guter Hofrat, es gibt allerhand, was einen feig vor den Weibern macht. Und vielleicht war es ein Glück für mich. Sicher war es ein Glück für mich. Denn wer so was erlebt, dass er weiß, wie die Weiber sind, der kann es nie mehr vergessen. Und da geht's nicht, dann darf man nicht heiraten. Da hätte man die Hölle.«

»Hast du denn so was erlebt?« fragte der Hofrat in einem fast neidischen, aber auch ehrfürchtigen Ton.

»Du hast etwas erlebt?« fragte der Schulrat, ganz erstaunt.

»Das ist ja nicht verboten«, sagte der Major.

»Nein«, sagte der Hofrat, kleinlaut. Dann sann er lange nach. Endlich bat er, verlegen, als ob es sich eigentlich gar nicht schicken würde: »Könntest du uns das nicht vielleicht erzählen?«

Der Major antwortete nicht.

Der Schulrat sagte: »Ich möchte das auch gern hören. Denn ich hätte dir das gar nicht zugetraut.«

»Was denn?« fragte der Major.

»Nun«, sagte der Schulrat, »ich zum Beispiel könnte nichts von mir erzählen. Nein. Bei mir war gar nichts.«

Ganz sehnsüchtig sagte der Hofrat leise: »Könntest du es nicht erzählen?« Und zur Entschuldigung setzte er hinzu: »Heute ist doch so ein Tag.«

Da sah der Major den Hofrat an, und der Hofrat sah den Major an und sie wunderten sich, denn die ganzen langen Jahre hatten sie noch nie bemerkt, wie sehr sie sich zugeneigt waren, worüber sie fast erschraken, weil es doch unter reifen Männern gar nicht Usus ist.

Dann begann der Major zu erzählen.

»Ja«, sagte er, »ich schau wohl heute nicht mehr danach aus. Und mir kommt's eigentlich selber ganz merkwürdig vor, dass ich, der hier sitzt, von der Gicht gezwickt und euer Freund, es gewesen sein soll, der damals, kaum zwanzig, eben erst in Neustadt zum Leutnant ausgemustert, in das schöne Land Tirol zog. So ein junger Leutnant, das wisst ihr ja gar nicht! Da marschiert man immer vor der Front, den Säbel gezückt, bei wirbelndem Trommelschlag! Und Hurra auf das Leben los! Und die ganze Welt steht 'Habtacht' und muss präsentieren! Glaubt man. Nun ja. Und jetzt denkt euch noch, dass der Hauptmann, unter den ich dienen kam, mir der liebste Mensch war, den ich hatte. Das war der Hauptmann Rosenetz, ihr habt sicher den Namen gehört, er ist im Duell erschossen worden, und den andern Tag fand man sie, Gott sei ihr gnädig, sie hatte sich am Fensterkreuz aufgehängt. Das war was für die Zeitungen! Sie wussten aber nichts Genaues. Ich auch nicht. Denn damals waren wir längst getrennt. Gott wird ihr schon gnädig gewesen sein. Das weiß ich. Aber das geht euch ja nichts an, ich wollte nur sagen, dass ihr von ihm und seinen verwegenen Streichen sicher gehört habt. Es war so einer, dem man es auf den ersten Blick ansieht: Der bricht einmal das Genick! Mir aber, von klein auf, galt keiner mehr, und wenn ich von großen Männern und den Helden der alten Zeit hörte, solchen Römern, wovon man in der Schule lernt, oder solchen Indianern, wofür die Buben schwärmen; bei allen derartigen Häuptlingen der Geschichte, die einem den Kopf warm machen, stellte ich mir immer nur meinen Onkel Rosenetz mit dem hängenden dicken Schnurrbart und seinen Teufelsaugen vor. Nämlich diese Augen, da gab's wirklich kein anderes Wort dafür, und es sagte es auch ein jeder: Da schaut der Teufel heraus! Ganz kleine Augen, und man wusste eigentlich gar nicht die Farbe recht; auch kniff er sie gern ein, und wenn er einem zuhörte, so diesen dicken Strick von Schnauzbart um die Finger drehend, hatte er sie zu, sonst hätte man sich ja gar nichts zu sagen getraut. Denn wenn der euch ansah, o verflucht! Da sprangen die Funken nur so, und es war ein Regen von Feuer, und man wurde förmlich mit Flammen von oben bis unten bespritzt! Könnt euch meinen Stolz denken, wenn dieser Onkel den kleinen Kadetten manchmal Sonntag besuchen kam oder mich gar zu Weihnachten oder zu Ostern auf ein paar Tage nach Wien nahm. Wie er übrigens mein Onkel war, das weiß ich nicht, es war eine von den weitschichtigen Verwandtschaften, so hinten um die Weiber herum. Mein Vater, dessen Adjutant er war, nannte ihn Vetter. Aber meines Vaters Bruder hätte an mir, nach meiner Eltern Tod, nicht besser handeln können. Und dann – ja das muss ich auch noch sagen, das kam auch noch dazu. Ein arger Fall, wo man wieder sieht, wie der ganze Mensch und alles, was aus ihm werden soll, und Ehre, guter Name, Glück doch immer nur an einem Haar hängt. Nämlich, es war zwei Jahre, bevor ich Leutnant wurde, da hatten wir einmal frei und gingen unser fünf oder sechs, ein wildes Rudel, in der Stadt herum. Herbst war, Heurigen gab's und jung waren wir halt – nun denkt euch den Reim, den das gab. Nun geschah es, dass wir, wie man dann schon durchaus nicht nach Hause will, nachts noch in ein Café gewackelt kamen. Wer sitzt da? Mein guter Hauptmann mit den Teufelsaugen; damals war er aber noch Oberleutnant. Ich sehr vergnügt: ›Ja, Onkel, was tust du denn da?‹ – ›Halt's Maul‹, fuhr er mich an und war zuerst gar nicht erfreut. Er wird

231

wohl wieder unerlaubt in der Stadt gewesen sein, war er doch immer hinter den Schürzen her, und da verlor er gleich seinen ganzen Verstand. So war's, so blieb's, da kann der Mensch nichts machen. Dann aber fing er zu lachen an und nahm uns alle an seinen Tisch, und nun ging es erst los! Wir hatten jeder schon eine gute Fuhre zu viel, das war ihm ein großer Spaß, nun hieb er auf uns noch mit Punsch und Schnäpsen ein, wir sahen gut aus! Schließlich aber doch: Marsch, nach Hause! Und er mit, Gott sei Dank, muss ich sagen. Manchmal ist es wirklich, als wenn einem Menschen schon sein Grab geschaufelt wäre. Also, wie ich sage, wir kugelten so durch die Nacht, einem war schlecht, der andere sang, ich hatte mich an den Onkel gehängt und allen weit voraus, ganz allein, tanzte die kleine Fischerin. So nannten wir einen Kameraden, der Fischer hieß, aber so was Zartes und Erschrecktes und Sanftes hatte, dass er wirklich mehr einem Mädchen glich. Er war ganz schlank und ganz blond und immer so traurig, wenn man ihm wieder die feinen Locken schneiden ließ. Anfangs prügelten wir ihn viel, aber nach und nach hatten ihn alle gern und halfen ihm. Das Lernen war ihm nämlich sehr schwer, und überhaupt hatte er nichts im Kopfe als Tanzen, das war seine Passion. Ich sehe ihn noch, abends, bevor wir einschliefen, ein Leintuch umgebunden, das, sagte er, stellt eine Vestalin vor, und so tanzte er. Später ist er abgeschwenkt, das war gescheit und ist Astronom geworden. Da soll er sehr tüchtig sein, er hat sogar einen neuen Stern entdeckt. Tanzen die Sterne? Ich weiß es nicht, aber der Mensch hängt ja selten mit seinem Berufe zusammen, man nimmt, was kommt. Also diese liebe stille kleine Fischerin tanzte vor uns her, springend und schwebend und fast fliegend; entweder war es wirklich wunderschön oder aber ich ganz betrunken. Plötzlich kommt uns einer von der Hermandad[13] entgegen, ein guter dicker alter Kerl, aber wie er so an nichts denkt, seinen Weg verschlafen wackelt und unversehens die springende, fliegende, schwebende Gestalt vor sich hat, erschrickt der Tropf, weiß nicht, was los ist, und will die Fischerin packen. Fällt ihr aber gar nicht ein, sondern sie schießt vor, dicht an ihm vorbei, wie eine Fledermaus, und dann hinten herum und wieder vor und wieder herum, dreimal, viermal, fünfmal, und immer schneller, der Dicke dreht sich mit, aber er kommt nicht nach, und der Dicke schreit, während man von der Fischerin nur von Zeit zu Zeit ein feines silbernes Zirpen und Piepen hört, da kriegt das Gesetz plötzlich eine solche Wut, dass es den Säbel zieht, und jetzt weiß ich nur noch, dass ich da auch schon dem Dicken am Kragen war, von hinten her, er stürzt, verliert den Säbel und bums in den Kot, ich aber sinnlos mit beiden Fäusten auf seinen Schädel los und brülle in einem fort: ›Hund, jetzt wirst du hin!‹ Er ächzt, alle schreien, ich höre nichts, mir ist nur überall rot und ich weiß nur: ›Hund, jetzt wirst du hin!‹ Noch jetzt träumt es mir manchmal, besonders wenn ich abends zu viel Käse esse, diesen verdammten Schachtelkäs, der so gut ist. Und mein lieber Hofrat, du verehrte Gerichtsperson, es ist eine Schande, aber denk dir: Noch heute freu ich mich, wenn ich im Traum den Dicken habe und würgen kann. Dann aber, nämlich nicht im Traum, sondern damals, wirklich, bin ich plötzlich in der Luft, eine Hand hat mich, hält mich, trägt mich, ich wehre mich, ich will nicht los, ich weine vor Wut, die Hand aber ist stärker und sie rennt mit mir weg und dann weiß ich wieder gar nichts mehr, bis ich plötzlich von einer ungeheuren Ohrfeige geweckt werde, mich im

---

[13] früher abwertend für Polizei

nassen Grase finde, und mein Onkel Rosenetz steht vor mir und sagt: ›Du verfluchter Lausbub!‹ Und dann sagte er nur noch: ›Jetzt nach Haus und schlaf dich aus! Denn das kann morgen eine schöne Geschichte werden!‹ Jetzt ging es mir erst nach und nach alles auf. Und der nächste Tag, immer in der Erwartung: Jetzt und jetzt muss es kommen! Zwei Tage ließ er mich so zappeln. Ganz recht. Die zwei Tage habe ich mein ganzes Leben nicht vergessen. Erst am Dritten erfuhr ich, dass sich der Onkel den Dicken vorgenommen und ihm die Prügel ab-gekauft hatte; und alles wurde vertuscht. Sonst würde ich wohl heute ein armer alter Schreiber irgendwo in einer Kanzlei sein, und ihr würdet euren Wein auch nicht mit einem vorbestraften Menschen trinken. An einem Haar hängt's manchmal, an so einem ganz feinen und ganz dünnen und ganz weichen Haar, wie die blasse Fischerin hatte. Ja, ja!«

Nach einer Pause sagte der Schulrat, sehr nachdenklich: »Warum du aber deswegen nicht geheiratet hast, das kann ich doch eigentlich nicht verstehen.«

»Aber das kommt doch erst«, sagte der Hofrat.

»Ach so, das kommt noch«, sagte der Schulrat.

»Ja, das kommt noch«, sagte der Major und sah auf die Uhr. »Teufel, ich muss mich aber tummeln, es wird spät.«

»Wir haben ja nichts zu versäumen«, sagte der Hofrat.

»Man kommt sowieso doch in ein kaltes Bett«, sagte der Schulrat.

234

»Nein, wir haben nichts zu versäumen«, sagte der Major. »Das alles habe ich euch ja nämlich gar nicht erzählen wollen, sondern ihr müsst nur wissen, was ich an meinem Hauptmann Rosenetz hatte, nicht bloß einen Onkel und einen, der sich nach dem Tode meiner Eltern ganz allein des armen Buben angenommen hatte, und gleich einem Kameraden, denn er sagte jetzt Lausbub, aber in fünf Minuten gestand er mir dann wieder seine sämtlichen Geheimnisse, Duelle, Sachen mit Weibern, bei ihm ging ja jeden Tag was vor, und nun könnt ihr euch das Gefühl eines jungen Menschen von sechzehn, siebzehn Jahren denken, einen solchen Freund zu haben und in solche Sachen eingeweiht zu sein; ich war schon stolz, mit ihm nur über die Gasse zu gehen. Und könnt euch denken, wie vergnügt ich nun damals über den Brenner fuhr, als junger Leutnant, zu seiner Kompanie. Dir hängt der Himmel voller Geigen, pflegt man wohl zu sagen. Das ist aber noch gar nichts: Mir hing die Erde von Geigen voll, müsste ich sagen. Und nun noch dieses gesegnete Land hinab, wo dem Menschen ja schon von der bloßen Luft das Herz höher schlägt, denn man spürt's am Wind, und der Sonne sieht man's an: Da unten liegt Italia! Bevor es aber liegt, da haben wir diese wunderschönen Festungen hingebaut, wie um den roten Bergen dort zu zeigen, dass der Mensch schon auch was kann. Verflucht, da machte ich Augen! Schaut doch noch anders aus als im Büchl. Es war ein ganz kleines Fort, um das Tal zu sperren. Ganz klein und ganz weiß. So wie eine junge weiße Katze, bevor sie springen wird, lag es oben. Wir nannten es auch immer das Katzl, Lenke und ich. Ja so, das muss ich euch ja jetzt erst sagen, wer Lenke war. Der Hauptmann hatte nämlich geheiratet. Das war ein Zetern! Denn das hätte man doch nie von ihm gedacht. Jeden Tag eine andere, manchmal zwei, sie liefen ihm doch alle zu. Und er sagte selber immer: ›Unter einer Million nicht zu machen, oder eine russische Fürstin mit einem Schlosse im Kaukasus, darüber ließe sich reden!‹ So war er ja! ›Denn das merk' dir‹, sagte er mir, da war ich noch ein ganz kleiner Bub, und er schenkte mir eine Trompete und sagte: ›Das merk' dir, auf die Weiber musst du blasen lernen, dann geht alles!‹ Sie hatte aber keine Million und war keine russische Fürstin, sondern ihr Vater hatte ein kleines Gut und große Schulden in Ungarn und wollte doch erst nicht einmal was von ihm wissen, weil er einer von denen war, die glauben, dass man nur in Ungarn leben kann, weil dort alles viel schöner und besser ist, sogar der liebe Gott, der sich aus den anderen Ländern gar nichts macht und nur dort sich ordentlich zusammen-nimmt. Also der war wenig erbaut von einem Kaiserlichen, von einem Schwaben zum Schwieger-sohn. Und dort unten sind sie ja auch viel lebhafter als wir, kurz: Er schmiss ihm die Türe vor der Nase zu. Nun, da kam mein Rosenetz in der Nacht durchs Fenster zurück, packte sein Mädel ein und adieu. Dafür war er ja im Training. Dass es aber diesmal zur Kirche ging, weiß der Teufel, wie's den Menschen manchmal hat, dass er auf einmal ganz ein anderer ist. Der ungarische Bauer sagte schließ-lich amen, alles fand sich, und als ich auf das Fort kam, waren sie schon das zweite Jahr vereint. Das sah man ihnen aber nicht an, Brautleute können nicht zärtlicher sein. Oder eigentlich waren sie wie zwei, die sich's noch gar nicht gestanden haben, weil ihnen der Mut fehlt, und nun ganz verzagt ums Haus gehen, mit solchen fragenden, bittenden, ver-legenen Blicken, in Angst, sich zu verraten, und eigentlich froh, wenn sie nur lieber schon wieder draußen wären, können aber doch nicht weg, kleben an, und immer sind sie in der größten Furcht. Merkwürdig war das. Anfangs fiel mir einmal ein, von der Trompete zu reden, so zum Spaß, und wie er den Buben gedrillt hatte, den Weibern zu blasen. Da stand er auf, ließ mich und sprach zwei Tage nichts. Das war nämlich überhaupt bei ihm, auch schon früher, dass er, wenn ihm was nicht recht war, einem plötzlich sozusagen unter der Hand zufrieren konnte, der Feuermensch. Und jetzt schien er gar von allen Menschen weiter weg zu sein. Nicht als ob er weniger herzlich mit mir oder etwa der strenge Hauptmann gewesen wäre. Nein, ich hatte es im ganzen Leben nie mehr so gut. Nur kam mir vor, als ob er sich dazu, ja als ob er sich eigentlich jetzt zu allem, was er tat, gewissermaßen erst zwingen müsste, wie einer, der noch geschwind irgendeine Besorgung macht, aus Pflichtgefühl, aber sehr ungeduldig, weil er was Wichtigeres im Kopf hat. Er war so väterlich, brüderlich, kameradschaftlich mit mir wie sonst, aber er musste, kam mir vor, sich gewissermaßen immer erst daran erinnern. Doch ging es mir famos, der Dienst war nicht schwer, wir hatten ja eigentlich wirklich nicht viel mehr zu tun, als auf das Katzl achtzugeben, dass es schön weiß blieb, mit den Kameraden, einem stillen, sehr höflichen Oberleutnant, der wie eine Bassgeige aussah, eigentlich ein Gelehrter war und am liebsten über seinen Rechnungen saß, weil er einen Apparat, auf dem Wasser zu gehen, erfinden wollte, der arme Kerl ist später verrückt geworden, und dann hatten wir zwei Kadetten, der eine war ein Baron und der andere machte Gedichte, also mit denen stand ich sehr gut, und dann die herrliche Luft, dreizehnhundert Meter hoch, man atmet nur und ist schon wie betrunken, und wenn ich in der Früh zu den Rekruten in den Hof kam und es blies dieser ganz leise, ganz leichte, luftige Wind, der sich nur geschwind vorüberschwingt, da war mir, als ob ich von tausend ganz feinen kleinen Nadeln an den Wangen und im Halse gekitzelt würde; und dann vergesst nur nicht, dass ich noch nicht einmal zwanzig Jahre war, noch dazu. Freilich, Vergnügen und was sich so der junge Mensch wohl wünscht, Theater, Bälle, Festlichkeiten gab's nicht.

Eine Stunde vom Fort, talab, hart an der Grenze, war ein Schloss, da wohnte eine alte englische Malerin mit ihren drei Söhnen, famosen Kerln, die wie Urmenschen aussahen, ganz verwildert und ungeheuer stolz darauf, und immer nur in den Felsen stiegen und das Hütl belagerten, einen ganz schmalen spitzen Gipfel, der von unten gar nicht so fürchterlich aussah, aber noch unerstiegen war. Da wollten sie die Ersten sein, dafür lebten sie; wenn's aber finster wurde, spielten sie Billard, da waren wir Offiziere stets willkommen. Und dann gab es noch, auf der anderen Seite, gut eine Stunde über dem Fort, knapp am Gletscher, ein kleines Haus, da wohnte ein verdächtiger welscher Graf, den verzwickten Namen weiß ich nicht mehr, wir nannten ihn nämlich nur den Grafen Blaubart, weil sein ganz dichtes dickes Haar und der kurze wuchernde Bart, wenn er in seinem kleinen Wagen vorüberfuhr, selbstkutschierend, und nun von der Straße unten auf unser Katzl sah, in der grellen Sonne wirklich fast violett schienen. Er sah aber nicht sehr freundschaftlich zu uns herauf, oder bildeten wir uns das nur ein; weil man nicht recht wusste, was der Mensch eigentlich trieb, und weil er auch, so wirklich ausgesucht höflich er mit uns war, in seiner ganzen Art etwas Spöttisches versteckt hatte und uns ein unheimlicher Ritter blieb.

Also, wie gesagt, mit Geselligkeit wurden wir nicht verwöhnt, und das Höchste war, wenn einer schon ganz ausgehungert und es nicht mehr auszuhalten schien, dass ihm der Hauptmann erlaubte, über den Sonntag nach Franzensfeste oder nach Villach zu fahren; da kam sich einer dann schon wie der reine Tannhäuser vor. Sonst war ich fleißig, tat meine Pflicht, fand mich sehr wichtig, wenn ich mit den Rekruten Schule hielt, gab den Kadetten gute Lehren, wie das Leben aufzufassen ist, ritt manchen schönen Tag die weiße Straße bis zur Grenze hinab, um neugierig in das fremde Land hinüber zu schauen, spielte mit den jungen Engländern Billard und trank ihren Whisky und im Übrigen ließ ich mich von Lenke, so hieß des Hauptmanns Frau, geduldig erziehen. Das hatte sie sich nämlich in den Kopf gesetzt, stellte sich aber dabei mehr an, als hätte sie einen jungen Pudel abzurichten. Immer hatte sie was zu zanken, nichts war ihr recht, sie meinte, mir fehle noch der richtige Schliff. Doch war es mir keineswegs unangenehm. Während sie nämlich mit Rosenetz, wenigstens wenn ich dabei war, fast etwas Scheues hatte, gleich immer rot wurde und meistens schwieg, konnte sie mit mir zuweilen ganz ausgelassen sein, sang mir ihre ungarischen Lieder vor und tollte wie ein Kind herum. Einige Zeit sollte ich sogar ungarisch lernen, und das gab ihr nun den größten Spaß. Ich hatte sie sehr gern, nur kam es mir ganz sonderbar vor, wenn mir einfiel, dass sie doch eine verheiratete Frau war. Manchmal sagte ich plötzlich: `Frau Tante!´ Da mussten wir sehr lachen. Einmal sagte ich: `Frau Hauptmann!´ Aber das mochte sie nicht. Und wenn sie was nicht mochte, sprach sie dann oft den ganzen Tag kein Wort mehr, ihr schmales Gesicht wurde ganz gelb, und man sah ihr den Zorn an der kleinen, etwas zu kurzen Nase an. Hübsch fand ich sie nämlich überhaupt nicht, gar nicht. Ich hörte einmal einen Soldaten zum andern sagen, die waren alle in den Hauptmann ganz verliebt, aber Lenke, die sehr hochmütig sein konnte und dann die Worte nicht schonte, mochten sie nicht, und davon redeten die zwei Soldaten und bedauerten den Hauptmann, und der eine sagte: `Was hat er denn von ihr? Es is ja nix dran an ihr.´ Und dabei rieb er sich die Finger. Ich hatte aber damals auch diesen Geschmack, bei den Frauen mehr aufs Gewicht zu schauen. So wie man die Austria dargestellt sieht oder wie im Theater die Jungfrau von Orleans erscheint, wenigstens zu meiner Zeit war es so. Stattlich, eindrucksvoll und, wie man hier wohl mit Recht sagen kann, erhaben. Lenke fand ich eigentlich recht unweiblich in dieser Beziehung, und schon gar nicht ungarisch. Sie hatte was von einem verkleideten Buben, ich musste manchmal an die kleine Fischerin denken, auch so zartes, weiches, blondes Haar hatte sie. Zu meinem Onkel Rosenetz passte sie doch wirklich gar nicht. Der zweite Kadett hatte darüber ein Gedicht gemacht, das hieß: `Der Adler und das Küchlein.´ Und so zerzaust und verrupft war sie wirklich anzusehen, wenn sie mit ihren dünnen, flinken Beinen durch den Hof schoss. Nur begriff ich nicht, warum der Kadett das so rührend fand. So zum Weinen rührend, sagte er. Ich weinte gar nicht, sondern war froh, dass sie nicht, wie ich befürchtet hatte, den anderen Frauen glich, bei denen mir damals meistens ganz merkwürdig zumute wurde, gewissermaßen, wie wenn wo der Ofen geraucht hat. Sogar mit der alten englischen Malerin ging es mir so, die freilich teilweise auch schon unerlaubt stattlich war. Grinse nicht, Schulrat!«

Der Schulrat bekam einen roten Kopf. Und schnaufend sagte er: »Jetzt wird deine Geschichte hochinteressant.« Und er rief die Kellnerin. Dann sagte er seufzend: »Ja, beim Militär! Wo hat denn unsereiner so was?« Und er hieß die Kellnerin drei Flaschen von dem süßen Ungarwein bringen, den der Wirt eigens für ihn hielt. »Der Frau Hauptmann zu Ehren! Eljen!« sagte er und schwenkte das Glas.

Der Hofrat nahm sein Glas, und bevor er trank, sagte er leise: »Mir hätte das Küchlein schon gefallen.«

»Ja«, sagte der Major trocken, »in unserm Alter denkt man wieder anders.«

Der Schulrat hielt das Glas an den Mund, schnupperte hinein, blinzelte hinüber, wurde träumerisch und fragte: »Ob die alte Engländerin wohl noch lebt?«

Der Major stieß mit dem Hofrat an, sie hoben die Gläser und sahen in das gelbe Leuchten. Dann rochen sie, mit der Nase saugend. Und gleichsam lauschend auf den Klang des wärmenden Weines, regten sie sich nicht. Dann nickten sie dem Schulrat zu und hielten ihm die Gläser hin. Er wurde stolz und füllte sie wieder. Und wieder tranken die drei Männer langsam, und es war ganz still, und man hörte im einsamen Zimmer nichts als ihren blasenden Atem.

»Und nun«, sagte der Major, »stellt euch vor, wie mir wurde, als plötzlich, es war tief im Januar, einmal abends, nach dem Befehl, der Hauptmann in meinem Zimmer stand, einen Brief in der Hand, bleich, als hätte der Tod ihn gepackt, und erst gar nicht fähig, ein Wort zu sagen. Dann aber erfuhr ich, dass er fort musste. Ich hatte früher schon gehört, als er noch in Wien war, dass er manchmal für lange

Zeit geheimnisvoll verschwand. Nach Russland hieß es. Er wusste viele Sprachen, verwegen war er und hatte in solchen Aufträgen Entschlossenheit, List und kalten Mut gezeigt. Das versteht ihr nicht, man spricht auch nicht gern davon, es muss aber sein, es geht nicht anders, ein Glück, dass es Menschen dazu gibt. Er sprach darüber nie zu mir, auch jetzt sagte er nur: ›Ich muss fort, auf lange, weit weg.‹ Dann sah er mich an, bis er wusste, dass ich es verstand. Und nun ordnete er alles an. Der Oberleutnant bekam die Kompanie, der Feldwebel den vierten Zug. Dann sagte er: `Lenke bleibt hier, ich habe niemanden, dem ungarischen Schuft mag ich sie nicht schicken.´ Dann gab er mir ganz ruhig Ermahnungen, meine Pflicht zu tun und mich gut zu halten. Er erinnerte mich an meinen Vater. Auch an die Geschichte mit der tanzenden Fischerin. `Vergiss das nie!´ sagte er. Ich versprach es. Und er nahm mich bei der Hand und sah mich an. Und dann sagte er: `Das war es, was ich dir noch sagen wollte, weil du mir doch der Nächste bist; und um dich wäre mir leid; und jetzt zeig, dass man sich auf dich verlassen kann!´

Dann ging er im Zimmer auf und ab, sah die Sammlung von Fotografien an der Wand an, meiner Eltern und Kameraden, und wurde sehr gesprächig. Dann sagte er: `Und wenn du Zeit hast, schau dich manchmal ein bisschen nach ihr um, es wird ihr etwas einsam sein, gar anfangs.´ Und ganz lustig sagte er: `Gib mir auf die Frau Tante schön acht!´ Und dann noch: `Die paar Monate sind keine Ewigkeit, man stellt sich das immer viel ärger vor.´ Dann plauschten wir noch so. Zuwider wäre, dass sie sich nicht schreiben könnten. Ginge aber nicht, um ihn nicht verdächtig zu machen. Und dann war er traurig, dass sie kein Kind hatten. Das hatte mir

Lenke schon einmal erzählt, dass er sich das so sehr wünschte. Wenn ich ihn bisweilen ganz verändert und oft tagelang schweigsam fand, so sei, meinte sie, nur dies der Grund. Sie wünschte sich auch ein Kind, konnte ihm aber doch nicht zustimmen, wenn er behauptete, dass man erst, wenn man Kinder hat, wirklich verheiratet sei. Das fand ich auch übertrieben, verstand aber, dass sie dann jetzt doch eine gewisse Zerstreuung gehabt hätte. Erst viel später ist mir klar geworden, was er meinte. Denn damals hätte ich mir nicht träumen lassen, dass er eifersüchtig war. Ich hätte nur gelacht. Auf wen denn? Gab es denn einen Mann, der sich mit dem Rosenetz messen konnte? Damals wusste ich ja noch nicht, dass die Frauen darin anders als die Männer sind; und wie es zuletzt mit den Männern ist, wusste ich damals auch noch nicht. Er sollte also nur unbesorgt sein, mir wäre nicht bange, ihr schon die Zeit zu vertreiben.

Da blieb er plötzlich vor mir stehen, beugte sich zu mir, der im Sessel saß, und nun, mit seinen Teufelsaugen, dass mir ganz unbehaglich war, sprach er: ›Gib mir die Hand, dass du über Lenke wachen wirst, wie der Bruder über die Schwester wachen muss.‹ Diese Worte und sein Ton waren aber so feierlich, dass ich erschrak. Ich gab ihm die Hand. Dann ließ er sie los, nahm mein Portepee und spielte damit. Und noch einmal sagte er diese Worte: ›Wie der Bruder über die Schwester wachen muss!‹ Schon aber war er fort, und ich saß da.

Ich hatte kein gutes Gefühl. Mir wäre lieber gewesen, er hätte mir das nicht so gesagt. Es verstand sich ja doch von selbst, nicht? Und er tat mir sehr leid, er war halt fürchterlich verliebt in die Frau, das bringt, scheint's, den Menschen um den

ganzen Verstand. Und dann kam nun diese merkwürdige Zeit! Schade nur, schade, dass der Mensch,
wenn er was erlebt, es eigentlich immer erst später
merkt! Der Hauptmann war fort, wir richteten uns
ein, schwer war es ja wirklich nicht, schließlich
hätten es die Kadetten allein auch getroffen, natürlich aber wollte jeder um die Wette seinen Eifer
zeigen. Ich gar, mit meinem Gefühl, dass auf mir
noch sozusagen des Hauptmanns besonderer Segen
lag. Lenke ließ sich die ersten Tage gar nicht sehen.
Sie saß oben, sprach nicht, aß nicht, schlief nicht, saß
nur immer, Tag und Nacht, am Fenster, nach der
Straße sehend, übrigens ganz still und gefasst, ohne
zu weinen, fast ohne sich zu regen, nur starr nach
der Straße hin sehend; und es schien, als ob plötzlich ihr ganzes Wesen stillgestanden wäre. So ging's
eine Woche lang. Ich meldete mich täglich, sie ließ
mir aber durch die Magd bloß sagen, es sei schon
gut. Ich wusste mir gar keinen Rat. Dann aber, am
neunten Tag, war sie plötzlich in der Früh wieder
unten im Hof, wie sonst, beweglich wie sonst, lustig
wie sonst, schoss herum, mischte sich in alles, und
so jetzt jeden Tag, bis mich sogar der Oberleutnant
ersuchen musste, ihr doch behutsam begreiflich zu
machen, dass sie ja schließlich nicht der Hauptmann
sei und es schon uns überlassen müsse, Ordnung zu
halten. Da war sie nun wieder sehr nett, ließ sich
alles sagen, lachte, sah es ein und fügte sich gern.
Sie fing nun an, die ganze Wohnung umzuräumen,
alle Möbel, die Bilder passten ihr plötzlich nicht, sie
ließ neue Türen brechen, und wirklich alles mit
solchem Geschmack, dass wir ganz erstaunt waren,
wie behaglich und bequem die Wohnung sich verwandelte. Ich musste wieder mein Ungarisch mit
ihr treiben, vom Oberleutnant ließ sie sich den
Apparat erklären, auf dem Wasser zu gehen, und
jeden zweiten Abend mussten wir uns bei ihr ver-

sammeln, um mit verteilten Rollen berühmte Theaterstücke zu lesen, »Zrinyi« von Körner, »Deborah«, »Drahomira«, lauter so klassische Sachen, worunter ich sehr litt, weil es mir dafür immer an dem nötigen inneren Schwung gefehlt hat. Ich musste nur achtgeben, nicht einzuschlafen, und begriff sie gar nicht, die doch den ganzen Tag immer auf und ab, immer hin und her, keinen Moment in Ruhe war, dass sie denn nicht schließlich müde wurde. Kurz, sie machte uns eigentlich mehr als die ganze Kompanie zu schaffen. Auch war sie jetzt merkwürdig streitsüchtig, nahm alles gleich übel, zankte herum, und man musste sich schon ordentlich auf die Fersen stellen, alles kann man sich ja doch nicht gefallen lassen. Sie war ein rechter Wirbelwind. Oft aber tat es ihr wieder leid, sie klagte sich dann an, dass es unrecht von ihr gegen den Hauptmann sei, mit uns lustig zu sein (obwohl es, wie gesagt, für uns gar nicht so lustig war), statt um ihn zu trauern, sie wollte in ein Kloster gehen, sie zog sich auf einmal schwarz an, und mit einem Schleier, was aber wieder im Schnee nicht ging, und dann behauptete sie, der zweite Kadett sei in sie verliebt und schaue sie ungebührlich an, und es war nicht sehr gemütlich, weil man, wenn der Tag verging, sich immer schon sorgen musste, was denn morgen wieder sein würde. Und ich hatte stets alles auszubaden, weil sie behauptete, ich sei noch der Einzige, der sie verstehe; das war aber wirklich nicht wahr, ich kannte mich nämlich mit ihr gar nicht mehr aus und hatte manchmal schon eine große Wut auf sie, obwohl ich ja sagen muss, dass sie dann wieder oft tagelang ganz famos sein konnte, so vergnügt, dabei auch so gescheit und eben wirklich wie ein guter Kamerad.

Dann erzählte sie mir von ihrer Kindheit und ich musste ihr von der meinen erzählen, hauptsächlich aber von Rosenetz, wie der damals war, als sie sich noch nicht kannten, da konnte sie sich nicht genug hören, und mit großen Augen saß sie da, ›denn‹, sagte sie, ›das ist zu merkwürdig, dass es einmal eine Zeit gab, wo er gar nichts von mir wusste, und ich wusste nichts von ihm, und doch waren wir auf der Welt, das kann man sich doch gar nicht denken, wie soll denn das gewesen sein?‹ So ganz seltsame Dinge sagte sie manchmal, und nach und nach ahnte mir, dass, wenn eine Frau einen gern hat, es in ihr wohl ganz geheimnisvoll zugeht, wie ein Mann es vielleicht niemals recht begreift, und, dass das für ihn sehr schön sein muss. Da wurde mir oft schon ganz toll vor Sehnsucht. Es muss doch ein eigenes Gefühl sein, über ein menschliches Geschöpf so ganz Herr zu werden, über Leib und Seele; schaurig muss das eigentlich sein. Und gerade, wenn es eine war, die sich aus den Männern nichts macht und sonst eher fast einen Zorn auf sie hat, wie Lenke, die sich förmlich beherrschen musste, um nicht jedem gleich zu zeigen, wie zuwider ihr sonst alle Männer waren; und selbst, wenn sie noch so höflich tat, war irgendetwas, das einem gewissermaßen immer sagte: zehn Schritte vom Leibe! Und gar, wenn ihr wer verdächtig wurde, in sie verliebt zu sein. O je, war sie da bös! Das ging so weit, dass man gar nicht vorsichtig genug sein konnte; gleich hatte sie Verdacht. Über einen nach dem andern hat sie sich bei mir beschwert, der Reihe nach. Und das kann ich mir wirklich nicht denken; die Kadetten waren ja Windhunde, aber vom Oberleutnant kann ich es nicht glauben. Aber sie sagte, dass ich der Einzige sei, der sich anständig betrage, sonst traue sie keinem hier; deshalb könne sie mich auch so gut leiden. Was ja für mich sehr ehrenvoll war, aber weiß der Teufel, es ist ein dummes Gefühl, so was zu hören; fast schämt man sich, denn die andern hätten mich ausgelacht.

Übrigens war ihr ja an mir auch alles Mögliche nicht recht, immer hatte sie was zu zanken und schrie mit mir und puffte mich und beutelte mich wie einen Lehrbuben, kurz, der Dienst wurde mir nicht leicht bei diesen ungarischen Manieren. Ich kann mir's auch nicht anders erklären, als dass sie manchmal wirklich ein bisschen verrückt war. Nämlich so auf eine kindische Art verrückt. Denkt euch, einmal zum Beispiel, da hatte ich einen riesigen Schreck, wir hatten exerziert und kommen zurück, und wie wir einbiegen, von der Straße weg den Berg hinauf, denke ich mir: Das ist doch merkwürdig, wer steht denn da am Fenster mit Lenke? Und, wie wir näher kommen: Das kann ja nur der Hauptmann sein, auch nach der ganzen Gestalt, kein Zweifel! Und weiß gar nicht, was ich denn denken, wie denn das sein soll, und renne hinauf, was war's? Eine Puppe, wie die Weiber sie so zum Schneidern haben, in seiner Uniform, mit Kappe und Säbel! Und sie sagt ganz ruhig: Das tue ich doch fast jeden Abend, und dann setze ich mich zu ihm, da habe ich wenigstens seine Kleider! Dabei streichelte sie diese, so mit den Spitzen ihrer langen Finger, langsam herab, leise herab, ich konnte das nicht ansehen, mir war's unheimlich, sie stand ganz still, nur die streichelnde Hand regte sich, ich aber dachte, dass gleich etwas auf mich losstürzen müsse, jetzt und jetzt, denn sie hatte einen so bösen Schimmer im Blick, wirklich wie eine Verrückte!

Aber es wäre freilich kein Wunder gewesen, wenn wir damals alle miteinander verrückt geworden wären, vor Kälte nämlich, einer beißenden, stechenden, bohrenden Kälte, die einem Nägel in den Schädel schlug, ich habe einen solchen Winter nicht mehr erlebt. Und in solcher Höhe ist das auch noch anders, bei uns kannst du dich verstecken, bleibst zu Hause, bleibst liegen, aber dort kriecht dir der Winter bis ins Bett nach, du hast ihn im Blut, es macht dich toll, man kann nicht mehr denken, man hat's wie einen Ring ums Gehirn. Mich hat's einfach ganz wild gemacht. Denn so bin ich nie gewesen, nicht früher noch später. Es gab mir keine Ruhe, immer trieb es mich, ich war immer in höchster Eile, und als ob ich was verloren hätte, und als ob ich was versäumen würde, ein Narr, man kann's nicht anders sagen. Ich bin sonst wahrhaftig kein Schinder, aber dass mich damals meine Rekruten nicht einfach erschlagen haben, wundert mich heute noch. Recht hätten s' gehabt! Bösartig macht den Menschen eine solche Kälte. Ich hatte eine wahre Passion, jeden anzufahren. Auch Lenke; ich genierte mich gar nicht; ich spielte auf einmal den Herrn: Rosenetz hatte sie mir übergeben, ich war verantwortlich, sie hatte zu gehorchen! Ich weiß noch, wie sie mich ansah, als ich ihr das zum ersten Mal sagte; es fuhr aus mir, ich erschrak ja selbst. Dann aber fing sie zu lachen an. So merkwürdig, mit verbissenen Zähnen, es war kein gutes Lachen; und mit so frechen Augen, dass mir rot wurde, vor Zorn über das ungarische Weibsbild. Und dann nahm ich sie, mit beiden Fäusten nahm ich ihre beiden Hände, an den Gelenken, und schraubte sie und sagte noch einmal: Zu gehorchen hast du mir, verstanden? Und ließ sie los und ging, ohne sie noch einmal anzusehen, ohne noch ein Wort zu sagen.

Seitdem war ein stiller Hass zwischen uns, und als ob sie sich rächen und sich mit mir messen wollte, wer stärker wäre. Ich musste sie zu allem zwingen. Ich kam in der Früh, sie fragen, ob sie nachmittags spazieren gehen wollte, was ich anordnen, ob ich den Schlitten bestellen sollte. Keine Antwort. Sie tat, als wäre sie stumm. Ich fragte zweimal, dreimal, ich wollte mich nicht wieder reizen lassen. Sie blieb stumm, und als wenn gar niemand im Zimmer wäre. Und gab nicht nach, bis ich wieder mit beiden Fäusten ihre beiden Hände nahm, an den Gelenken; sie hielt den Kopf zurück, der Hals schwoll an, die Lippen wurden blau. Dann erst sagte sie es. Und das schien ihr eigentlich fast wohlzutun. Mir ja auch. Wir brauchten das. Förmlich, als ob wir uns an unserem Zorn wärmen wollten. Und wenn wir im Schlitten fuhren, stumm nebeneinander, fühlten wir jedes seinen Zorn ganz dicht am andern; gewissermaßen in zwei schweren Pelzen von Zorn fuhren wir.

Nun begab es sich aber noch, dass ich eine dumme Geschichte hatte. Mein Gott, ich war ein ganz junger Mensch, und dann: immer mit einer Frau zusammen, das spürt man schließlich, dazu der Ärger mit Lenke, die grimmige Kälte, von der ich manchmal schon ganz verwirrt war – und so saß ich einmal an einem Sonntag, die anderen waren nach Villach fort, und ich saß allein, abends war es, da kommt die Frau des Feldwebels herein, eine saftige Böhmin mit solchen wasserblauen schwimmenden Augen, und fragt, ob sie noch einheizen soll, ob sie noch was für mich zu besorgen hat, und geht mir nicht weg und erzählt allerhand, sie floss gern so bei den Offizieren herum. Kurz und gut! Also das kann man einem jungen Menschen wirklich nicht verdenken. Was lag auch daran? Aber sie muss getratscht haben, oder hat uns wer belauscht, weiß der Teufel, es schwätzte sich herum und Lenke hörte davon.

Es war mir natürlich furchtbar peinlich, eine Frau kann das ja nicht so verstehen, das begriff ich schon, aber was sie trieb, ging doch zu weit, alles kann man sich nicht gefallen lassen. Ich war einfach paff. Rein als ob ich sie selbst beschimpft oder entehrt hätte! Ich brachte die Sache zuletzt, ich konnte mir nicht anders helfen, dienstlich vor den Oberleutnant, der mich natürlich auslachte und mir bestätigte, dass das keinen Menschen was anging, außer etwa den Feldwebel, der aber den Ruf hatte, darin sehr verträglich zu sein. Sie sah dann auch ein, dass sie unrecht hatte, bat es mir ab und erklärte mir, dass es ihr eben unerträglich sei, sich einen Mann, den sie schätze, mit gemeinen Frauenzimmern zu denken, was sie sich einfach gar nicht vorstellen könne. Sie kam auch darauf immer wieder zurück. Zwar hatte ich ihr versprechen müssen, nie mehr davon zu reden, damit sie es mit der Zeit vergessen könne. Aber immer fing sie wieder an, es verfolgte sie förmlich, oft sprachen wir ganz ruhig, plötzlich brach sie ab, sah mich an und sagte heftig: >Nein!< Und dann ging's wieder los, sie könne mit mir nicht mehr unbefangen sein, es fielen ihr immer diese hässlichen Sachen ein, und: >Geh, geh, marsch, du bist mir ekelhaft!<, mit einer Gebärde, als ob ich eine Spinne wäre. Dann blieb sie tagelang allein, hielt das aber zuletzt doch nicht aus, und wir versöhnten uns wieder, um uns nach zwei Tagen wieder zu verzanken.

Einmal waren wir gerade wieder bös, schon eine Woche lang; ich war eigentlich froh, man hält einen solchen Verkehr nicht aus, immer sozusagen mit der Hand an der geladenen Pistole, und seit einem Monat vom Hauptmann kein Brief, kein Zeichen, und diese rasende Kälte, in der wir ordentlich gebraten wurden - ja, lacht nur, ihr kennt das nicht, es ist doch so! Also seit einer Woche hatte ich sie nicht gesehen, das war noch gut, aber elend war mir. Den ganzen Tag dachte ich mir nur: wenn nur der Tag vorbei wär! Und abends konnte ich dann nicht einschlafen, warf mich herum und soff Schnaps; weiß der Teufel, elend war mir. Da, mitten in der Nacht, ich war kaum eingeschlafen, weckt man mich, es ist ihre Köchin: ›Um Gotteswillen, Herr Leutnant, kommen S' doch, wir wissen uns mit der Frau Hauptmann nicht mehr zu helfen!‹ Und schon hörte ich sie schreien. Ich hinauf und erfahre: Sie war plötzlich aufgewacht, von einem Geräusch am Fenster, und nun schwor sie, ein Mann sei im Zimmer versteckt. Was natürlich ganz dumm war, wenn man das Fort kannte, unmöglich. Aber um sie zu beruhigen, suchten wir alles ab. Natürlich hatte sie bloß geträumt. Aber sie beschrieb ganz genau das Geräusch; und, aufwachend, hatte sie den Schatten eines Mannes gesehen, dann aber vor Schreck die Besinnung verloren. Nichts half, sie gab nicht nach, sie hätte sich zu Tode gefürchtet, wir mussten, die Köchin und ich, die Nacht in ihrem Zimmer bleiben. Das war auch kein Vergnügen: die schnarchende Köchin neben mir, sie aber, kaum wieder eingeschlafen, gleich wieder auffahrend, und ich musste wieder hin, ihre zitternde Hand halten und ihr zureden, und das Herz flog ihr so, dass sie mir erbarmte. Wirklich ein Jammer; und ich mit meinem wüsten Schädel von dem vielen Schnaps, und wer's nicht gewohnt ist, verträgt auch die Luft in so einem Schlafzimmer schlecht; und sie tat mir furchtbar leid, sie war wirklich krank, das ging nicht mehr, ich erklärte mir jetzt alles, sie war einfach krank.

Ich hatte ihr immer schon geraten, den Arzt zu fragen, aber sie wollte nicht, fast, als ob ihr leid gewesen wäre, gesund zu werden. Nun aber fragte ich am andern Morgen erst nicht mehr lang, sondern der Arzt kam. Aber sie lachte jetzt selbst über ihre dumme Angst in der Nacht und sagte: ›Von bösen Träumen stirbt man doch nicht gleich?‹ Und der Arzt lachte mich aus, und als wir dann allein waren, sagte er mir: ›Mein lieber Herr Leutnant, die Frauen, das ist nicht so einfach, aber dieses Rezept macht halt der Apotheker nicht!‹ Und sah mich pfiffig an. Und dann sagte er noch: ›Übrigens, mehr Bewegung, frische Luft, nicht immer im Zimmer hocken, hinaus in den schönen Schnee!‹

Nun hatten uns die Engländer schon immer eingeladen, mit ihnen zu rodeln. Es war da, von ihrem Schloss bis fast an die Grenze, die gewundene Schlucht hinab, eine wunderbare Bahn ausgescharrt. Ich schlug es ihr vor, sie war einverstanden. Es war gerade Fasching- Dienstag. Das weiß ich noch. Und ein unglaublich schöner Tag, der Himmel so glitzernd, als hätten einmal die Sterne von der Nacht Urlaub bekommen, über den Tag zu bleiben. Und kein Hauch; alle Winde zugefroren. Anfangs, als Lenke die jungen Engländer auf ihren langen Rodeln immer zu zweit sausen sah, schien sie sich ein bisschen zu fürchten, sie sah mich so merkwürdig an. Um ihr Mut zu machen, fuhr ich nun zuerst allein, ganz bedächtig, an den Ecken bremsend, die Wendungen waren auch wirklich gefährlich. Das zweite Mal saß sie hinter mir, erst noch recht zaghaft, sich fest an mich klammernd. Bald aber war ihr nichts mehr schnell genug; es ist schon ein Sport, den der Satan erfunden hat, man will nur immer mehr, nur noch schneller, nur zu. Und sie schrie vor Lust, wenn es uns an den Ecken warf, dass wir nur so flogen; und der Schnee hängt einem im Gesicht, man sieht nichts mehr, man weiß nichts mehr; und nur immer hinab, sie hinter mir, fest angedrückt, ich spürte ihren Atem im Halse, und manchmal schlug sie vor Ungeduld auf mich los wie auf ein Pferd und stieß mich und schrie, so ganz fein und hell schrie sie, es war mehr ein Pfeifen. Dann aber zogen wir zusammen den Schlitten wieder hinauf, sie rannte vor Ungeduld so schnell, dass mir es schwer war, nachzukommen, da nahm sie meine Hand, mit ihren Fingern zwischen meinen, und sprang lachend voraus und zog uns beide, wie die Kutscher schreiend: hü, hott! Und wieder hinab. Und wieder und wieder. Wir waren jetzt beide wie betrunken. Ich dachte nichts mehr, ich wusste nichts mehr, ich hörte sie nur keuchen und fühlte sie hinter mir, ich wollte bremsen, sie schrie: Du bist feig! Und sie schlug, und mir war jetzt plötzlich alles zu wenig, ich hätte mich im Schnee wälzen mögen, das fiel mir auf einmal ein: ganz nackt im Schnee! Und dann weiß ich nur noch, dass oben jemand aufschrie, sie packte mich, und ich hörte sie noch einmal pfeifen, und jetzt flogen wir, sanken wir, ich unter ihr, mir war siedend heiß, und so muss es sein, wenn einem Menschen die Seele ausströmt, und dann weiß ich noch, dass ich einen ungeheueren Zorn auf sie bekam, denn mir war, als wenn mir mein Portepee fortfliegen würde, aber dies ging alles ungeheuer schnell. Und dann weiß ich nichts mehr, bis ich im Spital in Franzensfeste nach drei Wochen erwachte.

Man musste mir erst nach und nach alles erzählen. Ihr war es besser gegangen; sie hatte sich nur die Hand ein wenig verstaucht. Als ich aus dem Spital kam, war der Hauptmann schon zurück. Wir konnten aber unseren alten Ton nicht mehr finden, alle drei nicht. Ich weiß nicht, was er sich dachte. Es war wohl auch meine Schuld, weil ich mich wirklich benahm, wie wenn einer ein schlechtes Gewissen hat. Und doch muss ich heute noch sagen, dass ich mir nichts vorzuwerfen habe. So wenig wie sie. Aber das ist es ja. Nein, wer sich ein ruhiges Leben wünscht, tut schon besser und bleibt allein.«

Nach einer Weile sagte der Schulrat, nachdenklich: »Ich hatte mir viel mehr eine Liebesgeschichte erwartet, denk dir, aber eigentlich ist es keine.«

»Nein«, sagte der Major.

Nach einer Weile flüsterte der Hofrat beklommen: »Da müsste man ja rein glauben, dass ein Mensch auf einmal anders wird, als er ist.«

»Vielleicht«, sagte der Major.

»Schrecklich wäre das«, sagte der Hofrat.

»Wer weiß?« sagte der Major. Dann hob er sein Glas, sie stießen noch einmal an und tranken aus. Er sah auf die Uhr und sagte: »Und so geht man jetzt schön nach Haus und legt sich still ins Bett, das ist noch das Beste.«

Erinnerung

Gestern, wir lagen im Kahn, der Wind schwieg, die Sonne stach, alles war brütend still, da stand es plötzlich in mir wieder auf. Diese ganze Zeit von damals, vor fast vierzig Jahren; ich war noch ein ganz kleiner Bub. Entschwunden, versunken, so lange. Jetzt aber brach es plötzlich wieder aus. Und ich sehe das alles vor mir, höre Verklungenes, meine förmlich den Dunst der entwehten Zeit noch zu riechen. Bin wieder der kleine Bub, und Verstorbene reden mich an. Seltsam ist das. Wir vergessen nichts: Es verlautet nur nicht mehr, es legt sich still in uns hin, wir spüren es nicht mehr, aber es bleibt, nichts wird verloren, es ist immer noch da, tief in uns verankert; und dann, ein Ruck, ein Stoß, und siehe, da steigt es unverblichen wieder empor.

Als wir nämlich gestern im Kahn lagen, wurde das Ufer plötzlich laut. Sonst bleibt alles da den ganzen Tag oft still. Das Schilf steht, Libellen fliegen, einmal schreit eine Ente. Oben dunkelt der Wald. Weiß gellt die Straße. Jetzt stöhnt es, ein Automobil staubt durch, aber schon ist es fort, der weiße Dampf zerrinnt. Und wieder die tiefe Stille rings; man erschrickt, wenn sich ein Fisch wirft. Und überall die glühende Sonne, weithin der glatte See, drüben das atemlos stehende Schilf am eingeschlafenen Wald, und dort der weiße Streif der strahlenden Straße. Aber plötzlich blitzt es hier auf. Als würde vom Walde ein Messer geworfen. Diesen blinkenden Blitz erblicken wir zuerst. Und dann rennen Menschen, Stimmen schelten. Wir rudern hin. Jetzt können wir es sehen: ein Gendarm, das Bajonett blitzt; er führt einen kleinen Menschen, der einen Korb trägt; und hinter ihnen Bauern und Weiber und Kinder, alle mit, ein ganzer Zug, und wer ihm begegnet, schließt sich an, und sie reden aufgeregt und haben alle etwas Stolzes, Siegern gleich, wie sie so den ergebenen kleinen Menschen, über dem das Bajonett blitzt, vor sich hin treiben. Wir erfahren: Einer Frau sind elf Hühner gestohlen worden, sie hat es angezeigt, nun wurde der kleine Mensch im Walde gefunden, er hat den verdächtigen Korb; er sagt freilich, dass er Beeren pflücken wollte, aber er kann sich nicht ausweisen, und im Korbe sind Federn, so muss er mit und der ganze Zug folgt, und alle sind froh, einen Menschen gefangen vor sich herzutreiben.

Wir stoßen vom Ufer. In den glatten See zurück, unter die strahlende Sonne. Aber der See lacht mir nicht mehr, die Sonne scheint mir plötzlich fahl. Ich sehe nur immer noch den demütigen kleinen Menschen, der eingetrieben wird, und wie sich schon die Kinder freuen. Es ärgert meinen Verstand, dass ich so bin. Er rechnet mir vor, dass es sein muss. Ich weiß, dass er recht hat. Es wird immer ein Gesetz geben und immer Menschen, die es brechen, und für diese Strafe. Und werden, wenn einer gestraft wird, immer die anderen so vergnügt sein? Wird es den Menschen immer so freuen, einen Menschen zu fangen? Ich weiß nicht. Ich weiß nur, dass ich mir manchmal in Schönbrunn vor dem Tiger plötzlich heftig wünsche, die Stäbe zu zerbrechen, dass er los würde. In solchen Momenten empfinde ich, als sei der Mensch bestimmt, dafür zu sorgen, dass keinem Geschöpfe der Erde Gewalt angetan werden darf; und alles andere kommt mir unmenschlich vor. Ich weiß mit dem Verstande, dass dies dumm ist. Aber es quält mich, anders zu fühlen, als ich denke. Solange wir es uns nicht erringen, dass wir dasselbe fühlen, dasselbe denken, dasselbe tun und dasselbe sind, werden wir, bald den Verstand, bald das Gefühl, immer also uns, ein Stück von uns, verleugnend, ratlos in der Irre sein.

Dies alles abzuschütteln, den Zorn auszukühlen, bin ich ins Wasser gesprungen und liege jetzt, auf den Rücken gestreckt, Wellen tastend, mit geschlossenen Lidern, welche der glühende Strahl streift, dass ihnen bunt und funkelnd wird. Und so liegend, im Gefühl der Wellen, als wenn sie mir schmeichelnde Schlangen wären, schwebend, sinkend, schnellend, tauchend, lauschend, so wunderbar entschwert, geheimnisvoll erhellt, habe ich plötzlich jene Zeit erblickt, wie neben mir aus dem tiefen Wasser aufgetaucht. Und alles hat sie mir mitgebracht und hält es mir hin und lässt es in der Sonne glänzen. Alles von damals, vor fast vierzig Jahren.

Es war den Sommer, bevor ich in die Schule kam. Diesen brachten wir in Unterach am Attersee zu. Das war damals noch ein armes Dorf, und weit draußen wohnten wir bei einem Jäger, der ein alter Mann war, sehr groß, mit wilden grauen Brauen und einer so heftigen Stimme, dass wir Kinder, wenn er freundlich mit uns reden wollte, schreiend davonliefen. Immer ging er in der Früh, auf einen dicken Stock mit einem Horngriff gestützt, vor dem Hause auf und ab, nach dem See sehend, oft stundenlang, immer dieselbe Strecke vor dem Hause, kaum hundert Schritte weit, hin und her. Da durfte man ihn nicht stören, wir hätten uns auch nicht getraut, so rot vor Zorn war sein Gesicht. Und manchmal blieb er plötzlich stehen, hob den Stock, und wir hörten ihn zum See hin fluchen. Ich konnte ihm den halben Tag lang vom Fenster aus zusehen, gespannt, bis er wieder den Stock heben und den See auszanken würde. Denn das regte mich sehr auf, dass ein Mensch allein laut redete; ich hätte gern gewusst mit wem. Dann aber mussten wir eines Tages ganz ruhig sein und wurden fortgeschickt, um bei Bekannten zu spielen; denn der alte Jäger, hieß es, sei krank. Unser Mädel sagte, er hat ein kleines »Schlagerl« gehabt. Und als wir ihn dann nach ein paar Tagen wiedersahen, war sein Gesicht schief geworden, der Mund hing links herab. Aber jetzt kam er uns bei weitem nicht mehr so bös vor, auch ging er jetzt nie mehr vor dem Hause auf und ab, sondern jetzt musste ihn seine alte Köchin führen, und da wollte er immer zu uns in den Garten, wo wir eine kleine Schaukel hatten; und wenn wir uns hutschten, freute er sich sehr, die Köchin musste seinen Stock halten, und er klatschte mit seinen knochigen zottigen Händen und schrie nur immer in einem fort, im Takt, wie wir hutschten: »Bafo, bafisimo, bafo, bafisimo!«, und schrie noch immer mehr, um uns zu hetzen, dass wir immer stärker hutschten, bis in die Zweige der alten Linde. Und nur, wenn die Köchin sagte, es sei jetzt schon genug, weil sie Furcht um uns hatte, da wurde er entsetzlich bös und wollte sie mit dem Stocke schlagen. Das machte mir großen Spaß. Aber uns hatte er jetzt sehr gern und wollte uns immer Geschichten erzählen, aber er konnte nicht mehr. Er fand die Worte nicht, andere schoben sich ein, er musste sagen, was er gar nicht wollte, und am Ende war es nur ein zorniges Knurren und Stöhnen und Pusten, bis er auf einmal alles wieder vergaß und wieder vergnügt, während wir hutschten, klatschend im Takt sang: »Bafo, bafisimo, bafo, bafisimo!« Und wir hutschten, bis in die Wipfel der alten Linde.

Noch merkwürdiger war mir aber ein armer Kretin, der Hansel hieß und von den Buben im Dorf immer verfolgt wurde. Er hatte sich als Kind vor einem plötzlich durch das Fenster ins Zimmer grinsenden Krampus[14] so geschreckt, dass er den Verstand verlor. Das war schon lange her, Eltern hatte er keine mehr oder waren sie verzogen, niemand wusste recht, wie alt er eigentlich war, er war wie ein von einem Greise versetztes Kind anzusehen, und zu nichts ließ er sich anstellen, sondern trieb und tappte und torkelte nur immer bettelnd herum und lachte blöd. Die Buben neckten ihn und stießen ihn und zupften ihn, er wollte sie fangen, griff mit seinen langen, schlottrigen Armen aus, verlor sich und schlug hin. Da lag er nun im Schmutz und lachte, die Buben tanzten um ihn herum und lachten. Da lachte er noch mehr. Ich tanzte nicht mit, sondern sah nur aus der Ferne gierig hin, wie auf ein unheimliches Tier. Wenn aber schlechtes Wetter war und Regen schlug und der See wild wurde, trauten sich die Buben nicht, denn dann lachte der Kretin nicht mehr, dann war er voll Zorn und fiel jeden an; einmal hatte er einen schönen, großen Hahn erwürgt, riss ihm die Federn aus und warf sie in den See. Und am liebsten saß er dann, wenn Regen und Sturm war, irgendwo auf einem Steg und sah hinaus und hörte dem Wasserbrüllen zu und schrie noch mehr als der schreiende See. Tagelang ging das manchmal so, wir mussten in der Stube sein, weil es regnete und regnete und regnete, und man sah nur durch den grauen Dunst weiße Wolken aus dem schwarzen See dampfen und hörte nur die großen Tropfen ans Fenster, in Äste, auf Bretter klatschen und den Wind, der ins Dach stieß, und den zornigen Kretin, der draußen schrie. Uns aber wurden im Stillen artige

---

[14] Begleiter des Nikolaus, der böse Kinder mit der Rute straft

Geschichten mit guten Lehren erzählt, oder wir sollten ein Bilderbuch anschauen. Ich mochte nicht. Ich horchte nur. Ich horchte nach dem schnaubenden, rüttelnden, kläffenden Sturm, zum aufschäumend gezackten Wasser hin, auf den einsam kreischenden Kretin.

Unser Mädchen war recht zu bedauern. Wir sollten ihr folgen und das gelang ihr nicht. Auch hatte sie sicher anderes im Kopf, denn ich erinnere mich, dass sie sehr hübsch war. Sie schlief in einer kleinen Kammer neben unserem Zimmer. Wenn aber mein Vater, alle vierzehn Tage, aus der Stadt kam, schlief sie bei der Köchin des Jägers oben und mein Vater neben uns in der Kammer. Da begab es sich nun, als er zum zweiten Mal gekommen war, dass nachts in der Kammer eingebrochen wurde. Ein Räuber klopfte zuerst an das Fenster, zerbrach es dann, stieg ein, als er aber meinen noch ganz verschlafenen Vater fand, war er gleich wieder durch das Fenster fort, was mich sehr enttäuschte, denn ich hatte mir einen Räuber mutiger gedacht. Noch weniger begriff ich, warum den anderen Tag alle plötzlich gegen unser Mädchen erbittert waren. Mein Vater machte ein böses Gesicht auf sie, und meine Mutter gar, und sie war ganz traurig; auch musste sie seitdem immer bei der Köchin oben schlafen. Ich fand das ungerecht: Was konnte sie dafür, dass es Räuber gibt? Ich erklärte das auch feierlich, erhielt aber mir zur Antwort, dass ich ein dummer Bub sei. Auch war uns seitdem verboten, mit ihr zur Mühle spazierenzugehen. Diese lag eine halbe Stunde weit, und wir gingen sehr gern hin, weil dort zwei lustige junge Knechte waren, sie sangen uns Lieder vor, oder wir wälzten uns im Heu herum, ich und mein kleiner Bruder und unser Mädchen und die zwei Knechte, und zwickten uns und pufften uns, und es war zu schön. Aber jetzt sollte das plötzlich verboten sein, weil ein Räuber gekommen war, der noch dazu gar nichts geraubt, sondern eigentlich bloß an das Fenster geklopft hatte. Das ging mir nicht ein. Ich fand, dass man lieber den Räuber fangen sollte, und sagte das auch dem Gemeindediener, der dafür angestellt war und einen langen gebogenen Säbel trug. Der war ein winziger Knirps mit einem riesigen kahlen Schädel und hatte es immer sehr eilig und sehr wichtig, besonders wenn er in Uniform war. Die Buben fürchteten ihn sehr, uns aber tat er nichts und mit unserem Mädchen war er besonders freundlich. Seit wir jetzt nicht mehr zur Mühle gehen durften, traf es sich oft, dass er mit uns ging, und da trug er stets die Uniform, in welcher er viel kriegerischer aussah als in seinem alten schwarzen Rock mit dem hohen Kragen. Er sagte immer, er sei das Auge des Gesetzes von Unterach und ärgerte sich, weil ich ihn auslachte. Um mich günstiger zu stimmen, versprach er mir, sicher einmal einen Räuber zu fangen. Ich war neugierig. Und richtig, als wir einmal wieder ausgingen, kam er aufgeregt gerannt und winkte uns schon von Weitem zu und lud uns ein, mitzukommen: »Denn seit gestern treibt sich ein gefährlicher Mensch hier herum!« Das Mädchen erschrak, sie wollte nicht mit, ich gab aber nicht nach, weil ich ja noch nie einen gefährlichen Menschen gesehen hatte, und wer weiß, wann sich das wieder bietet! Als sie nun hörte, dass es zur Mühle hin sei, wo wir suchen müssten, ließ sie sich erbitten. Wir gingen also, ich freute mich sehr, besonders erkundigte ich mich, woher er denn wisse, dass es ein gefährlicher Mensch sei. Er sagte aber: »Das sieht man gleich, wenn man erst die Übung hat.« Und während wir noch so sprachen und unser Mädchen sich fürchtete, hielt er uns plötzlich an, beugte sich spähend vor, und, indem er auf einen Menschen zeigte, der, den Kopf in die verschränkten Arme gestützt, auf der Wiese lag und schlief, sagte er: »Dort ist er schon!« Wir blieben wartend zurück, er schritt auf den Räuber los und nun ging alles sehr schnell: Kaum hatte er dem Schlafenden die Hand auf die Schulter gelegt, so war er von dem Auffahrenden auch schon an der Kehle gepackt und umgestürzt, und der lag auf ihm und schlug zu, das Mädchen schrie, mein kleiner Bruder fing zu heulen an, da fiel ihr die nahe Mühle ein, sie nahm uns, ich aber riss mich los, und während es zeternd, sie schreiend, er plärrend zur Mühle ging, lag ich auf dem Räuber, der auf dem Auge des Gesetzes lag, und zerrte und bat und schrie, bis unsere guten Freunde, die zwei lustigen Müller, uns trennten, den Räuber knebelten und er gebunden war. Jener aber, nachdem er wieder zu Atem gekommen war und sich abgeputzt hatte, zog sein krummes Schwert und sagte: »Marsch!« Die Knechte mit, dann das zitternde Mädchen mit dem anderen Kind, ich aber musste neben ihm gehen, der den gezogenen Säbel trug und fest meine Hand hielt; denn, sagte er, sehr hochdeutsch: »Ohne dich, du kleiner Held, war ich verloren!« Es schmeichelte mir sehr, ich hielt gleichen Schritt mit ihm, nur hätte ich gern den gefährlichen Menschen besser gesehen, der vor uns ging, den Kopf gesenkt. Aber bloß ein einziges Mal sah er sich um, sah mich an, wie ich so neben dem Mann mit dem Säbel groß ausschritt, und dann lachte er. Da wurde mir seltsam und es freute mich jetzt gar nicht mehr. Jener aber ließ mich nicht los; so zogen wir ins Dorf ein, Menschen, Menschen kamen aus allen Häusern und alle schlossen sich an, alle gingen mit, alle sahen höhnisch den Räuber an, und immer zeigte der Knirps mit dem Säbel auf mich und sagte, voll Stolz, während der Räuber, den Kopf gesenkt, vorwärts ging: »Der Kleine da, der Kleine hat ihn gefangen!« Und die zwei Knechte zeigten stolz auf mich, und unser Mädchen war ganz gerührt und war auch stolz auf mich, und sogar mein kleiner Bruder riss die dummen Augen auf, und alle waren stolz. Da konnte ich mir nicht mehr helfen, ich weiß nicht, was auf einmal in mir geschah, mir wurde so heiß und ich biss den Knirps in die Hand, er ließ mich los, ich warf mich hin, mitten im Dorf auf die Erde hin, und wälzte mich und schlug um mich und weinte, weinte! Kein Mensch wusste, was mir einfiel. Aber ich hatte das schreckliche Gefühl, dass mir da der Räuber noch lieber war.

Ich habe damals zum ersten Mal erlebt, dass mir Gewalt, an einem Menschen verübt, er sei auch, wer er sei, unerträglich ist.

Der Räuber wurde eingesperrt, weil er sich nicht ausweisen konnte, dann aber wieder losgelassen, weil man ihm nichts nachweisen konnte; er war wahrscheinlich gar kein Räuber.